ullstein

Das Buch

Exmoor, Mitte des 19. Jahrhunderts: Vor einer erzwungenen Verlobung hat sich die junge Patricia nach Barlem Castle geflüchtet: Der Schlossherr sucht jemanden, der die Bibliothek neu ordnet – genau die richtige Arbeit für Patricia, die Bücher liebt. Doch das alte Gemäuer flößt ihr vom ersten Moment an Unbehagen ein: In der Bibliothek streift sie immer wieder ein kalter Luftzug, nachts sind seltsame Geräusche und Stimmen zu hören. Außerdem hat sie ihren Auftraggeber, Maximilian Churtham, Earl of Barlem, noch kein einziges Mal zu Gesicht bekommen. Er scheint nur in der Nacht das Haus zu verlassen – etwa in der mysteriösen Kutsche, die nachts vor dem Schloss hält? Ist er der Vampir, der in der Gegend sein Unwesen treiben soll und vor dem sie bei einem Ausflug ins Dorf gewarnt wird? Als Patricia dem Schlossherrn zum ersten Mal begegnet, schlägt sie alle Warnungen und Gerüchte in den Wind. Denn Maximilian Churtham ist die Erfüllung ihrer innigsten Wünsche, der Mann ihrer heißesten Träume – und auch wenn sein Kuss tödlich sein sollte, will Patricia nichts anderes mehr …

Die Autorin

Mona Vara gilt als einer der Shootingstars des Genres. Sie ist überzeugte Anhängerin von Romantik, Humor und Happy Ends und setzt dieses Motto besonders in ihren erotischen Romanen erfolgreich um. Mona Vara lebt und arbeitet in Wien.

Von Mona Vara ist in unserem Hause bereits erschienen:
Liebesnächte in Florenz

Mona Vara

Der dunkle Kuss der Leidenschaft

Roman

Ullstein

Besuchen Sie uns im Internet:
www.ullstein-taschenbuch.de

Umwelthinweis:
Dieses Buch wurde auf chlor- und säurefreiem
Papier gedruckt.

Ungekürzte Ausgabe im Ullstein Taschenbuch
1. Auflage Januar 2009

Das Buch ist ursprünglich erschienen unter dem Titel:
Patricia – Der Kuss des Vampirs
Umschlaggestaltung: HildenDesign, München –
Titelabbildung: © Aime Renato via Agentur Schlück
Satz: LVD GmbH, Berlin
Gesetzt aus der Garamond
Druck und Bindearbeiten: CPI – Ebner & Spiegel, Ulm
Printed in Germany
ISBN 978-3-548-26995-5

Barlem Castle

Ein fiktives Schloss in Exmoor, in der Grafschaft Devon
Mitte des 19. Jahrhunderts

Es war nicht das erste Mal, dass Pat in der Nacht aufwachte. Aber es war nicht das Gewitter gewesen, das sie geweckt hatte, sondern diese unheimlichen Geräusche, die sie jedes Mal veranlassten, etwas mehr in die Kissen zu kriechen und die Decke so weit hinaufzuziehen, dass gerade noch ihre Nasenspitze hervorschaute.

Da! Das war ganz deutlich ein Frauenlachen, sehr tief und erotisch. Einige Türen schlugen, ein Poltern, ein Blitz zuckte auf, so dass das Zimmer trotz der dichten Vorhänge taghell erleuchtet war. Ein Aufschrei, der halb vom unmittelbar darauffolgenden Donner erstickt wurde. Pat verkroch sich noch tiefer, als vom Wald her das schaurige Heulen eines Hundes ertönte. Oder war es gar ein Wolf? Gab es hier überhaupt Wölfe? Sie bemerkte, wie ihre Fingerspitzen vor Aufregung kalt wurden, legte die Arme schützend um den Körper und schob die Hände unter die Achselhöhlen. Die Kerze, die sie am Abend hatte brennen lassen, weil sie es nicht ertrug, in diesem unheimlichen Schloss im Dunkeln zu liegen, war fast völlig heruntergebrannt. Als längere Zeit alles still war, kroch sie so leise wie möglich aus dem Bett, schlich auf Zehenspitzen hinüber zum Tisch, holte eine neue Kerze und zündete sie an.

Sie hielt inne, als das Frauenlachen näher kam. Jemand war auf dem Gang vor Pats Tür. Die gurrende Frauenstimme sagte etwas und eine andere, männliche, antwortete. Pat lauschte dem Klang dieser zweiten Stimme unwillkürlich nach. Sie war sehr angenehm, volltönend und dunkel, auch wenn ihr Besitzer sich einer Sprache bediente, die Pat fremd war. Wieder ein Blitz und fast gleichzeitig ein Donner, der das ganze Schloss erbeben ließ. Der Wind heulte um das Haus, und der Regen prasselte gegen die Fensterscheiben, als würde jemand ganze Fässer vom Himmel schütten. Sie hörte das ängstliche Wiehern eines Pferdes und schlich zum Fenster, um vorsichtig die Vorhänge zur Seite zu schieben und hinauszuspähen. Blitze durchzuckten die Nacht, erhellten die Wiese vor dem Schloss und die dunklen Bäume des kleinen Parks, der das Anwesen vom Moor trennte, dennoch konnte sie nicht sehen, was unten vor dem Eingangstor vor sich ging. Kurz darauf vernahm sie wieder dieses Frauenlachen und dann Peitschenknallen. Abermals ein Wiehern und dann der Klang einer anfahrenden Kutsche. Trotz des Regens konnte sie den dunklen Schatten erkennen, der sich langsam durch den regennassen und lehmigen Weg vorwärtsbewegte. Plötzlich zuckte ein Blitz auf, die Kutsche war taghell beleuchtet, Pat sah ganz deutlich vier schwarze Pferde, das nassglänzende Dach, den bedauernswerten Lakaien hinten am Wagen. Noch ein Aufblitzen, ein ohrenbetäubender Donner und die Kutsche war verschwunden.

Pat starrte verblüfft hinaus in die Dunkelheit, drückte sich fast die Nase am Fenster platt, aber da war nichts mehr. Sie öffnete, ungeachtet des hereinpeitschenden Regens, das Fenster und lehnte sich hinaus. Das ging ja wohl nicht mit rechten Dingen zu! Eine Kutsche konnte sich doch nicht einfach in Luft auflösen! Sie spürte, wie der Wind an ihrem offenen Haar zerrte, es weit hinausflattern ließ. Wieder ein Blitz. Die Kutsche war zwar fort, aber dort unten, auf der Wiese vor dem Schloss, stand jemand im strömenden Regen. Der Sturm riss an seinem Mantel, peitschte den Regen auf ihn herab, er rührte sich jedoch nicht, sondern stand nur ruhig da. Es ging etwas Unwirkliches von ihm aus, und Pat lehnte sich, obwohl ihr Haar und ihr Gesicht schon ganz nass waren, noch ein wenig weiter hinaus, um ihn besser sehen zu können. Da wandte er sich um, und trotz der Entfernung und der Dunkelheit hätte Pat schwören können, dass er sie ansah. Sie starrte hinunter, fasziniert von dieser unwirklichen Gestalt, die so gleichgültig Wind und Wetter trotzte. Im selben Moment zuckte es vom Himmel, ein gewaltiger Donner folgte, der die Mauern erschütterte. Pat schloss geblendet die Augen, und als sie sie wieder öffnete, war der Mann fort. Ebenso verschwunden wie die Kutsche.

Der Regen wurde noch heftiger, und Pat schloss hastig die Fensterflügel und zog die Vorhänge zu. Ihr Haar, ihr Gesicht und ihre Arme waren tropfnass. Sie wollte nach einem Handtuch greifen, um sich trockenzureiben, blieb jedoch wie angewurzelt mitten im Zimmer stehen, als Schritte erklangen. Energische, feste, die unmöglich von dem stets gemessen dahinschreitenden Butler stammen konnten und zu Pats Entsetzen genau vor ihrer Tür verharrten. Sie hatte nicht den geringsten

Zweifel, dass es der unheimliche Mann war, den sie soeben vor dem Schloss gesehen hatte.

Erst jetzt fiel ihr auf, wie still es plötzlich war. Der Regen schien mit dem letzten Donnerschlag aufgehört zu haben, und es herrschte eine fast tödliche Ruhe, die ihr bis in die Haarspitzen ging. Sie lauschte mit angehaltenem Atem, trotz des vorgeschobenen Riegels voller Furcht, dieser unheimliche nächtliche Spaziergänger könnte auf die Idee kommen, sie noch besuchen zu wollen. Offenbar stand dieser andere aber vor der Tür und lauschte ebenso hinein wie sie hinaus – ein Umstand, der sie nicht eben beruhigen konnte.

Es schien eine Ewigkeit zu vergehen, in der Pat zitternd und schnatternd vor Kälte dastand, bis sich die Schritte wieder entfernten. Dann hastete sie zu ihrem Bett, sprang hinein und versteckte sich unter der Decke.

Am nächsten Tag schien wieder die Sonne, und Pat, die ihrer Arbeit in der Bibliothek von Barlem Castle nachging, gewann fast den Eindruck, als wäre dieses nächtliche Erlebnis nur einem Albtraum entsprungen. Ihre Angst war einfach unsinnig gewesen. Es war vollkommen unmöglich, dass eine Kutsche oder ein Mensch sich von einem Moment auf den anderen in Luft auflösten. Alles nur Hirngespinste, die an einem so wunderbaren Tag nicht lange überlebten. Und sie hatte ohnehin Wichtigeres zu tun, als darüber nachzudenken.

Sie saß an einem dunklen, glänzend polierten Tisch inmitten von Bücherwänden, die an drei Seiten bis zur Decke der Bibliothek hinauf reichten, so dass die oberen Reihen nur mit der Leiter erreichbar waren. Vor und neben sich hatte sie mehrere Stapel von Büchern, über die sie nicht einmal mehr stehend hinwegblicken konnte, sowie mehrere Bogen Papier, ein Tintenfass und Federn, von denen man einigen bereits den recht energischen Gebrauch ansah. Sie hatte eines der Bücher aufgeschlagen und folgte mit dem Zeigefinger den Eintragungen, während sie mit kratzender Feder der schon recht umfangreichen Liste den Titel des Buches, den Autor, das Erscheinungsjahr und einige Bemerkungen zum Inhalt hinzufügte. Seit fast zwei Wochen machte sie das nun schon. Und zwar seit dem Tag, an dem sie in Dunster in Lord Churthams altmodisches, dafür aber sehr bequemes Gefährt gestiegen und damit drei Stunden lang über schlechte Wege geschaukelt war, ehe sie einen ersten Blick auf dieses alte Schloss hatte werfen können.

Barlem Castle befand sich in der Grafschaft Devon, im Westen Englands, und lag, wie der freundliche Wirt in Dunster sie informiert hatte, etwa auf dem halben Weg zwischen der Hafenstadt Minehead und Exford. Das Anwesen befand sich in einem dichten Wald, den sie hier nicht vermutet hätte. Sie hatte sich unter dem Gebiet von »Exmoor« eine einsame, wenn auch durchaus reizvolle Gegend vorgestellt, die im Norden an das Meer grenzte und in der sich unheimliche Moorgebiete mit weiten, sanft gewellten Hügeln und leuchtend gelben Ginsterflächen abwechselten. Ihre Erwartungen hatten sie auch nicht getäuscht, aber gegen Ende der Reise waren sie längere Zeit neben einem Fluss bergauf durch eine dicht bewaldete Schlucht gefahren, an deren Ende endlich Barlem Castle gelegen hatte. Das *Schloss* war vielmehr eine alte Burg aus dem vierzehnten Jahrhundert, die später umgebaut worden war, und bestand aus einem gedrungenen, drei Stockwerke hohen Mittelteil, das beidseitig von runden Wehrtürmen flankiert war. Einer davon war schon halb verfallen und konnte deshalb nicht mehr betreten werden. Der Hausherr lebte in dem zweiten, offenbar in besserem Zustand erhaltenen Turm, und sie selbst war im ersten Stock des Haupttraktes untergebracht, in einem freundlichen, hell getäfelten Zimmer mit zierlichen Möbeln. Dem, soweit sie das beurteilen konnte, einzigen gemütlichen Raum in diesem zugigen Gemäuer. Alles, was sie sonst von dem Schloss und dessen Eigentümer wusste, war, dass sich dieses Anwesen schon seit über fünf Jahrhunderten im Besitz der Earls of Barlem befand, es jedoch viele Jahre leer gestanden hatte, bis der jetzige Herr im Jahre 1802, also vor etwa fünfzig Jahren, zurückgekehrt war, um das Schloss und die dazugehörigen Ländereien zu beanspruchen.

Pat schlug das Buch zu, legte es auf den Stapel zu ihrer Rechten und nahm ein anderes. Während sie es öffnete und begann, Titel und Autor abzuschreiben, lächelte sie zufrieden bei dem Gedanken, dass sie ihrer Familie und ihrem Beinahe-Verlobten entkommen war. Sie hatten die Rechnung ohne sie gemacht, hatten gedacht, sie mit dieser Verlobung überrumpeln zu können. Aber sie war ihnen zuvorgekommen, hatte bei Nacht und Nebel ihre Tasche gepackt und diese

Stellung hier angenommen. Pat Smith war eben immer noch ihrer Mutter Tochter, auch wenn sie seit dem Tod ihrer Eltern die letzten zehn Jahre ihres Lebens in England verbracht hatte. In Brighton genau genommen. Zuerst unter der Aufsicht ihres geliebten Großvaters und das letzte Jahr unter der unliebsamen Herrschaft ihres Onkels und ihrer Tante.

Ihr Vater war Engländer gewesen, der nach Amerika ausgewandert war und dort die ebenso reizvolle wie energische Tochter eines reichen Kaufmanns gefreit und geehelicht hatte. Pat war als einziges Kind aus dieser Ehe hervorgegangen, die Erbin eines nicht unbeträchtlichen Vermögens, das allerdings von ihrem Vater kurz vor seinem Ableben in Form von Wertpapieren nach England geschafft worden war. Pat war bald darauf ihrem Vermögen gefolgt und hatte seitdem bei ihrem Großvater gelebt, der zu ihrem größten Leidwesen ebenfalls gestorben war. Und ihr Onkel hatte nichts Eiligeres zu tun gehabt, als die Verlobung zwischen seiner Nichte und einem Lord ›Irgendwas‹ bekanntzugeben. Einem langweiligen, dicklichen Menschen, dessen einziger Vorzug darin bestand, ein mittelloser Adeliger zu sein – für ihre aus dem Kaufmannsstand stammenden Verwandten Grund genug, ihn unbedingt in ihrer Familie haben zu wollen. Pat dagegen, mit der Aussicht auf ein hübsches Vermögen sowie dank ihres Großvaters auch im Besitz einer guten Ausbildung, fühlte sich selbständig und frei genug, um alleine leben zu können oder einen Mann zu heiraten, zu dem sie sich wirklich hingezogen fühlte – ganz unabhängig von dessen Vermögen oder Rang.

Bei dem Gedanken an Heirat wandten sich ihre Augen wie von selbst dem Porträt über dem Kamin zu. Seit sie das erste Mal diese Bibliothek betreten hatte, war sie von diesem Bild bezaubert gewesen, und auch jetzt vergaß sie über den Anblick schnell ihre Familie, ihre Arbeit und die Reihen noch unbearbeiteter Bücher. Ein außergewöhnlich gutaussehender Mann war das, mit dunklen, sehr eindringlichen Augen und schulterlangem, leicht gewelltem, schwarzem Haar, das mit einigen Silberfäden durchzogen war. *So* konnte sie sich ihren zukünftigen Ehemann schon eher vorstellen. Ein stattlicher Mann. Nein, nicht *stattlich,* diesen Ausdruck verwendete man höflichkeitshalber meist für dicke Männer, und dick war er wahrhaftig nicht, sondern schlank, aber mit breiten Schultern. Und wenn ihn der Maler nicht größer hatte erscheinen lassen, dann war er zweifellos auch nicht gerade ein Zwerg. Sehr imponierend und eindrucksvoll sah er aus mit dem dunkelblauen Samtwams, den eleganten Spitzenmanschetten und dem weißen Spitzenkragen. Sehr romantisch. Pat seufzte ein wenig.

Angeblich stellte dieses Bild einen Ahnherrn von Lord Churtham dar, und sie hätte doch zu gerne gewusst, ob der alte Gentleman eine gewisse Ähnlichkeit mit seinem Vorfahren hatte. Seine Lordschaft lebte allerdings sehr zurückgezogen und legte offenbar auch keinen besonderen Wert darauf, mit Leuten wie ihr in Berührung zu kommen. Zumal Simmons, der Butler, ihr bei ihrer Ankunft unmissverständlich zu verstehen gegeben hatte, dass man an ihrer Statt einen Mann erwartet hatte, und es dem Schlossherrn nicht gefallen würde, nun eine Frau in seiner Bibliothek sitzen zu haben. Pat war ohne hemmende Gewissensbisse über diesen Vorwurf hinweggegangen. Sie hatte schließlich absichtlich ihren Namen abgekürzt, da die meisten Arbeitgeber für eine solche Position einen Mann vorgezogen hätten. Aber sie hatte leider weder die Wahl noch die Zeit gehabt, etwas anderes zu suchen, da sie dieser ungewünschten Verlobung möglichst schnell hatte entgehen wollen. Ganz abgesehen davon verstand sie etwas von Büchern, hatte auch schon die Bibliothek ihres Großvaters unter seiner fachmännischen Leitung geordnet und mochte die Arbeit gerne. Auf jeden Fall war es besser, als sich als Gouvernante den ganzen Tag mit einigen verzogenen Kindern herumzuärgern. Und es war ja nicht für lange. Wenn dieses eine, letzte Jahr vorüber war und sie mit sechsundzwanzig Jahren endlich Zugriff auf ihr Erbe bekam, würde alles viel einfacher sein. Aber bis dahin musste sie sich eben noch so durchschlagen.

Mrs Simmons kam herein, Pat aus ihren Betrachtungen reißend. »Ich dachte, meine Liebe, Sie hätten vielleicht gerne ein Tässchen Tee.« Mrs Simmons war die Einzige, die nichts gegen Pats Anwesenheit im Schloss zu haben schien. Ihr Mann, der Butler, war höflich, aber es lag in seinem Benehmen ihr gegenüber immer eine gewisse unausgesprochene Indignation, als würde er es als völlig unpassend für sie erachten, sich hier aufzuhalten. Seine Frau dagegen freute sich sichtlich über die weibliche Gesellschaft in diesem großen, aber einsamen Schloss, von dessen etwa fünfzig Räumen nur ganz wenige bewohnt waren. Außer den Simmons zählten lediglich ein betagtes, fast taubes Zimmermädchen, das an drei Tagen in der Woche vom Dorf heraufkam, ein schielender Stallbursche und ein wortkarger Kutscher zu dem schmächtigen Haushalt. Aber diese anderen drückten sich, wenn sie Pat begegneten, immer gleich scheu zur Seite und antworteten nur schüchtern auf ihren Gruß.

Pat widmete sich, nachdem Mrs Simmons wieder gegangen war, abermals dem Studium dieses faszinierenden Bildes, als sie plötzlich ein kalter Luftzug traf. Sie sah sich unbehaglich um und zog ihr Schultertuch etwas enger um sich. Seltsam, wie unheimlich ihr diese Bibliothek in manchen Momenten erschien. Es war nicht das erste Mal, dass unvermittelt ein kalter Hauch durchzog, obwohl draußen die Sonne schien und alle Fenster fest verschlossen waren. Und außerdem hatte sie, wie schon so oft, die unangenehme Empfindung, von jemandem heimlich beobachtet zu werden. Dabei war das lächerlich. Die hohen Fenster, die fast die ganze linke Seite der Bibliothek einnahmen, lagen so hoch über dem Park, dass niemand davor stehen und hereinsehen konnte. Pat stand oft dort und blickte hinaus, denn sie waren die wenigen in diesem Schloss, die nicht aus kleinen, in Blei gefassten Scheiben bestanden, sondern die Sonne ebenso ungeteilt hereinließen, wie sie den Blick auf die vor dem Schloss liegenden Wiesen und den angrenzenden Wald freigaben.

Die seltsamen Worte ihres Reisegefährten kamen ihr wieder in den Sinn. William Pentwell, ein Gentleman, der wie ein rettender Engel erschienen war, als die Postkutsche etwa eine Wegstunde vor Dunster in den Graben gerutscht war. Der Fahrer hatte einem anderen Wagen ausweichen müssen, dessen Kutscher wie ein Besessener die Peitsche geschwungen hatte, die Pferde waren im Galopp an ihnen vorbeigezogen, und sie selbst waren mit einem gebrochenen Rad im Graben gelandet. Es war schon dunkel gewesen, Pat und die anderen Fahrgäste waren hungernd und ungemütlich in dem feuchten Gras neben dem Fahrweg gesessen und hatten darauf gewartet, dass Hilfe kam. Und sie war auch gekommen, nämlich in der Person von Mr Pentwell, einem offensichtlich wohlhabenden Gentleman, der von London unterwegs nach Dunster war. Er hatte Pat und zwei andere Frauen mitgenommen und sie zum besten Gasthof der Stadt gebracht. Die beiden anderen hatten bald Gelegenheit gehabt, den Weg nach Minehead, ihrem Ziel, fortzusetzen, Pat hatte aber auf die Kutsche von Lord Churtham gewartet. Diese traf allerdings erst im Laufe des nächsten Tages ein, da Pat trotz des Unfalls früher in Dunster angekommen war, als sie gedacht hatte.

Pentwell hatte sich als wahrer Kavalier und liebenswürdiger Gesellschafter entpuppt. Er hatte sogar ein Extrazimmer gemietet, wo Pat sich aufhalten konnte, ohne bei den etwas derben Gästen in der Wirtsstube sitzen zu müssen, und er hatte ihr am Abend bei einem erfreulich wohlschmeckenden Dinner Gesellschaft geleistet. Es war das erste gute Essen gewesen, seit sie von Brighton aufgebrochen war. Obwohl ihr Gastgeber über eine gewisse Indisposition klagte, die es ihm unmöglich machte mit ihr zu speisen, hatte Pat herzhaft zugegriffen und es sich schmecken lassen.

An diesem Abend waren sie auch auf das Ziel ihrer Reise zu sprechen gekommen, und Pat war nicht entgangen, dass Pentwell sichtlich zusammengezuckt war, als sie Lord Churtham und Barlem Castle erwähnt hatte. Er hatte sich schnell wieder gefangen, sie aber von Zeit zu Zeit mit seltsam besorgten Blicken gemustert und ihr dann beim Abschied wärmstens ans Herz gelegt, nur ja recht vorsichtig zu sein. Pat hatte sich damals gewundert, diese Warnung jedoch mehr als Ausdruck der Höflichkeit dieses äußerst zuvorkommenden Gentlemans angesehen und sich nicht weiter den Kopf darüber zerbrochen.

Barlem Castle hatte aber tatsächlich etwas Unheimliches an sich. Was natürlich an den alten Mauern liegen konnte, dem Krachen im wurmstichigen Gebälk und den dunklen Winkeln, die kaum von den flackernden Kerzen erhellt wurden. Nicht zu vergessen natürlich diese befremdlichen Geräusche, die nächtlichen Stimmen und …

Der Luftzug verstärkte sich, und Pat fröstelte. Warum hatte sie nur plötzlich wieder das unheimliche Gefühl, beobachtet zu werden?! Sie klappte entschlossen das Buch zu, an dem sie soeben gearbeitet hatte, und lief in ihr Zimmer, um Hut und Mantel zu holen. Es war ein schöner Tag, den sie dazu nutzen konnte, im Dorf einige Besorgungen für Mrs Simmons zu machen, die dankbar war, wenn sie den weiten Weg nicht selbst zurücklegen musste.

Draußen war es hell und freundlich, die Sonne schien warm herunter, obwohl es des Nachts schon recht kühl wurde und man das Nahen des Herbstes fühlen konnte. Pat marschierte fröhlich los, sich an den letzten blühenden Spätsommerblumen erfreuend. Der Wald war zwar ein wenig dunkel, als sie dem Weg entlang des Flusslaufs folgte, aber sie war froh, aus dem noch düstereren Schloss entkommen zu sein. Hier summten wenigstens einige Insekten, man hörte von Zeit zu Zeit die Vögel rufen, auch wenn die Zeit ihres Gesanges schon vorbei war, und es herrschte nicht die drückende Stille wie im Schloss. Nach etwa einer halben Stunde stieg der Weg wieder an, und sie fand sich auf einer offenen Hochebene wieder, von der aus man einen wunderbaren Blick über das Moorland hatte. Nur noch eine weitere knappe halbe Stunde und dann hatte sie das Dorf auch schon erreicht.

Sie war schon einmal dort gewesen, einige Tage nach ihrer Ankunft, weil Mrs Simmons sie gebeten hatte, etwas aus dem Laden abzuholen, der über ein erstaunlich umfangreiches Angebot verfügte. Aber obwohl das Dorf mit den kleinen Steinhäusern und niedrigen Mauern sehr romantisch aussah und so ganz anders war als alles, was sie von Brighton oder aus ihrer Heimat kannte, hatte Pat sich nicht sehr wohl gefühlt. Das hatte an den Leuten gelegen, die ihren Gruß höflich erwidert hatten, ihr jedoch ausgewichen waren. Nicht einmal die Kinder, die sonst neugierig herankamen, sobald Fremde ein Dorf betraten, waren zu sehen gewesen. Einige davon waren bei ihrem Anblick sogar ängstlich davongelaufen, hatten sich hinter den Haustüren versteckt und sie nur verstohlen beobachtet. Pat hatte sich nur kurz und verlegen umgesehen, die Besorgungen erledigt und hatte dann gemacht, dass sie schnell wieder zurück zum Schloss kam.

Auch dieses Mal war es nicht anders. Die Leute verschwanden von der Straße, wenn sie in die Nähe kam, ein Kind lief weinend davon, und die Frau des Ladenbesitzers machte mehrere Kreuzzeichen hintereinander, als Pat eintrat, und mindestens die doppelte Anzahl, als sie den Laden wieder verließ. Nur eine alte Frau blieb stehen und sah ihr entgegen, als sie halb erleichtert, halb gekränkt ihre Schritte Richtung Schloss lenkte.

»Ich wünsche Ihnen einen schönen Tag«, sagte die Alte.

Pat erwiderte dankbar den freundlichen Gruß und wollte weitergehen, aber die Frau vertrat ihr den Weg.

»Und den Segen des Lichts …«

Pat lächelte verwundert. »Das wünsche ich Ihnen auch.« Sie wollte vorbei, aber die Alte gab den Weg nicht frei.

»… und all seiner Wesen.«

»… danke …« Pat lächelte verkrampft und blieb stehen, während die Alte ihre Blicke freimütig über Pats Gesicht und ihre Gestalt wandern ließ.

»Es gehen hier seltsame Dinge vor«, sagte sie plötzlich. »Sie sollten sich in Acht nehmen.«

»Vor wem?«, fragte Pat verblüfft.

»Vor den Mächten der Finsternis.« Sie trat vertraulich einen Schritt näher. »Sie sind noch jung und unschuldig, und die Dämonen des Bösen werden von der Unschuld angezogen.«

»So …?« Pat machte unauffällig einen kleinen Schritt zur Seite. Die arme Alte war wohl nicht mehr ganz richtig im Kopf.

»Sie glauben mir nicht?«, fragte diese mit einem Lächeln, das zu Pats Erstaunen zwei Reihen blendendweißer und gesunder Zähne freigab. »Das sollten Sie aber. Ich weiß mehr als die anderen hier. Die fürchten sich nur und verkriechen sich in ihren Häusern, wenn das Böse durch den Wald und die Straßen geht. Aber ich habe keine Angst. Ich kenne mich mit Vampiren und Dämonen aus und weiß, wie man ihnen beikommen kann.« Sie nickte Pat zu, die alle Beherrschung brauchte, um nicht mit fliegenden Röcken wegzulaufen. »Gib Acht auf dich, mein Kind«, rief ihr die Alte nach, als Pat ihre Schritte beschleunigte, um so schnell wie möglich aus dem Dorf zu kommen. »Das Böse schläft niemals! Und es ist näher, als du denkst!«

Als Pat erschöpft und undamenhaft schwitzend heimkam, dämmerte es bereits. Simmons begrüßte sie wie üblich ungnädig, nahm ihr dann jedoch höflich den Korb mit den Einkäufen ab und brachte ihr sogar persönlich das Nachtmahl, das sie immer in ihrem Zimmer einnahm. Pat aß mit gutem Appetit, schüttelte jedoch bei der Erinnerung an die seltsame Alte den Kopf. Und was sie da nur geredet hatte! Von Vampiren und von dem Bösen, das niemals schlief? Welch ein Unsinn! Jetzt, wo sie hier, in ihrem heimeligen Zimmer war und den bedrohlich düsteren Wald hinter sich hatte, konnte Pat nur den Kopf über sich selbst und ihre Dummheit schütteln. Und sie hatte sich davon solche Angst einjagen lassen, dass sie hinter jedem Busch einen Feind vermutet hatte, der sich auf sie stürzen und sie umbringen wollte, so dass sie fast den ganzen Weg über gelaufen war.

Da sie noch nicht müde war, beschloss sie, nach dem Essen noch einmal in die Bibliothek zu gehen, um die am Nachmittag unterbrochene Arbeit fortzusetzen. Sie brachte zuerst das Tablett mit den leeren Tellern wieder zu Mrs Simmons in die im Halbkeller befindliche Küche, unterhielt sich für einige Minuten angeregt mit ihr und ging dann die wenigen Stiegen hinauf in die weitläufige Halle, die erstaunlich groß war, so dass Pat vermutete, sie sei früher jener zentrale Raum der Burg gewesen, in dem sich die Gefolgschaft um den Herrn dieses Schlosses versammelt hatte. Wenn sie ein wenig ihre Fantasie spielen ließ, so konnte sie sich lebhaft vorstellen, wie Ritter und Knappen gemeinsam mit den schönen Edelfräulein um lange Tafeln saßen, die Bediensteten Platten mit halben Ochsen hereinschleppten und die Hunde sich im Hintergrund um die halb abgenagten Knochen balgten. Die in den dunklen Ecken stehenden halbverrosteten Ritterrüstungen fügten sich hervorragend in dieses Bild ein, und sie versank, während sie langsam die Halle durchquerte und die Bibliothek betrat, in der romantischen Vorstellung, wie sie selbst an der Tafel saß, in einem der fließenden langen Gewänder dieser Zeit, mit einem Schleier über dem Haar, der mit einem Goldreif festgehalten wurde. Und neben ihr saß der gutaussehende Ahnherr von Lord Churtham, beugte sich zu ihr, flüsterte etwas in ihr Ohr, das sie zum Lachen brachte, und dann …

… und dann sah sie es! Jemand war hier gewesen! Ihre Listen lagen an einem anderen Ort, waren nicht mehr in der richtigen Reihenfolge, und auch die Bücher waren anders gestapelt als zuvor.

Pat brauchte geschlagene fünf Minuten, um ihren Ärger hinunterzuschlucken, dann zog sie an der Glocke. Als der Butler erschien, sah sie ihn streng an. »Mr Simmons …«

»Simmons«, unterbrach er sie würdevoll, »einfach nur Simmons, Miss Smith.«

Pat räusperte sich ungeduldig. »Nun gut. Also, Simmons, ich hatte Sie doch gebeten, meine Listen nicht anzurühren, wenn ich sie hier auf dem Tisch liegen lasse, und auch nicht die Stapel umzuschichten. Es ist ja nicht so, dass ich besonders pedantisch wäre, aber es bringt meine Ordnung durcheinander.«

Simmons sah sie ausdruckslos an. »Das war niemand vom Personal, Miss Smith. Aber Lord Churtham selbst hat sich kurz in der Bibliothek aufgehalten. Möglicherweise hat er ein bestimmtes Buch gesucht.«

Pat würgte die Mitteilung hinunter, dass auch dieser geheimnisvolle Lord Churtham besser seine Finger von ihren Bücherstapeln lassen sollte. Sobald sie mit dieser Arbeit fertig war, konnte er dann umschichten und Unordnung verbreiten, wie er wollte, aber bis dahin war die Bibliothek ganz allein ihr Reich. Zumindest war das *ihre* Ansicht. »Ich würde doch zu gerne einmal Lord Churtham persönlich sprechen«, sagte sie fest.

»Lord Churtham lebt sehr zurückgezogen«, erwiderte Simmons unverbindlich. »Er empfängt niemanden, und er …«

»Ich bin nicht *niemand*«, regte sich Pat auf, »ich bin immerhin seine Angestellte!«

»… und er sieht auch keinen Grund, mit seinen Dienstboten persönlich zu verkehren«, fuhr Simmons unbeeindruckt fort. »Dies zu tun gehört zu meinen Aufgaben.«

Pat schluckte hart an dieser Mitteilung. Als reiche und ungewöhnlich selbständig erzogene junge Frau hatte sie sich nie als Dienstbote gesehen. Zumal die wenigen, aber langgedienten Beschäftigten in ihrem Elternhaus fast immer wie Familienmitglieder behandelt worden waren. »Er hat aber *sehr* wohl auch Besucher!«, widersprach sie. »Ich habe erst gestern Nacht wieder Stimmen gehört.«

»Ob Lord Churtham Besucher empfängt oder nicht, gehört nicht zu den Dingen, die seine Bediensteten zu diskutieren haben«, wurde sie kühl abgefertigt.

»Natürlich nicht«, gab Pat zu, »aber …«

»Sie entschuldigen mich jetzt bitte, Miss Smith, ich habe meinen Pflichten nachzukommen. Gute Nacht.«

»Gute Nacht«, brummte ihm Pat nach. Sekundenlang starrte sie auf die Tür, die sich leise hinter ihm geschlossen hatte, dann wandte sie sich seufzend ihrem Bücherstapel zu. Nun musste sie also fast vierzig Bücher wieder umsortieren, nur weil dieser *unsichtbare* Lord Churtham es für richtig befunden hatte, ausgerechnet bei denen zu suchen, die sie gerade bearbeitete. Es war natürlich nur eine Arbeit von wenigen Minuten, aber es ging ihr ums Prinzip.

Sie trug soeben einen der großen handgeschriebenen und sehr kostbaren Folianten aus dem vierzehnten Jahrhundert – einer ihrer bewunderten Lieblinge mit wunderbar ausgeführten, kunstvollen Miniaturen – von einer Tischseite zur anderen, als plötzlich wieder ein leichter Luftzug durch das Zimmer wehte. Die Kerzen flackerten, und Pat sah sich misstrauisch um, als sie das Geräusch von Schritten hörte, das direkt aus der Wand zu kommen schien. Sie legte das

Buch vorsichtig ab und ging dem verhallenden Ton nach, bis sie an einer der Bücherwände an der Rückseite der Bibliothek anstieß. Die Schritte waren von dort gekommen, dessen war sie sich ganz sicher. Ob die Mauer etwa ein Loch hatte? Diese alten Schlösser und Burgen waren doch bekannt dafür, mit verborgenen Gängen und Türen ausgestattet zu sein. Sie schob einige Bücher zur Seite, fand dahinter jedoch nur eine stabile Holzwand. Gab es hier vielleicht eine Geheimtür? Von Neugier überwältigt, rückte sie noch einige Bücher weg und tastete, auf der Suche nach einem Mechanismus, über das Holz dahinter.

Mitten in die Stille waren wieder diese Schritte zu vernehmen. Sie näherten sich. Ein Knarren ertönte, das Pat durch Mark und Bein ging, dann war es wieder ruhig. Unheimlich still. Sie lauschte mit angehaltenem Atem, das Ohr knapp an der Bücherwand, als mit einem Mal eines der großen Fenster mit einem lauten Krachen aufflog. Ein hereinbrausender Sturmwind ließ nicht nur die Vorhänge flattern, sondern auch Pats Röcke und riss kleine Haarsträhnen aus ihrem festen Knoten. Gleichzeitig erloschen alle Kerzen, und der Raum wurde nur noch durch das Feuer im Kamin erhellt, das allerdings so jäh und wild aufloderte, dass Pat das Prasseln der Flammen hören konnte. Obwohl sie zuerst furchtbar erschrocken gewesen war, nahm sie sich zusammen und wollte soeben auf das Fenster zugehen, um es zu schließen, als sie das Gefühl hatte, nicht mehr alleine zu sein. Sie sah sich mit weit aufgerissenen Augen in dem fast dunklen Raum um. War da nicht ein Schatten, der auf sie zukam?

Plötzlich zuckte sie zusammen. Etwas hatte sie am Arm berührt. So, als hätte ein Unsichtbarer seine Finger über ihren Arm gleiten lassen. Sie fühlte, wie sich ganz langsam sämtliche Härchen an ihrem Körper sträubten. In der aufsteigenden Panik vermeinte sie sogar, den Atem einer anderen Person, die dicht neben ihr stand, zu hören und zu fühlen.

Das war der Augenblick, wo Pat jeglicher Mut verließ. Sie machte sich nicht mehr die Mühe, das Fenster wieder zu schließen, sondern durchquerte weniger elegant als eilig den Raum, in dem sicheren Bewusstsein, von einem Gespenst verfolgt zu werden. Sie riss die Tür auf, lief durch die Halle, wobei sie beinahe die halb verrostete Ritterrüstung gleich neben dem Treppenaufgang umrannte, und hetzte dann die Treppe hinauf, weiter über den mit flackerndem Kerzenlicht beleuchteten Gang. Sie lief vorbei an den wild tanzenden unheimlichen Schatten, die an jeder Ecke nach ihr zu greifen schienen, vorbei an den Ritterrüstungen, die ihrer Meinung nach ohnehin nur dazu aufgestellt waren, um harmlose junge Frauen zu erschrecken, und erreichte endlich ihr Zimmer. Sie stürzte hinein, warf die Tür hinter sich zu und schob energisch den Riegel vor. Dann lehnte sie sich aufatmend und an allen Gliedern zitternd an die Tür.

In Sicherheit. Auch wenn sie nicht einmal wusste, wovor sie überhaupt geflohen war.

Als Pat oben angekommen war, löste sich eine Gestalt aus dem Schatten der Treppe. Es war ein hochgewachsener Mann mit schulterlangem schwarzem Haar, der in einen dunklen Mantel gehüllt war. Er blieb eine Weile reglos stehen, blickte hinauf, wo Pat verschwunden war, dann wandte er sich um und verließ das Schloss. Die schwere, eisenbeschlagene Tür schien sich wie von selbst vor ihm zu öffnen und glitt hinter ihm unhörbar wieder zu.

Im Bordell

Es war schon Mitternacht, als ein dunkelhaariger Mann das »Chez Haga« betrat, das berüchtigtste und teuerste Bordell Londons, das sich damit brüsten konnte, selbst die ausgefallensten Wünsche seiner Kunden nicht unerfüllt zu lassen. Der neue Gast trug einen langen schwarzen Mantel, den er gemeinsam mit Hut und Handschuhen einer der leichtbekleideten jungen Frauen in die Hand drückte und es sich nicht nehmen ließ, im Vorübergehen die rosigen Brustspitzen zu zwicken, die so einladend über dem Mieder herauslugten.

»Hast du gesehen?«, fragte eine blonde Schöne ihre Freundin, als er vorbeischlenderte, wobei seine scharfen Augen alles wahrzunehmen schienen. »Strigon ist wieder zu Besuch gekommen.« Sie standen halb verdeckt hinter einer der roten Samtportieren und beobachteten, was in dem Saal vor sich ging.

Strigon, oder Graf Strigon, wie er sich in diesem Kreis aus Eingeweihten auch gerne nennen ließ, war ein guter Kunde. Einer von der anspruchsvollen Sorte mit sehr ausgefallenen Wünschen, der aber auch angemessen dafür bezahlte. Sein Name war fast keiner von ihnen fremd, auch wenn er das Etablissement nun schon längere Zeit nicht mehr aufgesucht hatte.

Die schwarzhaarige Frau, die während der Abwesenheit ihrer Herrin hier die Aufsicht hatte, blinzelte nervös. »Haga möchte sicher nicht, dass wir einen guten Kunden verlieren. Am besten, ich stelle ihm einige unserer Vampirmädchen zur Verfügung, die können von ihm nicht mehr verseucht werden.« Sie blickte fahrig zu der großen Standuhr in der Ecke, die von Säulen in der Form vergoldeter Nymphen getragen wurde. »Wenn nur Haga schon wieder hier wäre. Ich kann mich gut erinnern, dass es bei seinem letzten Aufenthalt einen richtigen Skandal gab, als er zwei der Mädchen gebissen hat. Wäre Haga nicht dazwischengefahren, hätte er sie auf der Stelle ausgesaugt. Sollte so etwas wieder geschehen, möchte ich nicht dabei sein, wenn sie einen Wutanfall bekommt.«

Die Blonde zog unbehaglich die Schultern zusammen. Hagazussas Wutanfällen setzte man sich nicht freiwillig aus. Sie genossen hier zwar alle gewisse exotische Neigungen, hatten nichts gegen einige feste Peitschenhiebe einzuwenden, aber wenn die Herrin dieses Etablissements einmal wütend wurde, dann wollte ihr keiner zu nahe kommen.

In der Zwischenzeit war der Gast von einem der dienstbeflissenen Knaben in einen Extraraum geführt worden, zu dessen Ausstattung ein übergroßes, einladendes Bett gehörte, dessen Baldachin von vier gedrehten vergoldeten Säulen getragen wurde, sowie eine ganze Reihe goldumrahmter Spiegel, die Hagazussas Kunden ihre erotischen Spiele auch optisch genießen ließen. An der Wand neben dem Bett befand sich ein Glasschrank, dessen Inhalt nicht nur aus einer Reihe verschiedener Peitschen und Fesseln bestand, sondern auch noch aus anderen Geräten, die dem geneigten Betrachter schon beim Ansehen ein wohliges Schaudern schenkten.

Zwei kichernde junge Schönheiten reichten ihm ein mit Champagner gefülltes Glas. Er nahm es entgegen, nippte kurz daran und schüttete den Inhalt dann zornig in den Kamin, dass die Flammen prasselten. »Was soll ich damit?«, fragte er gereizt. »Ist das die neue Art, wie man hier als Gast empfangen wird?«

»Verzeihen Sie diesen kleinen Irrtum«, ließ sich eine Stimme vernehmen, deren erotisches Timbre ihn veranlasste, sich schnell umzudrehen. Vor ihm stand eine üppige Frau mit vollen schwarzen Locken, die bis auf ihre Hüften hinabflossen. Sie war in ein rotes Seidenkleid gehüllt und hielt einen Kristallkelch, worin sich die Farbe ihres Kleides widerzuspiegeln schien.

Strigon nahm ihn aus ihrer Hand entgegen und kostete, dann trank er das Glas gierig in einem Zug leer. Die tiefrote Flüssigkeit hinterließ kleine Perlen auf seinen Lippen. »Ausgezeichnet.«

»Das frischeste Getränk, das wir derzeit zu bieten haben«, erwiderte die Schwarzhaarige.

»Wie heißt du, meine Schöne?«

»Mandara. Ich vertrete Hagazussa in ihrer Abwesenheit. Und wie darf ich Sie heute ansprechen?« Sie kam ein wenig näher an ihn heran, lächelte und tupfte mit dem Finger eine der roten Perlen von seinen Lippen, bevor sie ihn an ihre eigenen führte und ihn mit einem genussvollen Ausdruck ableckte.

Der Mann sah ihr aufmerksam zu. »Mit dem Namen, den ich hier immer benütze«, entgegnete er heiser, während sein Blick an ihren roten Lippen hing.

»Gerne. Und was können wir heute für einen seltenen Gast wie Sie tun, Graf Strigon?«

Seine Hand schob ihr langes Haar zur Seite und glitt über ihren weißen Hals. »Vor allem noch ein bisschen mehr von diesem Getränk. Und vor allem *ganz* frisch.« Er brachte seine Lippen näher, aber sie wich ihm mit einer eleganten Bewegung aus.

»Sie wissen selbst, Graf, dass diese Art von Betreuung nicht bei uns angeboten wird. Wir haben strikte Anweisungen unserer Herrin.«

»Hagazussa wird prüde«, entgegnete er ungeduldig. »Muss ich mir etwa ein anderes Bordell suchen, wo man als guter Kunde bekommt, was man sucht?«

»Ach, wir haben durchaus so einiges zu bieten.« Sie zog an einer Klingelschnur, und fast im selben Moment traten zwei in durchsichtige Seidentücher gehüllte Frauen ein, die sich glichen wie ein Ei dem anderen. Das Auffallendste an ihnen waren aber weder ihre Ähnlichkeit noch ihr weißes Haar oder die alabasterne, makellose Haut, sondern ihre roten Augen und die spitzen scharfen Zähne, die beim Lächeln hervorblitzten.

»Das ist für den Anfang ganz gut, aber noch nicht ausreichend.« Er zog einen schweren Geldbeutel hervor und warf ihn auf den Tisch.

Mandara griff danach und sah hinein. »Und welche Art von Dienst können wir Ihnen sonst noch anbieten, Graf Strigon?«

Er ging zum Glasschrank und zog nach kurzer Überlegung eine Peitsche hervor, eine sogenannte neunschwänzige Katze, wie sie auf Schiffen zur Bestrafung der Matrosen verwendet wurde. Ein sehr exquisites Spielzeug in der Hand eines Mannes, der es auch zu verwenden verstand. Mandara sah sekundenlang darauf, dann nickte sie. »Ich verstehe.« Was auch stimmte, denn sie kannte ihr Gewerbe schließlich schon lange und gründlich genug, um zu wissen, was ein Vampir, den man davon abhielt, die Damen auszusaugen, mit einer Peitsche anfangen konnte. »Ich komme sofort wieder.«

Sie verschwand aus dem Zimmer, Strigon in der Obhut der beiden weißhaarigen Frauen zurücklassend, die keine Sekunde verloren, den gutaussehenden Gast zu umschmeicheln. Sie selbst eilte ein Stockwerk hinab, wo sie in einem der verschwenderisch mit Samt und Gold ausgestatteten Zimmer genau das fand, was sie gesucht hatte. Es war eine hübsche kleine Blonde in einem hauchdünnen, lose geschnittenen Seidenkaftan, die sich in einem Polstersessel räkelte und zusah, wie einer der Gäste sich heftig stöhnend in einer ihrer Kolleginnen auf und ab bewegte, während eine andere hinter ihm stand und sein bereits gerötetes Hinterteil mit einem mehrfach zusammengelegten Strick bearbeitete. Der Mann ächzte, pumpte härter und härter. Die Blonde ließ keinen Blick von den dreien, während sie ihre ringgeschmückten Finger zwischen ihre Beine gleiten ließ, sich massierte und dabei vor steigender Lust halb die Augen schloss. Der Mann hatte sie zusammen mit den beiden anderen gemietet. Allerdings bestand ihre Rolle lediglich darin, ihm bei seinen Spielen zuzusehen, was ihm noch zusätzliche Befriedigung zu verschaffen schien. Da ihr dies jedoch mit der Zeit langweilig geworden war, hatte sie begonnen, ihren eigenen Körper zu streicheln.

Mandara riss sie aus ihrer Unterhaltung. »Lass das jetzt, Venetia, du wirst oben gebraucht.«

»Oben?« Die kleine Blonde war sichtlich nicht geneigt, der Aufforderung nachzukommen. Ihre Finger spielten zwischen ihren Beinen, tanzten auf ihrem empfindlichsten Punkt, während das Stöhnen des Mannes, der – fasziniert von ihrer hingebungsvollen Art, sich selbst eine Freude zu machen – herüberstarrte, immer lauter wurde. Die Frau hinter ihm schlug noch kräftiger zu, er warf den Kopf in den Nacken, ächzte und fiel dann in ekstatischen Zuckungen auf die unter ihm liegende Frau.

»Sie entschuldigen uns bitte, Sir Raymond?« Mandara warf ihm einen geschäftsmäßigen Blick zu und zerrte dabei Venetia aus dem Sessel.

»Ich will aber nicht!«, fauchte Venetia, als Mandara sie die Treppe hinaufschleppte und über den Gang zu dem Zimmer schob, wo Strigon sich gerade mit den beiden Vampirinnen vergnügte. »Ich will nur zusehen, das ist so vereinbart. Das wird Madame Haga auch nicht recht sein, dass du ausgerechnet mich nimmst!«

»Es wird dir aber gefallen, Venetia«, zischte Mandara zurück. »Außerdem brauche ich hier jemanden, auf den ich mich verlassen kann. Jemand, der klug genug ist, nicht auf seine Tricks hereinzufallen und sich aussaugen zu lassen! Und im Übrigen«, fügte sie von oben herab hinzu, »weiß ich genau, dass du diese Art von Unterhaltung liebst.«

Venetia strich sich eines ihrer Löckchen aus dem Gesicht und blickte durch die halb geöffnete Tür in das Zimmer, wo sie die schlanke, breitschultrige Gestalt des Mannes sehen konnte. Er hatte seine Jacke und sein Hemd abgelegt, eine der jungen weißhaarigen Frauen streichelte mit ihren Brüsten seinen Rücken, während die andere nackt vor ihm kniete und eifrig an seinem Glied leckte, das schon hart und vielversprechend aus der Hose emporragte.

Venetia fuhr sich mit der Zunge über die Lippen. »Nun …« Das klang schon halb überzeugt.

»Na also. Dann geh schon!« Mandara schob sie durch die Tür und schloss sie hinter ihr vernehmlich. Natürlich würde es Hagazussa nicht recht sein, wenn sie ausgerechnet ihr Lieblingsspielzeug an die Gäste verborgte, aber in diesem Fall hatte sie wohl keine andere Wahl. Venetia war eine der wenigen im Haus, die gegen den Biss eines Vampirs immun waren. Und außerdem würde sie selbst in der Nähe bleiben, um zur Stelle zu sein, falls es Unannehmlichkeiten gab.

Drinnen im Zimmer sah Strigon zu, wie Venetia sich langsam und anmutig vor ihm entkleidete, das seidige Gewand über ihre Schultern und dann über ihre Brüste schob, bis sie vor ihm freilagen. Es fiel mit einem zarten Rascheln zu Boden, und er spürte ein Brennen in der Kehle, als er ihren Körper betrachtete. Sein Blick glitt über ihre Beine, ihren Bauch, die dunklen Spitzen ihrer Brüste und hin zu ihrem Hals. Er hielt die Peitsche in der Hand und konnte es kaum noch erwarten, sie auch anzuwenden. Der Durst war beinahe unerträglich, und er hatte keine Lust mehr, sich mit albernen Spielen aufzuhalten.

»Leg dich auf den Boden. Mit dem Gesicht nach unten. Mach schon!«

Venetia zögerte, blickte zuerst auf die Peitsche, dann auf sein erregt zuckendes Glied, das sich ihr verheißungsvoll entgegenreckte, und ließ sich schließlich auf die Knie nieder, bevor sie sich mit einer graziösen Bewegung ausstreckte. Sie lächelte. Das versprach eine durchaus reizvolle Nacht zu werden. Und außerdem geschah es ihrer Herrin ganz recht, wenn sie sich andere Unterhaltung suchte. Wenn Hagazussa sie vernachlässigte und sich stattdessen mit Männern herumtrieb, dann hatte sie ebenfalls das Recht dazu.

Die beiden Weißhaarigen knieten sich auf seinen Wink links und rechts neben das Mädchen und hielten es an den Armen fest, während Strigon zwischen ihren gespreizten Beinen stand und die geknüpften Enden der Peitschenschnüre spielerisch über ihren Rücken, ihr rundliches Gesäß und ihre Schenkel gleiten ließ. »Es wird ein bisschen weh tun, mein hübsches Kind«, sagte er mit einem kalten Lächeln, »aber du wirst das schnell vergessen, wenn ich dich dann wieder *beruhige.*«

Er hob die Peitsche, holte aus und schlug zu. Ein zwischen Lust und Schmerz schwankender Laut entrang sich Venetias Lippen. Er blickte auf die Striemen, die sich hellrot auf der weißen Haut abzeichneten. Allerdings nicht rot genug. Er schlug nochmals zu, diesmal stärker. Die kleine Blonde gab einen Schrei von sich, und Strigon sah befriedigt auf die winzig kleinen Blutstropfen, die sich auf der Haut bildeten. Nun war es richtig, genauso mochte er es. Nicht zu hart, sonst kreischten die Weiber zu sehr und fielen in Ohnmacht, und nicht zu schwach, sonst platzte die Haut nicht auf. Und das musste sie, damit das Blut zum Vorschein kam. Frisches, hellrotes und überaus köstliches Blut.

Er widerstand dem Drang, sich sofort auf sie zu werfen, um es aufzulecken, sondern ging langsam um sie im Kreis herum, schlug immer wieder zu, stets darauf bedacht, das richtige Maß nicht zu überschreiten, während er dazwischen immer wieder eine Pause machte, sie mit den Riemen streichelte und neckte, bevor er wieder zuschlug. Venetia bemerkte sehr schnell, dass sie hier an jemanden gekommen war, der es verstand, das Spiel zwischen Schmerz und der Erwartung des Schmerzes auszukosten und auskosten zu lassen.

Dennoch wurden seine Schläge mit seiner wachsenden Gier auf ihr Blut und ihren Körper kräftiger, bis Venetia sich so wand und zuckte, dass die beiden Vampirinnen sie mit aller Kraft festhalten mussten. Deren Lippen waren geöffnet, und Strigon sah deutlich die spitzen Zähne, während ihre rotglühenden Augen fest auf das zappelnde Mädchen und das Blut gerichtet waren.

Als eine von ihnen sich hinabbeugen wollte, um schnell über einen blutigen Striemen zu lecken, schlug er ihr die Peitsche mehrmals mit aller Kraft quer über den Rücken. »Wage es nicht!«, fauchte er sie an. Sie kreischte, ließ die kleine Blonde los und zog sich in die Zimmerecke zurück. Die andere folgte ihr auf seinen Wink hin, und Strigon kniete sich, ohne länger auf die beiden zu achten, zwischen die Beine des Mädchens. Er stützte sich links und rechts neben ihrem Körper ab und senkte sich langsam auf sie. Zufrieden betrachtete er sein Werk. Die Haut war nicht zu stark aufgerissen, und der Duft ihres Blutes vermischte sich mit dem ihres Körpers. Ein süßer, sinnesbetörender Geruch. Schon lange hatte er es nicht mehr so genossen, sich an einer Frau zu befriedigen. Er würde sie nicht beißen, nicht aussaugen, aber kosten. Für Sekunden blitzte ein anderes Bild vor ihm auf. Eine schlanke Frau mit braunem Haar und blauen Augen. Zweifellos würde sie noch besser schmecken, unschuldiger als diese kleine Hure vor ihm. Aber sie war im Moment unerreichbar, und er würde jetzt nehmen, was sich bot.

Er senkte seinen Mund auf die blutigen Spuren seiner Peitschenhiebe. Venetia stöhnte auf, als sie seine Zunge spürte, die liebkosend über die offenen Striemen leckte. Ihr Rücken schmerzte, die Wunden brannten, aber noch viel stärker glühte die Lust in ihr. Sie hob ihm ihr Becken entgegen, als er weiter hinunterglitt, um die kleinen Blutströpfchen aufzunehmen, und sie fühlte, wie seine Hand suchend über ihre Schenkel fuhr und tief in ihre Gesäßspalte griff. Sie wusste, dass sie schon längst erregt und feucht war. Ebenso erregt wie er, dessen hartes Glied sie, als er zuvor halb über ihr gelegen hatte, deutlich auf ihrem Schenkel hatte fühlen können.

Er sprach kein Wort mit ihr, kostete nur ihr Blut, leckte auch das kleinste bisschen von ihr ab, und sie begann, sich unter seinen Berührungen zu winden. Seine Hand war noch tiefer zwischen ihre Beine geglitten. Seine Finger spielten mit ihrer Klitoris, glitten in ihre heiße Enge, und sie konnte die Erwartung, ihn ganz in sich zu spüren, nicht mehr ertragen. »Meister«, flüsterte sie, »bitte, Meister, bitte …« Seit Hagazussa, die Herrin dieses Bordells und auch die ihre, sie in ihrem Zimmer wohnen ließ, hatte sie keine Gelegenheit mehr gehabt, einen Mann in sich zu fühlen. Dieser war zwar ein Vampir, ein Untoter, seine Hände und sein Glied waren kalt, fühlten sich jedoch sehr lebendig an.

»Schweig.«

Sie gehorchte, spürte aber, wie er ihre Hüften umfasste und sie anhob. Seine rechte Hand griff in ihr Haar, zog sie hoch, bis sie, auf die Hände gestützt, vor ihm kniete, während seine Linke ihre Beine ein wenig mehr spreizte. Ihre feuchte Scham lag nun frei vor ihm, mehr als bereit, sein pochendes Glied aufzunehmen. Sie stemmte sich dagegen, als er mit einem harten Stoß in sie eindrang. Für Sekunden blieb er ruhig in ihr, mit seinem Oberkörper über sie gebeugt, während seine Zunge sich schmerzhaft in eine der Wunden bohrte, um sie weiter zu öffnen, bevor er sich wieder löste und abermals zustieß, immer schneller, schneller. Venetia fühlte die heißen, raschen und harten Stöße, seine Finger auf ihrer Klitoris, seine Lippen, die sich an ihr festgesaugt hatten. Ein Wirbel aus Lust und Schmerz erfasste sie, schien ihren Körper auseinanderreißen zu wollen, bevor sie laut aufschrie und dann zu Boden sank.

»Was habe ich gehört, Mandara?« Die Bordellbesitzerin, eine außergewöhnliche Schönheit mit rotem Haar und grünen Augen, zog die fein gezeichneten Brauen zusammen. »Graf Strigon war wieder hier?« Sie schlug mit der Reitgerte gegen eine der Säulen in der Halle. »Zu dumm, dass ich unterwegs war.« Sie hatte sich mit einem ihrer Lieblingskunden getroffen. Nun, Kunde konnte man ihn wohl nicht nennen, wohl eher einen Liebhaber, bei dem es ihr nicht eingefallen wäre, Geld für ihre Dienste zu nehmen. Ihre Augen glitten über die anwesenden Gäste, die sich zu dieser frühen Morgenstunde schon recht müde und zufrieden erschöpft in den weichen Sesseln und Kissen räkelten. Es schien alles ganz normal zu sein, aber der Schein konnte trügen. »Hat es Schwierigkeiten gegeben?«

Ihre Stellvertreterin schüttelte den Kopf. »Nein. Er war nicht leicht zufriedenzustellen, wie immer, aber er hat niemanden gebissen.«

»Wen hast du ihm vorgesetzt?«

Mandara zögerte etwas. »Zwei Vampirinnen, aber damit war er nicht zufrieden, wollte unbedingt mit der Peitsche arbeiten. Also habe ich …«, sie schluckte unter dem Blick der anderen, »also habe ich ihm Venetia hineingeschickt.«

Hagazussa starrte sie an. »Venetia?«

»Sie war die Einzige, die zur Verfügung stand. Und vor allem eine Succubi, eine Hexe. Selbst wenn er sie wirklich gebissen hätte, so wäre ihr nicht viel geschehen.«

Ihre Herrin musterte sie kalt, dann nickte sie. »Das war vernünftig. Und Venetia mag so etwas ohnehin.« Sie blickte die Treppe hinauf, wo ihre eigenen Zimmer lagen. »Wie geht es ihr jetzt?«

»Ganz gut.« Mandara lächelte erleichtert, weil der erwartete Wutanfall ausgeblieben war, vermutlich hatte die Herrin dieses Etablissements eine zufriedenstellende Nacht in den Armen eines ihrer Favoriten gehabt. »Sie scheint es sehr genossen zu haben, ist jetzt aber erschöpft.«

Hagazussa stieg langsam die Treppe hinauf. »Ich werde mich um sie kümmern. Wo ist Strigon?«

»Er ist schon wieder fort und hat einige der Frauen mitgenommen.«

Die schöne Hexe blieb stehen und sah sie alarmiert an.

»Nur Vampirinnen«, beruhigte sie Mandara.

»Vermutlich hat er im Moment genügend andere Opfer«, sagte Hagazussa unbehaglich.

»Das könnte stimmen«, nickte Mandara, »er hat Venetia gegenüber einige Worte fallen lassen über eine Sterbliche, die seine Aufmerksamkeit erregt hat. Vielleicht …«

»Auf gar keinen Fall sollte er mit Lord Gharmond zusammentreffen«, unterbrach sie Hagazussa, die nicht das geringste Interesse an den privaten Aktivitäten ihrer Kunden hatte. »Haltet auf alle Fälle Augen und Ohren offen und gebt mir Bescheid, sobald einer der beiden das nächste Mal hier eintrifft.« Sie seufzte. »Mögen die Mächte verhindern, dass sie zur gleichen Zeit hier auftauchen. Ich habe nicht die geringste Lust, Gharmond auf Vampirjagd zu erleben.«

Die Augen der Schwarzhaarigen leuchteten auf. Als sie jedoch den scharfen Blick ihrer Herrin sah, senkte sie schnell die dunklen Wimpern. »Wird Lord Gharmond denn erwartet?« Sie versuchte, unbeteiligt zu klingen.

»Das kann man bei ihm nie wissen, und ich möchte keinen Streit haben. Und vor allem möchte ich nicht, dass Gharmond vor Zorn mein schönes Bordell niederbrennt. Er hasst Strigon bis aufs Blut und würde ihn lieber tot als lebendig sehen.« ›*Und nicht ganz zu Unrecht*‹, dachte sie.

»Lord Gharmond wird seine guten Gründe haben«, erwiderte die schwarzhaarige Succubi mit gesenktem Blick. Sie war nicht die Einzige in diesem Etablissement, die für den äußerst gut aussehenden Lord Gharmond schwärmte, der, wenn er in der richtigen Laune war, so ungemein charmant sein konnte und in jedem Fall ein hinreißender, wenn auch sehr dominanter Liebhaber war. Ob Sterbliche oder Hexe wie sie selbst, Gharmond war ein Mann, dem sie alle gerne bei seinen Liebesspielen gedient hätten. Er war der Favorit aller Damen in diesem Etablissement, auch wenn er sich seit einigen Jahren leider nicht allzu oft hier blicken ließ.

»Dennoch will ich hier keine Auseinandersetzung haben. Es ist nicht gut fürs Geschäft, wenn die Hälfte der Kunden mit angesengtem Hosenboden hier herausläuft«, erwiderte Hagazussa finster. Sie stieg nachdenklich in ihre Privatgemächer hinauf. Strigon war zwar früher ein guter Kunde gewesen, aber obwohl sie Verständnis für Gelüste aller Art hatte und alles anbot, was sich ein lustvolles Gehirn nur ausdenken konnte, waren seine blutsaugenden Perversitäten selbst ihr zu viel. Vampire waren ihr unheimlich. Tote, die eigentlich im Grab liegen und vor sich hin modern sollten, stattdessen aber in der Dunkelheit fröhlich herumspazierten und Leute aussaugten, waren einfach nicht normal! Sie schüttelte sich, nahm sich jedoch zusammen, als sie die Tür zu ihrem Schlafzimmer öffnete. Sie blieb kurz stehen und blickte auf das Bild, das sich ihr bot.

Venetia hatte sich auf den roten Seidenkissen zusammengerollt, ein leichtes Tuch bedeckte ihren Körper. Ihre blonden Löckchen hingen ihr ins Gesicht, und die roten Lippen waren im Schlaf halb geöffnet. Hagazussa mochte diese kleine Succubi. Sie bereitete ihr Freude und war eine nette Abwechslung zwischen all den Männern, die um ihr Wohlwollen eiferten. Ihre Gedanken glitten zurück zu ihrem Liebhaber, den sie vor kurzem verlassen hatte. Gharmond allerdings war einer von der Sorte, die einer Frau genügte. Einer, der alles von ihr verlangte und selbst keinen Wunsch offenließ. Aber er war auch nicht zu fassen, schenkte ihr seine Gunst, wenn ihm danach war, und kümmerte sich dann wieder wochenlang nicht um sie. Sie war allerdings froh, dass sie sich heute an einem anderen Ort getroffen hatten, andernfalls wäre ihm bestimmt Strigon in die Hände gelaufen.

Sie seufzte leicht, und Venetia, die diesen kleinen Laut gehört haben musste, öffnete die Augen. Sie setzte sich auf, aber sehr vorsichtig, und als Hagazussa das leichte Tuch wegnahm, sah sie die dunkel verfärbten und zum Teil noch blutigen Striemen. Die Kleine zuckte zusammen, als sie sachte mit den Fingern darüberfuhr.

»Du hast dich also in meiner Abwesenheit gut amüsiert?« Ihre Stimme klang dunkel und kühl, und Venetias blaue Augen flackerten. Hagazussa legte ihre Hand unter das kleine Kinn und betrachtete sie eindringlich. »Eigentlich sollte ich dich dafür bestrafen.«

»Verzeih mir, Herrin.« Sie sah blass und ängstlich aus und hatte offenbar Schmerzen.

›*Lust und Schmerz liegen so nahe beieinander*‹, dachte Hagazussa wehmütig. ›*Aber wie oft bleibt uns am Ende nur das Letztere.*‹ Sie überlegte kurz, dann stand sie auf und ging zu einem kleinen Schrank. Venetia verkroch sich in den Kissen, als sie bemerkte, wie ihre Herrin eine Peitsche in die Hand nahm. So gerne sie diese Spiele sonst auch mochte, für heute hatte sie genug davon. Zu ihrer Erleichterung legte Hagazussa die Peitsche jedoch zur Seite und holte einen kleinen Tiegel hervor, dann schloss sie den Schrank wieder und kam zurück.

»Leg dich auf den Bauch, Kleines.«

Venetia streckte sich aus und fühlte die zarten Berührungen, mit denen Hagazussa die Salbe auf ihrem Rücken verteilte. »Es tut mir leid«, flüsterte sie undeutlich.

»Schon gut. Mandara hat mir alles erzählt.« Sie lächelte. »War es wenigstens schön?«

»Es … war außergewöhnlich.«

»Das ist es mit Vampiren immer«, erwiderte Hagazussa. Sie strich vorsichtig über die Wunden, massierte die Salbe sanft ein. ›*Fast als wäre ich ihre Mutter*‹, dachte sie mit einem belustigten Kopfschütteln. Ihre Berührungen waren zart und liebevoll, und sie bemerkte, dass Venetia sich schnell entspannte. Als sie an den regelmäßigen Atemzügen erkannte, dass die kleine Succubi eingeschlafen war, zog sie die Decke über sie und stellte den Tiegel mit der Salbe zur Seite, bevor sie die Kerzen löschte. Danach entkleidete sie sich, schlüpfte neben Venetia unter die Decke und schloss die Augen. Aber bevor sie einschlief, dachte sie sehnsüchtig an Lord Gharmond und seine leidenschaftlichen Umarmungen.

Als der Earl of Barlem kurz vor dem Morgengrauen das Schloss betrat, führten ihn seine Schritte gewohnheitsmäßig gleich in die Bibliothek. Das war immer schon der Ort gewesen, wo er das erste Licht des Tages erwartet hatte, um der bedrohlichen Sonne dann zu weichen und sich auf sein Zimmer zurückzuziehen. Seit einiger Zeit war ihm dieser Raum jedoch noch aus einem ganz anderen Grund höchst interessant erschienen. Interessanter sogar, als er es vor sich selbst zugeben wollte. Er schlenderte hinein. Wie immer brannten überall Kerzen. Simmons wusste, dass der Earl es hell mochte. Wenn er schon gezwungen war, in der Nacht und der Dunkelheit zu leben, dann wenigstens bei ausreichendem Kerzenschein. Er blieb unwillkürlich stehen, als sein Blick auf die schmale Hand fiel, die auf der Armstütze des bequemen Lehnsessels beim Kamin ruhte. Reglos lag sie dort, so, als wäre ihre Besitzerin eingeschlafen. Leise ging er um den Sessel herum, und tatsächlich, da war sie, den Kopf an die Sessellehne gestützt, das Kinn etwas herabgesunken, der Mund leicht geöffnet, und schlief tief und fest. Sie hatte ein Buch auf den Knien liegen, vermutlich war sie beim Lesen eingeschlafen. Einige Locken ihres braunen Haares hatten sich aus dem Knoten gelöst und fielen ihr ins Gesicht, was ihr ein fast kindliches Aussehen gab. Dabei war sie nach menschlichen Maßstäben nicht mehr jung, fünfundzwanzig, ein Alter, in dem die meisten Mädchen dieser Zeit bereits verheiratet waren.

Er hatte sie seit dem Tag beobachtet, an dem sie sein Haus betreten hatte, auch wenn er es vorzog, ihr nicht zu begegnen – der zarte Duft, der das Schloss erfüllte, war ohnehin immer gegenwärtig. Aber dies war das erste Mal, dass er sie in Ruhe aus unmittelbarer Nähe betrachten konnte, und er würde sich diese Gelegenheit nicht entgehen lassen.

Sein Blick glitt über sie, über ihre Gestalt. Sie war nicht gerade klein für ein Mädchen, aber sehr schlank, schlanker fast, als es ihm an einer Frau sonst gefiel. Und dennoch hatte sie etwas an sich, das seine Sinne reizte. Die kleinen Brüste, die sich unter der züchtig hochgeschlossenen weißen Bluse abzeichneten, die schmale Taille, die entgegen der Mode nicht in ein krachendes Korsett gezwängt war, die weichen Rundungen ihrer Hüften und ihre langen Beine. Der Wunsch, diese schlanken Schenkel ohne den störenden Stoff zu sehen, die zarte Haut zwischen ihren Beinen mit Mund und Händen zu genießen und dann endlich die lockenden und unberührten Geheimnisse zwischen ihren Schenkeln bloßzulegen, wurde fast übermächtig in ihm. Zweifellos war ihre Haut an jeder Stelle ihres Körpers so weich und weiß wie an ihrem Hals. Er spürte sein wachsendes Verlangen, als er hauchzart seine Finger über ihre Wange und ihren Hals gleiten ließ, dann griff er nach einer der dunklen Locken. Seidenweich war sie, genau so, wie er es sich gedacht hatte, auch wenn ihm sonst niemals eingefallen wäre, sie zu berühren. Das wäre nicht angemessen gewesen, die Kluft zwischen ihnen beiden war zu groß. Er erinnerte sich daran, wie er sie eines Morgens aus dem sicheren Schatten heraus beobachtet hatte, als sie auf der Wiese vor dem Schloss tanzte. Nun, vielleicht hatte sie nicht sonderlich anmutig getanzt, aber fröhlich herumgesprungen war sie – frisch, lebendig und unschuldig. ›*Ich sollte nicht dulden, dass diese kleine Versuchung hier vor meiner Nase herumläuft. Es ist weder für sie gut noch für mich. Für sie ist es sogar gefährlich.*‹

»Mylord?«

Churtham zuckte zusammen und wandte sich heftig um, wütend über seinen Diener, der ihn störte, und noch mehr über sich selbst, weil er so vertieft in den reizvollen Anblick gewesen war, dass er ihn nicht hatte kommen hören. Um nichts in der Welt hätte er jetzt von dieser jungen Frau dabei ertappt werden wollen, wie er neben ihr stand und sie betrachtete. Er trat leise von ihr weg und verließ den Raum.

Draußen sah er seinen Butler mit einem kalten Funkeln an. »Gibt es etwas, Simmons?«

Sein Butler lachte nie und lächelte kaum, aber diesmal wirkte er noch ernster als sonst, er senkte zwar unter diesem Blick die Lider, aber seine Augen suchten die Tür zur Bibliothek. »Nein, Mylord.«

Churtham sah ebenfalls hinüber. Er wusste genau, was in seinem alten Diener vor sich ging, und er wusste noch besser, dass es keine gute Idee gewesen war, dieses junge Ding hier im Haus arbeiten zu lassen. Er wandte sich scharf ab und ging hinüber zur Treppe, die ins Turmzimmer führte.

»Gute Nacht, Mylord«, hörte er hinter sich Simmons' Stimme.

»Gute Nacht.«

Der Schlossherr

Nur wenige Tage, nachdem sie der plötzliche Sturm so erschreckt hatte, dass sie schon Gespenster zu sehen und zu spüren vermeint hatte, huschte Pat eines Nachts leise die Treppe hinunter. Sie vermied die Stufe, die beim Drauftreten immer so auffällig knarrte, durchquerte die hohe und düstere Halle, die nicht einmal am Tag richtig ausgeleuchtet war, und betrat die Bibliothek. Zum Glück hatte sie niemand gesehen. Sie hatte schon ihr Kleid abgelegt gehabt, um zu Bett zu gehen, als ihr eingefallen war, dass sie unbedingt dieses eine interessante Buch lesen wollte. Es war ein Gedichtband von Lord Byron, jenem Dichter, der es so gut verstand, die romantischen Fantasien seiner Leser zu wecken und ihr Herz zu berühren. Also hatte sie schnell ihren Schlafrock über ihr Unterkleid geworfen und war losgelaufen, um das Buch zu holen. Sogar ihre Tante hatte von ihm geschwärmt. Und obwohl sie sonst in keinem Punkt jemals mit ihr übereingestimmt hatte, so war dieser vor fast dreißig Jahren verstorbene Dichter auch ihr immer einer der liebsten gewesen.

In der Bibliothek brannten noch alle Kerzen. Pat lief zum Bücherregal, kletterte auf die Leiter und zog nach kurzer Suche das gewünschte Buch heraus. Gerade aber, als sie die Bibliothek wieder verlassen wollte, hörte sie Schritte, die schnell näher kamen. Sie wollte auf keinen Fall von Simmons überrascht werden, der eine unangenehm überlegene Art hatte, sie von oben herab anzusehen, und so huschte sie zum nächstgelegenen, von schweren Vorhängen verdeckten Fenster und verbarg sich dahinter.

Keine Sekunde zu früh, denn schon betrat jemand die Bibliothek und machte sich bei den Bücherregalen zu schaffen. Vorsichtig steckte sie die Nase hinter dem Vorhang hervor. Zu ihrer Verblüffung sah sie jedoch nicht Simmons oder einen der anderen ihr schon bekannten Mitbewohner, sondern einen hochgewachsenen Mann, der in Stiefeln und Reitanzug vor der Bücherwand stand, Bücher herausnahm, kurz darin blätterte und sie dann wieder zurückstellte.

Neugierig schob Pat den Vorhang noch ein wenig mehr zur Seite. Der Mann hatte schwarzes Haar. Er trug es unmodisch lang und hielt es am Hinterkopf mit einer schwarzen Schleife zusammen. Sofort fiel ihr wieder dieser geheimnisvolle Fremde ein, den sie während des Gewitters vor dem Schloss gesehen hatte.

»Wünschen Sie vielleicht Tee, Mylord?« Simmons war hereingekommen, ohne dass Pat ihn bemerkt hatte. Sie zog sich zurück, ehe er oder der andere, der sich nun umwandte, sie entdecken konnten. *Mylord?* Das konnte doch wohl nicht der alte Schlossherr sein!

»Nein, danke, Simmons. Ich reite noch aus. Ich war lediglich interessiert, ob diese Miss Smith ihre Arbeit auch versteht.«

»Den Eindruck macht mir die junge Dame durchaus«, ließ sich der Butler gemessen vernehmen. »Sie arbeitet auch sehr fleißig, wenn ich mir die Bemerkung erlauben darf, Mylord, und es scheint kein Fehler gewesen zu sein, ihr diese Stellung übertragen zu haben.«

»Tatsächlich.« Das klang nicht sehr überzeugt. »Nun gut, ich werde die Arbeit ein andermal überprüfen.«

Pats Augen wurden bei diesen Worten schmal. Überprüfen? Was bildete sich dieser Mensch denn eigentlich ein?

»Jawohl, Mylord.«

Pat hatte erwartet, dass der Mann nun ebenfalls den Raum verlassen würde, aber stattdessen hörte sie, wie er zur rückwärtigen Seite der Bibliothek ging, genau zu dem Bücherregal, wo sie zuletzt diese mysteriösen Geräusche gehört hatte. Sie lugte vorsichtig durch einen kleinen Spalt zwischen den beiden schweren Samtvorhängen. Der Fremde machte sich am Regal zu schaffen, griff nach einem Buch und zog es heraus. Pat hätte beinahe einen überraschten Schrei ausgestoßen, als sich ein Teil der Wand bewegte. Also doch eine Geheimtür!

Der Mann sah sich kurz um, Pat zuckte zurück, dann hörte sie ein schabendes Geräusch und ein kleines Klicken. Als sie wieder hinter dem Vorhang vorzusehen wagte, war die Bibliothek leer und die Geheimtür wieder geschlossen.

Pat wartete noch einige Minuten, aber als draußen alles still blieb, traute sie sich aus ihrem Versteck hervor. Ein unverschämter Kerl! Wagte es, an ihrer Arbeit zu zweifeln! Na, sie würde schon herausfinden, wer dieser unbekannte Nörgler war. Sie stand minutenlang mitten im Raum, mit sich selbst unschlüssig, ob sie nun ihr Zimmer aufsuchen oder lieber diesem aufregenden Geheimnis nachspüren sollte.

Es kostete sie nicht viel Überwindung, sich für das Zweite zu entscheiden, und schon huschte sie auf Zehenspitzen zu der Bücherwand. Sie war zwar vor wenigen Tagen in Panik geflohen, als der Wind das Fenster aufgestoßen hatte, aber so lächerlich würde sie sich heute gewiss nicht benehmen. Sie war schließlich eine gebildete, erwachsene Frau, die nicht an Geister oder übernatürliche Kräfte glaubte, und dieses Mal würde sie dem Rätsel auf die Spur kommen. Sie blickte prüfend auf die Reihen der Bücher. Es war etwa in Kopfhöhe gewesen, wo der Mann dieses Buch herausgezogen hatte. Sie tastete die Reihe entlang, befühlte jeden der dicken Bände. Aber in Kopfhöhe war bei ihm wohl eine Reihe darüber. Sie glitt mit den Fingerspitzen über die Buchrücken. Hier! Dieses Buch hatte zwar ebenso einen Ledereinband wie die anderen, aber es fühlte sich ein bisschen anders an, als würde es nicht frei stehen, sondern befestigt sein. Sie atmete tief durch, fasste mit zwei Händen zu und zog langsam daran. Das Buch gab nach. Sie zog ein bisschen fester, und plötzlich gab es ein Klicken und dann schwang die Tür auf. Pat musste zur Seite springen, sonst wäre sie ihr gegen die Nase geprallt.

Ein kalter Luftzug drang heraus, ließ die Kerzenflammen flackern, und Pat spähte in ein gähnend schwarzes Loch hinunter. Es waren Stufen zu sehen, die in eine geheimnisvolle Finsternis führten. Was, um alles in der Welt, tat dieser Mann da unten? Er hatte doch das Haus verlassen wollen! Und was mochte wohl in dieser Finsternis verborgen sein? Der Weinkeller? Wohl kaum. Ein geheimer Ausgang? Die Verliese? Ein wohliger Schauer rann über Pats Rücken. Wie romantisch! Sie war in einer modernen Großstadt geboren und aufgewachsen, wo es schon lange Gaslicht gab und wo man sogar schon mit Elektrizität, dieser neumodischen Erfindung, herumexperimentierte. Hier konnte natürlich von alldem nicht die Rede sein, und der Gedanke an Geheimgänge und Verliese brachte ihre ohnehin schon knospende Fantasie zum Erblühen. Sie nahm einen kleinen Kerzenhalter von einem der Seitentische und schlich zurück zur Treppe. Sie sah sich vorsichtig um, bevor sie näher trat und hinunterlauschte. Nichts, kein Geräusch war zu hören.

Pat zögerte nur eine Sekunde, dann machte sie einen Schritt hinab in die undurchdringliche Finsternis. Sie beugte sich ein wenig vor, als sie sich mit dem Kerzenhalter in der rechten Hand die Steintreppe hinuntertastete. Es gab kein Geländer, sie stützte sich mit der linken Hand an der teilweise schon etwas bröckeligen Mauer ab und zählte mit. Zweiunddreißig ausgetretene Stufen waren es, bis sie unten ankam, und mit jedem Schritt wurde die Luft dumpfer und kälter. Sie fröstelte ein wenig und hielt die Kerze hoch, um besser sehen zu können. Vor ihr lag ein großer Raum, dessen Ausmaße in dem armseligen Licht kaum bis gar nicht auszumachen waren. Sie bemerkte, dass die Decke über ihr aus Gewölben bestand, links und rechts waren Holzkisten gestapelt. Offenbar war jedoch schon lange niemand mehr hier gewesen, um Ordnung zu machen, denn überall hingen dicke Spinnweben, die schon seit vielen Jahren nichts anderes einfingen als Staub und deren Eigentümer gewiss schon vor langer Zeit ins Jenseits hinübergekrabbelt waren.

Ein kleines Geräusch, ein Huschen, ließ sie zusammenzucken. Mäuse vermutlich oder sogar Ratten. Sie schauderte, überwand sich jedoch, da ihre Neugier bei weitem größer war als ihr Ekel, und tastete sich ein Stückchen weiter in die Finsternis hinein. Sie musste vorsichtig sein, denn wenn es hier doch keinen zweiten Ausgang gab, dann musste sich dieser Mann immer noch hier befinden und den Schein ihrer Kerze entdecken. Bei dieser Überlegung runzelte sie die Stirn. Soviel sie gesehen hatte, hatte er allerdings keinen Leuchter in der Hand gehabt.

Sie ging noch einige Schritte weiter. Als sie sich umsah, erkannte sie mit Bestürzung, dass das spärliche Licht der Kerze nicht ausreichte, um den Aufgang mit den Stiegen auszumachen, und sie fühlte sich mit einem Mal nicht mehr tapfer und neugierig, sondern sehr allein in dieser Dunkelheit aus Spinnweben, huschenden Nagern und dem modrigen Geruch halbverfaulter Leichen …

Leichen?! Sie schüttelte sich und versuchte, diesen absurden Gedanken wegzuschieben. Lächerlich! Weshalb sollte jemand hier Leichen verbergen wollen? Das Schloss wirkte in der Nacht – und manchmal auch tagsüber – zwar unheimlich, aber die Bewohner schienen ganz normal zu sein und hatten absolut nichts Mörderisches an sich. Und nicht einmal dieser geheimnisvolle Fremde, der ihre Arbeit angezweifelt hatte, war ihr gefährlich erschienen. Unsympathisch und anmaßend vielleicht, aber gewiss nicht bedrohlich.

Energisch stapfte sie mit festen Schritten, um sich selbst Mut zu machen, weiter und … erstarrte. Schräg vor ihr stand etwas, das einem Sarkophag zum Verwechseln ähnlich sah, und der Gedanke an Leichen stieg diesmal fast überdeutlich in Pat hoch. Der Deckel war zur Seite geschoben und gab den Blick auf das Innere frei.

In diesem Moment ging ein scharfer Luftzug durch das Gewölbe. Pats Mut sank, als das spärliche Kerzenflämmchen zitterte und zu erlöschen drohte. Angst und Grauen krochen gleichzeitig mit der Kälte, die hier unten herrschte, über ihre Zehenspitzen, die Knöchel empor bis zu ihren Knien und dann weiter, bis sie ihren Magen und ihr Herz erreicht hatten. Alleine schon die Vorstellung, hier im Dunkel zurückzubleiben, ließ ihr das Blut in den Adern gefrieren. Höchste Zeit, diesen finsteren Ort zu verlassen und in die weitaus hellere und heimeligere Bibliothek zurückzukehren. Sekundenlang zauderte sie, dann ging sie, von einem morbiden Drang geleitet, jedoch noch zwei Schritte weiter und leuchtete in den Sarg hinein. Leer. Sie stieß hörbar den Atem aus. Lächerlich, ihre Ängste. Vielleicht war das gar kein Sarg, sondern nur eine Art Steinkiste, in der die Schlossbewohner früher ihre Schätze oder Lebensmittel versteckt hatten.

Daneben stand noch eine steinerne Kiste. Auch hier war der Deckel verschoben. Pat leuchtete neugierig hinein. Zunächst erkannte sie nichts, aber dann grinste ihr etwas entgegen.

Ein löchriges Gebiss. Und darüber zwei leere Augenhöhlen.

Sie stieß einen kleinen Schrei aus, fuhr zurück, die

Kerze fiel ihr aus der Hand, in den Sarg hinein und genau auf den Totenschädel. Dann war es stockfinster. Pat nahm sich nicht mehr die Zeit, die Kerze zu retten, die sie ohnehin nicht mehr entzünden hätte können, sondern suchte in panischem Schrecken ihren Weg durch die Dunkelheit. Sie rannte gegen undefinierbare Gegenstände, die in ihrer aufgepeitschten Fantasie zu herumliegenden Skeletten wurden, schlug sich den Kopf an, stolperte, hetzte weiter, immer in die Richtung, in der sie den Aufgang vermutete.

Als sie endlich gegen eine Wand stieß, wusste sie, dass sie sich verlaufen hatte. Es kostete sie fast übermenschliche Kraft, ruhig stehen zu bleiben und sich zu fassen. Sie musste kühlen Kopf bewahren, mit Panik alleine konnte sie hier nicht herausfinden. Der Luftzug wurde stärker und kälter, und sie verkrampfte ihre Finger ineinander. Es waren aber nicht alleine dieser Lufthauch, die Särge in ihrem Rücken und die Finsternis, die ihr Angstschauer über den Rücken jagten, sondern die plötzliche Gewissheit, dass sie nicht alleine war. Irgendetwas anderes, Gefährliches und Furchterregendes war außer ihr noch da.

Irgendetwas oder irgendjemand.

Pat versuchte tief durchzuatmen, drehte sich um, wollte sich weiter vortasten, als …

»Was haben Sie hier unten verloren?«

Die Stimme, kaum einen Schritt hinter ihr, war noch nicht verklungen, als Pat auch schon einen markerschütternden, ausdauernden Schrei ausstieß, dann einen Sprung nach vorn machte, über irgendetwas stolperte und der Länge nach hinfiel. Sie rollte sich mit einer Behändigkeit, die sie selbst erstaunte, auf den Rücken, setzte sich auf und starrte mit weitaufgerissenen Augen ins undurchdringliche Dunkel hinein.

Fast eine Minute lang war es vollkommen still, und Pat, die vor Angst kaum denken konnte, lauschte mit angehaltenem Atem. Weit über ihr schien etwas zu leuchten, zwei phosphoreszierende Flecken, hellblauen Wolfsaugen gleich, die näher kamen. Dann griff eine Hand nach ihr.

Pat versuchte, sich hastig wieder aufzurappeln, weg von der Gestalt, die wie aus dem Nichts hinter ihr aufgetaucht war. Sie öffnete den Mund, um einen weiteren Schrei auszustoßen, als sich eine kräftige Männerhand darüberlegte. Ihr Schrei ging in einem undeutlichen, verzweifelten Gurgeln unter.

»Nein, nicht noch einmal«, hörte sie eine dunkle Stimme nahe an ihrem Ohr. »Nicht noch einmal! Oder wollen Sie, dass das ganze Schloss über uns einstürzt?«

Pat griff nach der Hand, versuchte sie wegzuzerren und zappelte wie verrückt, um freizukommen.

»Ich lasse Sie nur los, wenn Sie mir versprechen, nicht wieder einen so infernalischen Schrei auszustoßen«, sagte die dunkle Stimme mit eiserner Entschlossenheit. »Sie wecken ja sämtliche Tote in der Gruft auf.«

Pat nickte schwach, jetzt ohnehin unfähig, auch nur einen Laut von sich zu geben. Die Hand zog sich zurück, dann waren da wieder diese beiden hellblauen, unheimlichen Augen, und schließlich flammte eine Kerze auf und Pat konnte im Schein einen Mann erkennen, der knapp neben ihr stand. Sie blinzelte. Den Reitstiefeln nach zu urteilen musste das der Mann sein, der zuvor in der Bibliothek gewesen war.

»So, und jetzt sagen Sie mir, was Sie hier unten zu suchen haben.«

Pat musste sich einige Male räuspern. »Ich … ich habe die Geheimtür gesehen …« Sie verschwieg wohlweislich, dass sie sich versteckt und ihn dabei beobachtet hatte, wie er hier hinuntergegangen war. »Und da …«

»Sie sind nicht nur stimmgewaltig, sondern auch noch dazu neugierig«, vermerkte der Fremde missbilligend.

»Nun ja …« Pat raffte sich mit erstarkendem Mut, wenn auch zittrigen Knien, auf und putzte sich Spinnweben und Staub von ihrem Kleid. So sah der geheimnisvolle Fremde also von vorne aus. Nun, er machte zumindest nicht den Eindruck eines Meuchelmörders oder Ungeheuers. Die zitternde Kerzenflamme warf scharfe Schatten auf sein Gesicht, das vermutlich gar nicht so furchterregend gewesen wäre, fand Pat, wenn er sich zu einem freundlichen Lächeln hätte durchringen können. »Ein *bisschen* neugierig vielleicht, aber das ist in diesem Schloss ja auch kein Wunder.«

»Tatsächlich?« Die Stimme war kalt und der Blick durchdringend. Pat fand, dass sie noch nie zuvor einen Menschen getroffen hatte, der so schauen konnte. Und dessen Augen so unheimlich glänzten. Zu ihrer Erleichterung hörte sie Schritte und es wurde schnell heller. Es war Simmons, der mit einem großen Kerzenleuchter in der Hand herankam. Der Schein breitete sich beruhigend über die Wände aus und beleuchtete nicht nur Simmons' wie üblich ausdruckslose Miene, sondern auch den Fremden genauer.

Pat versteinerte im selben Moment. Das war der

Mann von dem Bild! Ganz eindeutig! Und hätte er nicht diesen Reitanzug getragen, sondern die dunkelblaue Samtweste eines Edlen des siebzehnten Jahrhunderts, so hätte sie geglaubt, der verstorbene Schlossherr selbst wäre vom Bild gestiegen, um hier vor ihr zu erscheinen. Sie starrte mit offenem Mund und fühlte, wie sich ganz langsam sämtliche Härchen auf ihrem Körper sträubten.

»Ich habe einen Schrei gehört«, sagte Simmons höflich, »und wollte mich davon überzeugen, dass Miss Smith wohlauf ist.«

»Miss Smith vermutlich«, ließ sich ihr neuer Bekannter unterkühlt vernehmen, »aber der Rest des Schlosses wird wahrscheinlich noch tagelang unter tauben Ohren zu leiden haben.«

»Ich bedaure den Vorfall, Mylord«, sagte Simmons, würdevoll bis in die letzte Haarspitze.

Pat gab ein hilfloses Ächzen von sich.

Der Doppelgänger ihres gutaussehenden Ahnherrn wandte sich ihr zu und verbeugte sich ironisch. »Ich habe mich übrigens noch nicht vorgestellt. Ich bin Maximilian Churtham.«

Pat ließ keinen Blick von seinem Gesicht, das dem Mann auf dem Bild so ähnlich war. Nun wäre angesichts der zweihundert Jahre, die zwischen ihnen lagen, schon eine gewisse Familienähnlichkeit überraschend gewesen, aber dass sie das genaue Abbild dieses faszinierenden Mannes vor sich hatte, verblüffte sie bis zur Fassungslosigkeit. »Ich hatte Sie mir älter vorgestellt«, würgte sie hervor.

Von Simmons' Seite her kam ein dezentes Räuspern.

»So?« Der Schlossherr musterte sie von oben bis unten und löste seinen Blick auch nicht von ihr, als er seinen Butler fortwinkte. »Schon gut, Simmons, ich werde die junge Dame hinausbegleiten.«

»Gewiss, Mylord.« Simmons zog sich zu Pats Missvergnügen mitsamt dem heimeligen Kerzenleuchter wieder in die oberen Regionen zurück, und Pat blieb unsicher neben dem Schlossherrn stehen. Einerseits tat es gut, einen lebendigen Menschen neben sich zu wissen, aber andererseits schien ihr die kleine Kerze doch nur wenig Schutz zu bieten.

Sein Blick wurde noch intensiver. »Darf ich fragen, was Sie bewogen hat, sich zuvor hinter dem Vorhang zu verbergen?«

Pat wurde blutrot und war mit einem Mal wieder dankbar für die schlechte Beleuchtung. »Sie haben mich bemerkt?«

»Sie waren nicht zu übersehen, Miss Smith.«

Sie räusperte sich. »Ich fand mich nicht angemessen gekleidet.«

Churtham blickte an ihr hinab. »Der Schlafrock erschien Ihnen nicht angemessen genug, mir in der Bibliothek zu begegnen, aber durchaus akzeptabel, um mir damit in die Kellergewölbe zu folgen?«

»Sie sind sehr … ungalant«, brachte sie heraus, während sie ihre eiskalten Zehen in den leichten Pantöffelchen krümmte. »Nicht nur wegen dieser Bemerkung, sondern auch, weil Sie genau wussten, dass ich in der Bibliothek war, als Sie meine Arbeit in Zweifel gezogen haben.«

»Habe ich das? Wie unhöflich von mir.« Er klang spöttisch, und zu Pats Ärger erschien ein arrogantes Lächeln um seine schmalen Lippen, das ihr deutlich zeigte, dass er sich nicht im Geringsten darum kümmerte, ob er eine seiner Bediensteten beleidigt hatte.

Aber Pat war ja keine der üblichen Bediensteten, die darauf angewiesen waren, ihren Lebensunterhalt zu verdienen, und demütig jede Kränkung erdulden mussten. Wenigstens hatte der Ärger wieder ihre Fassung zurückgebracht. Sie drehte sich auf dem Absatz herum, um energisch Richtung Treppe zu stapfen, war jedoch keine zwei Schritte weit gekommen, als eine Hand nach ihrem Arm griff.

»Aber Miss Smith, Sie sind doch hier heruntergekommen, um sich ein wenig umzusehen. Es wäre schade, wenn Sie diese Gelegenheit, die vielleicht nicht so schnell wiederkommt, versäumten.«

Churtham hatte leise gesprochen, aber Pat zuckte sowohl vor diesem gefährlich sanften Tonfall zurück wie auch vor dem befremdlichen blauen Glitzern in seinen Augen. Es war nicht nur der Schein dieser Kerze, der seine Augen leuchten ließ, sondern das Glimmen kam von ihnen selbst. So wie zuvor, als es völlig dunkel gewesen war. Sie trat zurück. »Ich habe schon genug gesehen«, erwiderte sie, wobei sie ihrer Stimme möglichst Festigkeit zu verleihen suchte. Sie wollte ihren Arm von seinem Griff losmachen, er hielt sie jedoch fest.

»Aber doch nur einen Teil dieser unterirdischen Gewölbe«, entgegnete er, während er sie tiefer hinein in die Dunkelheit zog. »Kommen Sie, Miss Smith. Ich werde Sie mit den Sehenswürdigkeiten dieses Schlosses vertraut machen.« Er zerrte sie mit sich, vorbei an weiteren Särgen, deren Deckel sich im Licht der Kerze zu bewegen schienen.

Der Weg führte sie durch endlose, einander kreuzende, schaurige Gänge. Pat stolperte hinter Churtham her und versuchte gar nicht erst, sich von ihm loszureißen. Sie wusste nur zu gut, dass sie in dieser Finsternis ohne Kerze nicht mehr hinausfinden konnte, wenn sie sich nicht ohnehin in diesem Labyrinth aus Gängen und Spinnweben verlaufen hätte. Das leise Huschen von Ratten hallte in ihren Ohren, und irgendwo tropfte Wasser. Es war feucht und kalt, und sie schauderte.

»Es ist unheimlich hier unten, nicht wahr?« Seine Stimme klang laut durch die Dunkelheit, obwohl er leise sprach. »Hier befand sich einmal ein Friedhof. Das ist allerdings schon so viele hundert Jahre her, so dass sich keiner der jetzt lebenden Menschen daran erinnert. Über die Gräber wurde später eine Kirche gebaut, und darunter hat man Katakomben angelegt.« Er deutete auf einige halb vermoderte Holzsärge und Knochen, die vor Pats entsetzten Augen im Schein der Kerze zu tanzen begannen. »Während einer Epidemie hat man die Leute hier hinunter gelegt, mehrere in einen Sarg, oder einfach nur so hingeworfen. Die Kirche und das Kloster wurden von den Mönchen verlassen, nachdem die Normannen hier Einzug hielten. Einer von ihnen hat dann die Steine der zerstörten Kirche dazu verwendet, um an ihrer Stelle diese Burg zu erbauen. Seitdem wurden diese unterirdischen Gewölbe als Gruft für die Herren dieses alten Gemäuers verwendet.« Er blieb vor einem großen, steinernen Sarkophag stehen, auf dessen Deckel ein Ritter aus Stein ruhte. Er lag auf dem Rücken, hatte sein Schwert auf sich liegen und hielt den Griff fest zwischen den gefalteten Händen. Churtham ließ die Kerze über der Figur schweben. »Das war einer der ersten Earls of Barlem, Ritter John. Er ist schon seit über fünfhundert Jahren tot.«

Zum ersten Mal, seit er sie hier hinter sich herzerrte, sah er Pat an, die den toten Ritter fasziniert anstarrte. »Wollen Sie ihn sehen, Miss Smith? Soll ich den Deckel für Sie zur Seite schieben, damit Sie sehen, was fünfhundert Jahre aus den sterblichen Überresten eines Menschen machen?«

»Nein!«, sagte Pat entsetzt. Sie hatte wahrlich bereits mehr als genug gesehen.

Churtham musterte sie spöttisch. »Doch nicht neugierig genug, Miss Smith? Oder wollen Sie lieber einen der anderen betrachten?«

»Hören Sie auf damit!«, fuhr Pat ihn an. »Ich will gar nichts mehr hier unten sehen! Ich will sofort wieder hinauf!« Ihre Stimme hallte schaurig wider, schien sich in den alten Gewölben zu überschlagen und von allen Seiten wieder auf sie einzudringen. So, als würden die Toten, die hier unten lagen, sie verspotten. »Ich will sofort wieder hinauf!«, wiederholte sie, diesmal allerdings mit einem mitleiderregenden Piepsen, weil ihr vor Angst die Stimme zu versagen drohte.

Churtham musterte sie mit kaltem Hohn, dann ließ er unvermittelt ihren Arm los. »Bitte sehr! Sie können jederzeit wieder hinaufgehen. Ich hindere Sie gewiss nicht daran.«

Pat sah sich panisch um und war drauf und dran, sich an die elegante Reitjacke des Schlossherrn zu krallen. Er war arrogant, grausam und machte sich über sie lustig, aber er war immerhin das einzige noch lebende menschliche Wesen hier unten, und seine Nähe bedeutete eine gewisse – wenn auch dürftige – Sicherheit. »Sie sollten sich schämen, mich so zu behandeln«, stieß sie hervor.

Das unheimliche Glimmen in seinen Augen verstärkte sich. »Es hat Sie niemand aufgefordert, die Geheimtür zu öffnen und hier herunterzukommen«, erwiderte er kalt.

Nun, wenn es danach ging, konnte er Gift darauf nehmen, dass ihr das kein zweites Mal einfallen würde. »Ich will wieder zurück«, sagte sie zittrig.

Sekundenlang bohrte sich Churthams durchdringender Blick in ihren, dann nickte er. »Gut.« Seine Stimme klang plötzlich ganz anders, der spöttische Tonfall war daraus verschwunden, als er sich umwandte und auf einen der Gänge zuschritt, der Pat wie ein gähnendes schwarzes Tor zur Hölle erschien.

»Von hier sind wir aber nicht gekommen«, wandte sie ein.

»Aber dort geht es auf dem kürzesten Weg hinaus. Nur wenige Stufen und wir sind außerhalb des Schlosses.« Er sah über seine Schulter. »Oder ziehen Sie es vor, den langen Weg zurück zu nehmen?«

»Nein.« Pat stolperte hinter ihm drein, verzweifelt versuchend, mit ihm Schritt zu halten. Die Luft veränderte sich mit jedem Moment, wurde reiner, und in den modrigen kalten Geruch, der ihr wohl noch tagelang in der Nase haften bleiben würde, mischte sich jener von Wald und frischer Erde. Sie kletterte hinter dem Earl eine steile Steintreppe hinauf und sah mit Erleichterung einen kleinen Schimmer von Helligkeit. Churtham öffnete, oben angekommen, eine knarrende, mit Eisen beschlagene Holztür, und sie schlüpfte an ihm vorbei hinaus ins Freie, während er hinter ihnen die Tür wieder schloss.

Es war zwar dunkel hier draußen, aber weitaus heller als unten in diesen abscheulichen Gewölben, zwischen all den Särgen. Pat atmete tief die reine Luft von Wald und Wiesen ein und blickte unendlich erleichtert in den nächtlichen sternenübersäten Himmel hinauf. Es zogen Wolken darüber, die von Zeit zu Zeit die Sterne verdeckten, aber Pat hatte sich unter dem freien Himmel noch nie so sicher gefühlt und war so dankbar gewesen für jedes auch noch so kleinste Lichtchen, das sich über ihr zeigte.

»Ich hoffe, dass Ihre Neugier jetzt befriedigt ist«, hörte sie Churthams sarkastische Stimme in ihrem Rücken. »Und Sie nicht mehr in Gefahr sind, auf eigene Faust Erkundungen anzutreten, die Ihnen nicht bekommen könnten.«

Sie wollte ihm eine heftige Antwort geben, als etwas geschah, das sie alles vergessen ließ.

»Aaaahhhhhhh!!« Im nächsten Moment sprang sie auch schon herum, sich dabei mit beiden Händen das Haar wühlend, in dem sich etwas Entsetzliches verfangen hatte. Es war etwa so groß wie ein Adler, hatte scharfe Krallen und stieß Laute aus, die nichts ähnelten, was Pat jemals gehört hatte.

Churtham ließ die Kerze fallen, versuchte mit der einen Hand Pat den Mund zuzuhalten und mit der anderen nach dem Untier in ihrem Haar zu greifen. »Hören Sie um alles in der Welt mit diesem Todesschrei auf, Sie entsetzliche Person! Sie wecken ja sämtliche

Moorleichen auf und schrecken alles im Umkreis von zwanzig Meilen auf!«

Pat gelang es, ihren Mund freizukämpfen. Das Wort *Moorleichen* war nicht gerade Balsam für ihre Nerven. »WAS IST DAS!!!???«

»Nichts weiter als eine Fledermaus. Eine harmlose kleine Fledermaus!«

»TUN SIE DAS UNTIER WEG! SOFORT!!!«

»Aber Miss Smith, eine unerschrockene Frau wie Sie wird doch nicht etwa Angst vor Fledermäusen haben!« Seine Stimme klang spöttisch, aber es lag nicht der kalte Hohn darin, der ihr in der Gruft Schauer über den Rücken gejagt hatte, sondern ein kleiner amüsierter Ton, der sie noch mehr aufregte.

»Tun Sie das sofort weg!! Sie reißt mir ja alle Haare aus!!«

»Schon gut, schon gut. Die Leute sagen, das wäre ein Zeichen dafür, dass Sie in diesem Fall entweder ledig bleiben oder einen unmoralischen Lebenswandel führen werden«, meinte Churtham ironisch, während er das kaum weniger entsetzte Tierchen vorsichtig aus ihrem Haar entfernte. »Wobei ich Ihnen aber zu Zweitem raten würde. Sie haben dann gewiss mehr Spaß am Leben.« Er betrachtete die Fledermaus eingehend, dann warf er sie in die Luft, und sie flatterte eilig davon. »Die Fledermaus soll aus einem Kuss entstanden sein, den der Teufel einem schlafenden Weib gab«, setzte er sinnend hinzu.

»Der Teufel?! Na, der fehlte mir noch«, regte sich Pat auf, während sie versuchte, ihre gesträubten Locken in Ordnung zu bringen. Ihr ganzer Ärger über die Behandlung, die ihr von Churthams Seite zuteilgeworden war, die Angst, die sie hatte ausstehen müssen, brachen hervor, und sie war drauf und dran, mit den Fäusten auf ihn einzuschlagen.

»Ach«, Churtham hatte einen rätselhaften Ausdruck in seinen Augen, als er nach einer ihrer Haarsträhnen griff und sie sanft um seinen Finger wickelte, »ich denke, Sie würden einige von seiner Sippe unter Umständen sogar ganz sympathisch finden.«

Pat schlug erbost seine Hand weg. »Sie alleine reichen mir völlig! Und es würde mich nicht wundern«, fuhr sie erbittert fort, »wenn diese Fledermaus eine Verwandte von Ihnen wäre!«

Sekundenlang starrte Churtham sie kalt an, aber dann bemerkte sie zu ihrer Verwunderung ein Zucken um seine Mundwinkel. »Sie haben eine gehörige Portion Unverschämtheit für so ein kleines Mädchen.«

»Ich bin nicht klein!« Was auch stimmte, sie war etwas über mittelgroß, aber gegen ihn, der sie beinahe um Haupteslänge überragte, wirkte sie tatsächlich klein. »Hören Sie auf, sich mir gegenüber so arrogant zu benehmen! Das können Sie vielleicht mit einer anderen machen, aber nicht mit mir!«

»Nicht, dass ich Temperament und Feuer an einer Frau nicht zu schätzen wüsste, aber haben Sie keine Angst, damit einmal an den Falschen zu kommen?« Seine Stimme klang jetzt wieder sanft, aber Pat ahnte nach den Erlebnissen der letzten Stunde schon, dass dies kein gutes Zeichen bei ihm war. Sie wich vorsichtshalber zurück, als er näher kam, fand sich zu ihrem Schrecken jedoch plötzlich mit dem Rücken zur Schlossmauer, die ihre weitere Flucht behinderte. Sie starrte ihn an, als er die Hand unter ihr Kinn legte und sie so zwang, ihn anzusehen.

Zu ihrem Erstaunen lächelte er plötzlich, und Pat fühlte, wie eine Wärme ihren Körper ergriff, die sie in dieser Art noch nie zuvor gespürt hatte. Ihre Haut schien zu prickeln, und sie fühlte sich so unwiderstehlich von Churthams Lächeln und seinen hellblau schimmernden Augen angezogen, dass sie die Augen schloss, um dem fremden Zauber zu entgehen.

Seine Stimme klang eindringlich. »Sie sollten vorsichtiger sein, Miss Smith. Sie mögen vielleicht Mut haben, aber begehen Sie niemals den Fehler, etwas zu unterschätzen, das Sie nicht kennen. Das Ihrem Wesen viel zu fremd ist, als dass Sie auch nur ahnen, wie gefährlich es für Sie werden könnte.« Sie fühlte seine Hand, die wie ein Hauch über ihren Hals fuhr, und hätte schwören können, seine Lippen auf ihrer Haut zu spüren. Als sie jedoch wieder die Augen öffnete, war sie alleine und weit und breit war nichts von Churtham zu sehen.

Pat bemühte sich um Fassung und schlich dann, sich nach allen Seiten umsehend, die Schlossmauer entlang, immer gewärtig, dass entweder der Schlossherr oder gar die Fledermaus jederzeit wieder auftauchen konnten. Sie befand sich offenbar an der Rückseite, gleich neben einem der beiden Türme, die das Gebäude flankierten. Sie presste sich blitzschnell an die Mauer, als plötzlich, wie aus dem Nichts, ein schwarzes Pferd um die Ecke galoppiert kam, dessen Reiter sie unschwer als Lord Churtham erkannte. Er preschte in vollem Galopp und ohne sie zu beachten an ihr vorbei, als wären sämtliche Furien des Altertums hinter ihm her.

Sie lief erst weiter, als der Hufschlag verklungen war. Das Eingangstor war zum Glück unverschlossen, und sie glitt hinein in die Halle und warf die Tür laut hinter sich zu. Dann rannte sie, immer zwei Stufen auf einmal nehmend, die Treppe hinauf, hetzte den Gang entlang und erreichte endlich ihr Zimmer, fest entschlossen, es erst bei hellem Tageslicht – oder noch besser, gar nicht wieder – zu verlassen.

Sie wusste wirklich nicht, was sie von ihrem seltsamen Arbeitgeber halten sollte, aber eines jedenfalls stand für sie mit unumstößlicher Sicherheit fest: nämlich, dass der Earl of Barlem alles andere als ein Gentleman war.

Während Pat Churtham in den ersten Wochen ihres Aufenthalts kein einziges Mal zu Gesicht bekommen hatte, geschah es nun täglich, dass er ihr am Abend, kurz bevor sie sich in ihr Zimmer zurückzog, entweder auf dem Gang oder in der Halle begegnete. Sie hatte nach dem Tag, als sie ihm über die Geheimtreppe in diese grausige Gruft nachgeschlichen war, mit dem Gedanken gespielt, das Schloss zu verlassen, aber dann hatte sie es sich anders überlegt. Es war schwierig für sie, so schnell eine andere Arbeit zu finden. Und da es völlig inakzeptabel war, in das Haus ihres Onkels zurückzukehren, musste sie wohl oder übel ausharren. Churtham machte bei diesen zufälligen Treffen ohnehin keine Anstalten, sie auch nur anzusprechen, sondern schien sie kaum zu bemerken und nickte ihr bestenfalls mit jener Herablassung zu, die ein Mann seines Standes einer tief unter ihm stehenden Untergebenen gegenüber zeigte. Pat verstimmte es insgeheim, dass er sie so offensichtlich übersah, zumal sie selbst sich zu ihrem eigenen Ärger in Gedanken viel zu sehr mit ihm befasste.

Aber wenn ihr Lord Churtham selbst schon mysteriös schien, so gab ihr das Bild in der Bibliothek noch mehr Rätsel auf. Pat ertappte sich immer öfter dabei, wie sie während der Arbeit hochblickte, es anstarrte und dabei stets von neuem über die Ähnlichkeit dieses vor zweihundert Jahren verstorbenen Mannes mit Lord Churtham verblüfft war.

Auch an diesem Abend, als sie nach dem Abendessen zurück in die Bibliothek gegangen war, um noch einige der Bücher zu sortieren, wurden ihre Blicke wieder wie magisch von dem kantigen Gesicht mit den scharfen, ein wenig dämonisch blickenden Augen angezogen. Der Maler hätte den jetzigen Earl of Barlem nicht besser und ähnlicher treffen können. Dieselben harten, aber doch gutgeschnittenen Züge, das etwas arrogante und gleichzeitig grausame Lächeln um den Mund, das sie zur Genüge an Churtham selbst hatte bewundern können. Und noch etwas schien gleich zu sein: Beide wirkten sie zeitlos, wie Wesen, die immer schon so ausgesehen hatten und niemals altern würden.

Sie stand nachdenklich, mit vor der Brust verschränkten Armen vor dem Gemälde und betrachtete es, als sie plötzlich hinter sich eine Stimme hörte, die sie so erschreckte, dass sie einen kleinen Satz nach vorn machte.

»Das Bild scheint Sie zu faszinieren, Miss Smith.«

Sie presste die Hände auf ihr wild schlagendes Herz und wandte sich um. »Sie scheinen die Angewohnheit zu haben, andere Leute zu überraschen, Mylord«, stieß sie hervor.

»Es tut mir leid«, erwiderte er mit dieser dunklen, aber arroganten Stimme, während sein Blick eingehend über ihr Gesicht und ihre Gestalt glitt.

»Es sieht Ihnen sehr ähnlich«, sagte Pat, der diese Musterung unendlich peinlich war und sie mehr verwirrte, als sie vor sich selbst zugegeben hätte.

Churtham sah gelangweilt aus, als er endlich seinen Blick von ihr löste und das Bild betrachtete. »Tatsächlich?«

»Ein Ahnherr von Ihnen, nicht wahr?« Jetzt, wo sie Churtham neben dem Bild sah, war die Ähnlichkeit noch viel verblüffender.

Er starrte auf das Bild. »Ist die Ähnlichkeit wirklich so groß?«

»Ja, sehr sogar. Sehen Sie es nicht selbst?«

»Nicht unbedingt«, erwiderte er kalt.

»Wie ist denn sein Name?«, bohrte Pat weiter. Sie wollte noch mehr über diesen Mann auf dem Bild wissen, der sie auf den ersten Blick interessiert hatte. Ebenso wie sein Nachkomme, der sich gleich bei ihrem ersten Zusammentreffen ihr gegenüber so schändlich verhalten und sie in Angst und Schrecken versetzt hatte, und an den sie trotzdem – oder eben deswegen – so oft denken musste.

»Er war eines von jenen Geschöpfen, die nicht einmal die Hölle haben will«, sagte Churtham kalt. »Sein Name tut nichts zur Sache.« Er wandte sich nach ihr um. »Und Sie braucht er ebenfalls nicht zu interessieren. Von Wesen wie ihm sollte sich jemand wie Sie ohnehin fernhalten.«

Über Pats Rücken war wieder einer jener Schauer gelaufen, die immer dann auftraten, wenn sie geradezu fasziniert neugierig war. »Er sieht aber nicht böse oder schlecht aus«, sagte sie nachdenklich, »sondern eher wie ein Mann, der wenig Licht in seinem Leben gehabt hat.«

Churthams durchdringender Blick brannte sich in ihren. »Wenig Licht …«, wiederholte er tonlos. »Ja, das stimmt wohl.«

Pat, die es nicht mehr ertrug, dass er sie so ansah, wandte sich einem der Bücherschränke neben dem Kamin zu. Sie wäre zwar am liebsten aus dem Zimmer gegangen, aber sie wollte Churtham nicht zeigen, dass sie seine Gegenwart scheute. Das ließ ihr Stolz nicht zu. Sie würde auf eine gute Gelegenheit warten und sich dann mit aller Würde verabschieden. Sie ging die Bücherreihen entlang, suchte wahllos Titel heraus, tat sehr geschäftig, stapelte die Bücher sinnlos auf dem Tisch und war sich die ganze Zeit so sehr seiner Blicke bewusst, dass ihre Hände zitterten.

»Weshalb haben Sie sich eigentlich für diese Stellung beworben? Soweit ich aus Ihrem Schreiben ersehen habe, hatten Sie nicht einmal einschlägige Berufserfahrung.«

Pat war erstaunt über dieses plötzliche Interesse an ihrer Person, entschloss sich jedoch, keine Ausflüchte zu machen. »Ich wollte so schnell wie möglich aus Brighton weg«, erwiderte sie so ruhig, wie es ihr unter diesem prüfenden Blick möglich war, der ihre Haarspitzen zum Knistern brachte. Was hatte dieser Mann nur an sich, das sie so beunruhigen konnte?

»Sagen Sie nicht, Sie hätten Ihre Herrschaft bestohlen«, sagte Churtham spöttisch, »und mussten deshalb flüchten.«

»Ich wollte nur nicht verheiratet werden«, entgegnete sie verärgert.

Seine Augenbrauen gingen mit spöttischem Interesse hoch. »Verheiratet mit wem?«

»Mit einem Mann«, sagte sie kurz angebunden.

»Tatsächlich? Jetzt bin ich überrascht.« Um seine Lippen spielte ein mokantes Lächeln.

Pat wurde rot und wandte sich wieder ab. Es wäre jetzt höchste Zeit gewesen, gute Nacht zu sagen, aber irgendetwas hielt sie in seiner Nähe fest. Sie tat so, als würde sie ihn nicht beachten, obwohl ihre Knie unter seinen Blicken weich wurden. Und zu allem Überfluss fiel ihr wieder ein, wie er sie berührt hatte. Noch immer vermochte sie seine Hand auf ihrer Haut zu spüren, das zarte Streicheln, mit dem seine Finger von ihrer Wange zu ihrem Hals geglitten waren. Wie eine Liebkosung war es gewesen, verführerisch und doch beängstigend. Wenn sie nicht eine so nüchterne, moderne Frau gewesen wäre, hätte sie geschworen, dass dieser Mann irgendeinen dunklen Zauber auf sie gelegt hatte. Unauffällig betrachtete sie aus den Augenwinkeln sein Gesicht. Es war trotz seines arroganten Ausdrucks anziehend. Seine Augen waren faszinierend und seine Lippen schmal und männlich. Sie hatte sich, alleine in ihrem Zimmer und auch während der Arbeit, wohl schon hundert Mal vorgestellt, wie es sein musste, seine Lippen auf den ihren zu fühlen. Eine unsinnige Idee, die sie nicht loswerden konnte. Dabei hätte sie nach diesem grauenvollen Abend in der Gruft viel mehr Grund gehabt, ihn nie wieder sehen zu wollen.

Sie zuckte zusammen, als er auf sie zukam.

»Gute Nacht, Miss Smith.«

»Gute Nacht, Mylord.« Sie wollte ihn nicht ansehen, aber als er ihr die Hand hinhielt, blieb ihr nichts anderes übrig, und sie legte ihre zögernd hinein.

Er stand jetzt so nahe, dass ein kleiner Schritt genügte, um ihn zu berühren. Es war verrückt, unverständlich und geradezu liederlich von ihr, dass sie genau das auch wollte. Bei einem Mann, den sie kaum kannte, und der außer seinem anziehenden Äußeren nichts an sich hatte, was für ihn sprach. Im Gegenteil. Er war unhöflich, arrogant und …

Als er diesen Schritt tatsächlich tat und so dicht vor sie hintrat, dass sie die Wärme seines Körpers fühlen konnte, schnappte sie nach Luft. Wie unerträglich heiß und stickig es doch plötzlich im Raum geworden war. So warm, dass sie kaum atmen konnte.

Er war so nahe, dass er nur ein wenig den Kopf vorbeugen musste, um sie küssen zu können. »Weshalb sind Sie ihm davongelaufen?«

»Wem davongelaufen?« Sie konnte kaum den Blick von seinen Lippen lösen, obwohl sie verzweifelt versuchte, sich auf sein kunstvoll und elegant gebundenes Halstuch zu konzentrieren.

»Dem Mann, mit dem man Sie verheiraten wollte.« Seine Stimme klang ruhig, aber Pat vermeinte, eine gewisse Spannung darin zu hören.

»Ich … konnte ihn nicht ausstehen.«

Ein langsames Lächeln erschien auf seinen Lippen, wie sie es noch nie bei einem anderen Menschen bemerkt hatte. Es war das überlegene Lächeln eines Mannes, dem nichts mehr fremd war. Der schon Dinge im Leben gesehen hatte, von denen sie nicht einmal ahnte, dass sie überhaupt existierten, und der dabei so ungemein anziehend und überwältigend romantisch aussah. Weitaus romantischer als sämtliche Helden der Romane, die sie bisher gelesen hatte. Außerdem wurde ihr heiß, richtig undamenhaft heiß …

»Hat er Sie geküsst?«

Sie wollte heftig den Kopf schütteln, brachte jedoch angesichts seiner Nähe nur ein undeutliches »Nein« hervor.

»Welch ein Narr …« Sie atmete zitternd ein, als er die Hände um ihr Gesicht legte und es zu sich emporhob. Während seine rechte Hand in ihren Nacken glitt, sie dort streichelte, mit seinen Fingern in ihr Haar fuhr, berührte er mit dem Mittelfinger der anderen Hand ihre Lippen, fuhr die geschwungenen Linien nach, streichelte zart darüber. Es kitzelte, machte sie nervös, erweckte etwas in ihr, das ihr fremd war. Seine Augen, in deren Tiefen wieder dieses hellblaue Glimmen war, schienen sich an ihren Lippen festzusaugen, während sie wie betäubt dastand und unfähig war, sich zu rühren oder auch nur den Kopf wegzudrehen.

Im Gegenteil, der Wunsch nach dieser Berührung wurde immer heftiger, bis sie die Lippen etwas öffnete und seinem Finger so Gelegenheit gab, sie intensiver zu streicheln, bis dorthin, wo ihr Mund warm und feucht war. Ihr eigener Wille schmolz unter seinen Berührungen und seinem Blick dahin, sie schloss die

Augen, und zu ihrem eigenen Erstaunen ertappte sie sich dabei, wie sie ihm ihre Zungenspitze entgegenschob, seinen Finger damit berührte. Sie war schon geküsst worden. Nicht von ihrem unwillkommenen Verlobten, sondern vor etwa vier Jahren, von einem jugendlichen Verehrer, in den sie sich tatsächlich ein wenig verliebt gehabt hatte. Sie war neugierig gewesen und hatte nachgegeben, als er sie im Garten des Hauses heimlich geküsst hatte. Seine Zunge hatte sich zwischen ihre Lippen und ihre Zähne geschoben und nach der ihren gesucht. Sie hatte stillgehalten, einerseits abgestoßen von dieser intimen Vertraulichkeit, andererseits voller Neugier.

Aber das hier war anders. Ein weitaus intensiveres Gefühl eines Kusses, auch wenn sein Mund den ihren nicht einmal berührte. Sie legte ihre Lippen um seinen Finger, saugte leicht daran und ließ ihre Zungenspitze darum kreisen. Ganz langsam und bedächtig, während sie die Augen schloss und kein Gedanke daran in ihr hochstieg, dass das, was sie hier tat, wohl äußerst ungehörig war. Sie dachte überhaupt nicht in diesem Moment, fühlte nur, gab sich einem Zauber hin, der sie ganz erfüllte. Die Finger seiner anderen Hand spielten warm an ihrem Nacken, ließen kleine Flammen über ihre Haut und durch ihren Körper wandern, streichelten, liebkosten, erweckten in ihr neue und beängstigende Gefühle und Sehnsüchte. Es war, als wäre sie plötzlich von Fieber befallen, heiße und kalte Schauer rannen über ihren Leib, ließen ihre Knie zittern und ihr Herz so laut schlagen, dass sie glaubte, es müsse zerspringen.

Sie stieß ein leises Seufzen aus, als er sich von ihr

zurückzog. Dieses zarte und doch intensive Spiel konnte nur wenige Minuten gedauert haben, aber Pat hatte das Gefühl, als wäre die Zeit stehen geblieben. Sie öffnete erst die Augen, als sie seinen schweren Atem hörte. Sein Gesicht war dicht vor ihrem, und obwohl sie vor dem Glühen in seinen Augen hätte erschrecken müssen, hatte sie keine Angst. Auch nicht vor dem unverhohlenen Begehren, das aus seinem Blick sprach und sie bis zu Stellen erwärmte, über die eine sittsame junge Frau nicht einmal nachdachte. Sie hätte so gerne das Samtband gelöst, das sein dichtes schwarzes Haar hinten zusammenhielt, um dann mit beiden Händen hineinzugreifen und seinen Kopf zu sich herunterzuziehen. Sie blieb jedoch reglos stehen und starrte ihn nur an. Endlich wandte er sich ohne ein weiteres Wort ab und verließ den Raum.

Und ließ Pat in einem Aufruhr der Gefühle zurück, wie sie ihn bisher noch nie verspürt hatte.

Vampire

Es war ein schöner Tag, und Pat wanderte leise vor sich hin singend und summend zum Dorf. Obwohl die Mehrzahl der Dorfbewohner ihr immer noch auswich, freute sie sich, als die ersten Häuser in ihr Blickfeld kamen. Manche der grauen Steinhäuser waren zwar sehr baufällig und armselig, andere jedoch wiederum waren gepflegt und von Blumen- und Gemüsebeeten, blühenden Sträuchern und Hecken umgeben. Die tief heruntergezogenen, dicken Reetdächer gaben ihnen ein verträumtes Aussehen, und aus den stämmigen Schornsteinen stieg Rauch empor. Pat, die sich selbst in einem ungewohnt verträumten Zustand befand, schlenderte glücklich durch die Straßen, winkte einigen misstrauischen Kindern lustig zu und betrat dann schließlich den Laden.

Da seine Frau heute nicht hier war, zeigte sich der Inhaber, Mr Beadweather, weitaus gesprächiger als das letzte Mal. Pat hielt sich lange bei ihm auf, um all die hübschen Kostbarkeiten und Kleinigkeiten zu bewundern, die er feilbot. »Schön, Sie wiederzusehen, Miss«, sagte er und betrachtete wohlwollend das kleine Hütchen, das sie zur Feier des Ausflugs aufgesetzt hatte. »Sie kommen nicht oft ins Dorf.«

»Es ist doch etwas weit zu gehen«, erwiderte Pat, während sie ihre Finger über einen Ballen seidigen

Stoffes wandern ließ. Sie hatte, als sie damals so überstürzt aus Brighton abgereist war, nur das Nötigste mitgenommen und bedauerte es nun, nicht mehr und vor allem hübschere Kleider dabeizuhaben. Es war doch zu ärgerlich, dass sie außer diesem dunklen Reisekleid, einem festen Rock, zwei weißen Blusen und einem grauen Wollkleid nichts anzuziehen hatte. Sie war niemals besonders eitel gewesen, aber aus einem Grund, über den sie nicht näher nachdenken wollte, störte es sie, dass Lord Churtham sie immer nur in diesen Sachen sah. Vielleicht sollte sie sich ein Kleid nähen lassen? Sie selbst war schrecklich ungeschickt mit Nadel und Faden, aber Mrs Simmons hatte ihr von einer Frau im Dorf erzählt, die sehr hübsche Kleider machte. Natürlich konnte sie auch nach Minehead oder Dunster fahren, aber dazu hätte sie Churtham oder Simmons um die Kutsche bitten müssen, und das war ihr unangenehm.

»Der Earl, Lord Churtham selbst«, fuhr Mr Beadweather fort, »kommt ja nur selten ins Dorf. Zumindest kann ich mich nicht erinnern, ihn je hier gesehen zu haben. Und von den anderen Dorfbewohnern hat ihn ebenfalls nie jemand hier getroffen, jedenfalls nicht tagsüber.«

»Lord Churtham geht nicht viel aus«, erwiderte Pat mit höflicher Abwehr. Sie mochte nicht mit den Leuten über ihren Arbeitgeber klatschen. Und schon gar nicht über *diesen*. Sie wandte sich einem anderen Stoffballen zu. Vielleicht sollte sie doch ausprobieren, wie gut diese Frau hier nähen konnte? Es war ein ganz reizender Stoff, Baumwolle mit buntem Blumendruck. Etwas zu kühl für diese Jahreszeit vielleicht, aber wenn sie ihren weiten, pelzverbrämten Wollumhang darüber trug, würde es schon gehen. Und im Schloss war ohnehin immer jeder Kamin beheizt.

»In der Nacht aber doch«, ließ der Ladenbesitzer nicht locker. »Der Wirt hat ihn beobachtet, wie er auf seinem schwarzen Hengst durch die Straße geprescht ist, als wären alle Dämonen der Hölle hinter ihm her. Und Wilkins, der Bauer, der seinen Hof eine Meile östlich von hier hat, schwört Stein und Bein, dass er ihn gesehen hat. Er ist durch die Luft geritten, quer über das Moorland, bei Vollmond. Und es ist gar kein Zweifel, dass er es war.«

Pat wandte sich dem Studium einiger hübscher Haarbänder zu. Dieses rote hier würde vermutlich sehr gut zu ihrem dunkelbraunen Haar passen. Wenn sie es hochsteckte und die widerspenstigen Locken dann mit diesem Band zurückhielt … Dazu dieses bedruckte Kleid mit den roten Blümchen …

»… und der Schwester meiner Frau, die ihn einmal vom Fenster aus gesehen hat, ist aufgefallen, wie jung er noch aussieht. Sehr jung sogar, dabei munkelt man, dass er schon ziemlich alt sein müsste, zumindest wenn man nachrechnet, wann er ins Schloss eingezogen ist.«

»Ich nehme dieses Tuch«, sagte Pat, entschlossen, weitere Bemerkungen über Churtham zu unterbinden. Sie griff nach einem kleinen Seidentüchlein, mit dem sie ihr graues Wollkleid etwas aufputzen konnte, zahlte und atmete auf, als sie den neugierigen Fragen und dem Geklatsche dieses Mannes entkam. Durch die Luft reiten! Sie schüttelte ärgerlich den Kopf. Wie dumm waren die Leute hier eigentlich?! Der Bauer musste vollkommen betrunken gewesen sein!

Sie lenkte ihre Schritte energisch zu der bezaubernden kleinen Kirche, die ihr bereits beim ersten Mal aufgefallen war. Damals war sie wegen der Unfreundlichkeit der Leute zu schüchtern gewesen, sie zu besichtigen, aber dieses Mal trat sie ein. Sie schob die schwere, liebevoll mit Schnitzereien verzierte Holztür auf und fühlte sich sofort von der friedvollen Stille dieses Ortes umgeben. Sie ging langsam herum, besah sich einige einfache, aber sehr hübsch bemalte Statuen und blieb dann vor einer alten Wandmalerei stehen, die wohl schon einige hundert Jahre alt sein musste. Die beiden Figuren darauf waren erstaunlich lebensecht gezeichnet und standen einander gegenüber. Während eine jedoch helles Haar hatte, sanft lächelte und von einer Art Gloriole umgeben war, die ihr Gesicht leuchten ließ, so hatte die andere schwarzes Haar, blickte finster und fast dämonisch. Aber es war nicht die hübsche blonde Gestalt, die Pats Aufmerksamkeit anzog, sondern jene andere, deren Gesicht halb im Schatten lag. Sie war ihr seltsam vertraut, und sie überlegte soeben, wo sie eine ähnliche Darstellung schon einmal gesehen haben könnte, als sie plötzlich angesprochen wurde.

»Der Engel des Lichts und der Engel der Finsternis«, sagte eine Männerstimme neben ihr. Pat blickte sich um. Der Mann trug einen dunklen Anzug, mochte so um die sechzig sein, hatte einen Kranz weißen Haares um den Kopf und ein warmes Lächeln auf den vollen Lippen. Seine Augen waren von einem hellen Blau, und Pat sah erstaunt, dass er ihr zublinzelte. »Ich bin der Pastor hier. Jeremias Soames. Und Sie müssen Miss Smith sein, die seit einigen Wochen oben im Schloss arbeitet.«

Pat ergriff die raue Hand, die ihr zeigte, dass der Pastor auch zupacken konnte und wohl noch anderer Arbeit nachging, als nur seine Schäfchen zu hüten. Sie erwiderte seinen festen Händedruck. »Ja, ich bin Patricia Smith. Es freut mich, Sie kennenzulernen, Pastor Soames.«

Er nickte ihr lächelnd zu und wandte sich dann wieder dem Gemälde zu. »Ein wirklich interessantes Bild. Es ist schon zweihundert Jahre alt und eng mit den Herren dieses Schlosses verknüpft.«

»Ja …?« Pat liebte alte Geschichten und besonders, wenn sie mit Churtham und seinem Schloss zu tun hatten.

»Es heißt, dass der damalige Schlossherr, der Earl of Barlem, für den Engel der Finsternis Modell gestanden haben soll. Nicht freiwillig natürlich, aber der Maler, der das hier schuf, gab diesem Engel sein Gesicht.«

Pat starrte auf das Bild. Natürlich! Deshalb waren ihr diese Züge so bekannt vorgekommen. Sie ähnelten dem Bild, das in der Bibliothek hing. Und damit natürlich auch Churtham.

»Weshalb sollte er ausgerechnet den Schlossherrn als Modell genommen haben?«, fragte sie erstaunt.

»Der damalige Earl of Barlem war … nun, im Land nicht gerade beliebt. Er war eines Tages da, niemand wusste, woher er kam. Aber er hatte einen sehr schlechten Ruf, dem er auch nur zu gerecht geworden sein soll. Ich weiß das natürlich nur aus einer alten Chronik, die meine Vorgänger geführt haben. Das Bild stammt aus der Zeit, wo Oliver Cromwells Leute das Land von Andersdenkenden säuberten. Auch Dunster Castle ist von ihnen geschliffen worden. Unser Dorf jedoch und das Schloss blieben wie durch ein Wunder verschont.« Er blickte nachdenklich auf das Bild. »Vielleicht hat ihn der Künstler deshalb nicht als Teufel gemalt, sondern nur als Engel der Finsternis, weil er sich ganz alleine den Truppen entgegengestellt und sie von seinem Land verjagt haben soll. Barlem Village war eines der wenigen Dörfer, die damals nicht so stark unter den puritanischen Einfluss gekommen sind.«

»Was ist aus ihm geworden?«

»In der Chronik steht, dass er eines Tages verschwunden ist. Die Leute haben gemunkelt, dass ihn der Teufel geholt hat.« Er lachte. »Ich sollte dem ja nicht widersprechen, aber ich denke, er ist wohl eher von irgendjemandem aus Rache ermordet worden.«

Pat spürte den bekannten kleinen Schauder über ihren Rücken wandern. Natürlich, Lord Churtham hatte doch eine ähnliche Bemerkung über seinen Ahnen gemacht. Er wäre eines von jenen Geschöpfen gewesen, die nicht einmal die Hölle hatte haben wollen. »Zu wenig Licht«, murmelte sie plötzlich.

Pastor Soames sah sie erstaunt an. »Wie bitte?«

Sie zuckte verlegen mit den Schultern. »Nichts weiter, ich habe nur an etwas gedacht.« Sie reichte dem Pastor die Hand. »Ich glaube, es wird Zeit, dass ich mich verabschiede, ich habe noch einen weiten Rückweg.«

Mr Soames sah sie besorgt an. »Es wird bald dämmern, Miss Smith, Sie sollten nicht alleine unterwegs sein.«

»Gibt es hier etwa Räuber?«, fragte sie lächelnd.

»Nein, keine Räuber, aber …«, er zögerte, »die Gegend ist seit einiger Zeit etwas unsicher geworden. Ich würde Sie ja selbst begleiten, aber ich muss noch einen Krankenbesuch machen. Sie sollten aber hier bei mir warten, ich schicke einen Burschen ins Schloss hinauf, damit man die Kutsche bringt.«

»Das wird nicht nötig sein, vielen Dank«, sagte Pat selbstbewusst. Sie warf noch einen letzten Blick auf das Gemälde, entschlossen, dieser faszinierenden Geschichte ein anderes Mal nachzugehen, und trat wieder hinaus auf die Straße. Sie hatte nicht die geringste Absicht, sich Simmons' indigniertem Gesichtsausdruck auszusetzen, nur weil sie sich verspätet hatte und nun zu feig war alleine heimzugehen.

Als sie die Tür hinter sich schloss, stand wie aus dem Boden gewachsen ihre seltsame alte Bekannte vor ihr. Pat, die wenig Lust hatte, das unheimliche Gespräch fortzusetzen, wollte mit einem freundlichen Gruß weitergehen, aber die alte Frau hielt sie auf. »Die Kirche ist ein guter, sicherer Ort. Man sagt, Vampire können das Portal einer Kirche nicht durchschreiten, sonst würden sie auf der Stelle zu Staub zerfallen.« Sie sah sich bei diesen Worten um, als würde sie jeden Moment erwarten, dass einer der Schlossbewohner hinter einer Hausmauer hervorsprang und ihr Leben forderte.

»Wie bitte?«, fragte Pat verblüfft.

Die Alte musterte sie aus von vielen kleinen Falten umgebenen, aber überraschend klaren Augen. »Sagen Sie nicht, dass Sie noch nichts bemerkt haben, Kindchen.«

»Was denn bemerkt?« Pat runzelte die Stirn und trat einen Schritt zurück. Die alte Frau war gekleidet wie beim letzten Mal. Mit einem langen Wollrock und einem verfärbten Tuch um Schultern und Kopf. Sie sah nicht sehr sauber aus, und sie roch nach allem Möglichen. Vor allem nach Knoblauch.

»Dass das Böse hier ist!« Die Alte war ihr nachgekommen und beugte sich näher zu ihr. »Seit längerem schon verschwinden junge Mädchen aus der Umgebung. Manches Mal findet man sie dann mit zwei Löchern am Hals.« Sie deutete auf eine Stelle unter dem Ohr. »Ausgesaugt bis zum letzten Blutstropfen ... Es gehen böse Dinge um. Sehr böse ... Sie sollten sich vorsehen, mein Kind.«

»Ich glaube nicht an solche Dinge«, verwahrte sich Pat energisch, obwohl sich alle Härchen auf ihrem Körper sträubten.

»Das haben die anderen auch nicht«, sagte die Alte, nicht ein bisschen beleidigt über Pats Ungläubigkeit, »und haben es mit ihrem Leben bezahlen müssen.« Sie kam noch ein wenig näher, Pat folgend, die Schritt für Schritt zurückwich. »Man munkelt, dass sogar einige Mädchen aus den weiter entfernten Nachbardörfern spurlos verschwunden seien. Aber nicht auf *natürlichem* Wege.« Sie zog zu Pats größter Überraschung eine Schnur heraus, auf der Knoblauchzehen aufgereiht waren, und hängte sie Pat, ohne auf deren Abwehr zu achten, um den Hals. Dabei bemerkte Pat, wie zart und schlank ihre Hände waren, fast wie die eines jungen Mädchens, das den ganzen Tag mit zierlichen Handarbeiten verbrachte statt mit harter Arbeit, wie diese Menschen hier das tun mussten.

»Und jetzt geh, mein Kind, aber sei vorsichtig, hörst du? Nimm diese Kette nicht ab und traue keinem, der davor zurückschreckt.« Sie sah sich misstrauisch um und entfernte sich dann langsam, wobei sie leicht humpelte.

Erschöpft ging Pat weiter. Was sie heute wieder gehört hatte, war ein bisschen zu viel gewesen. Nichts als Unsinn und Aberglauben. Lächerlich! Immerhin lebten die Leute hier nicht mehr im Mittelalter, sondern Mitte des neunzehnten Jahrhunderts, aber das hatte sich offenbar noch nicht bis zu diesen einfältigen Menschen herumgesprochen. Vampire! Churtham, der in der Nacht über die Felder flog! Das war zu viel.

Sie beschleunigte ihren Schritt, als sie bemerkte, dass in der Zwischenzeit schon die Dämmerung hereingebrochen war. Nicht, dass sie sich vor Vampiren und ähnlichem Gezücht fürchtete, aber sie hatte doch keine sonderliche Lust, im Dunkeln durch den dichten Wald zu stolpern.

Sie schritt herzhaft aus, sah jedoch bald ein, dass sie es unmöglich schaffen konnte, das Schloss noch vor Einbruch der Dunkelheit zu erreichen. Ein kleines Gefühl der Angst stieg ärgerlicherweise in ihr hoch. Daran hatten nur diese Leute und ihr dummes Gerede Schuld! Sie sah sich vorsichtig um, als sie sich der Geräusche um sie herum bewusster wurde als zuvor. Alles nur natürlichen Ursprungs, machte sie sich klar, aber trotzdem im Dämmerlicht unheimlich. Ein Rascheln im Gebüsch, der Schrei eines Vogels, das Heulen eines Hundes, der vermutlich an einem fernen Hof an der Kette hing, all das verdichtete sich zu einem Gefühl der Angst, wie Pat sie noch vor kurzem nicht gekannt hatte. Sie war wohl zimperlicher geworden, ein bisschen ängstlich, nicht mehr die alte Pat, die sich früher vor nichts und niemandem gefürchtet hatte. Und das seltsame Verhalten dieser Leute hier tat natürlich ein Übriges, um ihre ohnehin schon etwas angegriffenen Nerven noch weiter zu beunruhigen. Dennoch schien ihr, als hätte sich der Wald auf rätselhafte Weise verändert. Die etwas schief gewachsenen alten Eichen, die sie noch beim Hinweg so bewundert hatte, schienen jetzt lebendig zu werden und verkrüppelten Riesen gleich mit ihren Ästen nach ihr zu greifen.

Wieder ein Rascheln. Ein Knacken von Zweigen, die zertreten wurden. Pat fing an zu keuchen, als sie schneller ging und über die alte Steinbrücke lief, die hier den Fluss überquerte. Waren das nicht Schritte, ganz in ihrer Nähe? Oder war es nur der dumpfe Schlag ihres Herzens, der in ihren Ohren dröhnte? Dass ein Vampir hier sein Unwesen treiben sollte, war natürlich reinster Unsinn, aber am Ende hatten sich die Leute aus dem Dorf über sie lustig gemacht und wollten sich nun einen Spaß daraus machen, sie zu erschrecken. Wenn sie nur schon näher dem Schloss wäre, das ihr plötzlich, trotz – oder wegen – seines Herrn, als Ort der Sicherheit erschien. Wie sehr wünschte sie sich jetzt Lord Churtham an ihre Seite!

Da! Das waren Schritte! Diesmal ganz deutlich! Jemand kam ihr aus dem Dunkel entgegen. Eine schemenhafte Gestalt. Pat blieb wie angewurzelt stehen, als sie bemerkte, wie schnell sich dieser unheimliche Fremde ihr näherte. Und da war er schon. Er trug einen weiten langen Mantel und einen Hut, der so tief in seine Stirn gezogen war, dass sein Gesicht völlig im

Schatten lag. Ohne ein Wort zu sprechen sprang er mit einem letzten riesigen Satz auf sie zu und hatte sie auch schon gepackt.

Pat schrie entsetzt auf und versuchte sich aus den Händen des Mannes zu befreien, die, Klauen gleich, ihre Oberarme gepackt hatten. »Hilfe!! Hilfe!« Sie wusste zwar nicht, wer ihr zu Hilfe kommen sollte, aber sie hoffte, dass sie den Kerl allein schon mit ihrem Schreien vertreiben konnte. Wortlos legte er ihr eine eiskalte Hand über den Mund, während seine andere sich um ihre Taille krallte und sie so eng an sich zog, dass sie kaum noch atmen konnte. Er war ziemlich groß und stark, und mit steigender Angst bemerkte sie, dass er den Kopf zu ihr hinunterbeugte und seinen Mund an ihren Hals brachte. Die gruselige Geschichte von den Vampiren, über die sie zuvor noch den Kopf geschüttelt hatte, schien ihr plötzlich weitaus weniger absonderlich zu sein, und sie trat ihn unter Aufbietung all ihrer Kräfte ans Schienbein.

Sein Griff lockerte sich, und sie konnte ihn wegstoßen. Sie taumelte zurück, wandte sich um und wollte weglaufen, als er sie schon wieder gepackt hatte. Diesmal schrie sie in den höchsten Tönen um Hilfe, kreischte, zappelte und wehrte sich wie eine Besessene, stolperte jedoch und fiel hin.

Er war eben im Begriff, sich auf sie zu werfen, als sie sich an die Warnung der alten Frau erinnerte. Verzweifelt zerrte sie mit der freien Hand die unter ihrem Umhang verborgene Knoblauchkette hervor. Im selben Moment zuckte der Angreifer zurück und schwankte nach hinten, so, als hätte sie ihn geschlagen.

Pat konnte es kaum fassen, aber diese Kette schien

tatsächlich zu wirken! Der Fremde hob die Hände, fauchte wie eine wütende Katze und wich vor ihr zurück.

Da hörte Pat eine scharfe Stimme. »Was ist hier los?!«

Der Angreifer blickte auf den Mann, der mit einer Laterne bewaffnet aus der Richtung, in der das Dorf lag, herbeieilte, dann wandte er sich um und rannte davon, sich wie ein Schemen in den Schatten auflösend. Der andere kam mit raschen Schritten auf Pat zu und beugte sich zu ihr hinunter. »Ist Ihnen etwas geschehen, Madam?«

»Nein, nein, es ist alles in Ordnung. Ich bin nur etwas erschrocken.«

Er half ihr aufzustehen und hob dann auch den Korb auf, der ihr aus der Hand gefallen war. Dabei fiel das Licht der Laterne auf sein Gesicht. »Mr Pentwell?«, fragte Pat überrascht, während sie ihr Hütchen gerade rückte, das ihr bei dem Angriff halb ins Gesicht gerutscht war.

Er fasste nach ihrer Hand und drückte sie fest. »Meine liebe Miss Smith, welch eine Freude, Sie zu sehen. Leider unter diesen Umständen ... Sind Sie auch ganz sicher, dass es Ihnen gut geht?«

Die Sorge in seiner Stimme tat ihr wohl, und Pat blickte auf, voller Dankbarkeit, dass ein Bekannter hier erschienen war und damit diesen Geisteskranken vertrieben hatte. »Vielen Dank, Sir«, sagte sie etwas atemlos. »Sie haben mich wirklich gerettet. Ich hätte nicht gewusst, was ich sonst getan hätte. Der Mann muss verrückt sein! Vermutlich einer aus dem Dorf, der mir Angst einjagen wollte.«

»Sie sollten nicht alleine hier spazieren gehen, Miss

Smith«, sagte er mit freundlicher Besorgnis. »Und schon gar nicht nach der Dämmerung. Es treibt sich hier viel Gesindel herum, und selbst wenn Ihnen der Mann wirklich nur Angst hatte einjagen wollen, so darf ich gar nicht daran denken, was alles hätte geschehen können!«

»Ich bin sehr überrascht, Sie hier zu sehen, Mr Pentwell!«

Er lächelte verlegen. »Es ist so, Miss Smith, dass ich Sie im Dorf gesehen habe. Und da ich besorgt war, als Sie sich so alleine auf den Weg machten, entschloss ich mich, Ihnen nachzugehen.«

»Das ist sehr liebenswürdig von Ihnen gewesen«, erwiderte Pat mit rosigen Wangen. Sie verbarg verlegen die Knoblauchkette unter ihrem Umhang, bevor Pentwell sie zu sehen bekommen konnte. »Aber ich bin überhaupt verwundert, Sie hier zu treffen. Nach allem, was Sie mir erzählt haben, nachdem Sie die Liebenswürdigkeit hatten, meine Reisegefährtinnen und mich aus dieser lästigen Lage zu befreien, hatte ich gedacht, dass Sie in Dunster bleiben wollten.«

Er zögerte sekundenlang. »Ich … habe es mir anders überlegt, Miss Smith. Diese Gegend erschien mir plötzlich wesentlich reizvoller. Aber nun sagen Sie mir, weshalb Sie sich alleine hier im Wald befinden.«

»Ich bin auf dem Rückweg zum Schloss. Ich habe mich ein wenig zu lange im Dorf aufgehalten, deshalb ist es schon etwas dunkel geworden.«

»Sie wohnen also tatsächlich im Schloss?« Ihr Begleiter sah plötzlich sehr ernst aus. »Ich hatte gehofft, Sie hätten sich meine Worte zu Herzen genommen. Haben Sie … den Schlossherrn bereits kennengelernt?«

Pat stutzte bei dem Unterton. »Gewiss, ich hatte Ihnen doch erzählt, dass ich hier eine Stellung angenommen habe.«

Es war, als müsste Pentwell sich zwingen weiterzusprechen. »Und ... welchen Eindruck hat er auf Sie gemacht?«

»Unsere Begegnung war so kurz, dass ich dazu nichts sagen kann«, entgegnete Pat ausweichend. Sie wurde in der Erinnerung an ihr letztes Treffen mit Lord Churtham ein bisschen rot, was man in der Dunkelheit jedoch zum Glück nicht erkennen konnte. Und außerdem schwor sie sich, niemals etwas davon zu erzählen, dass sie dem Schlossherrn das erste Mal in einer Gruft begegnet war, wo er wie ein Gespenst im Dunkeln herumgeschlichen war und sie zu Tode erschreckt hatte.

»Dann ist Ihnen also nichts aufgefallen?«

Sie schüttelte den Kopf. »Nein, was denn?«

Er schien erleichtert zu sein. »Nun, vielleicht täusche ich mich ja und Sie sind nicht in so großer Gefahr, wie ich dachte. Er wird sich hüten ...« Er unterbrach sich hastig.

»Sie haben mich schon einmal gewarnt, Mr Pentwell«, sagte Pat energisch, weil sie es langsam wirklich mit der Angst zu tun bekam. Dieses bizarre Verhalten der Dorfbewohner, die alte Frau, die sie sogar mit einer übelriechenden Kette aus Knoblauch geschmückt hatte, Pentwells warnende Worte und nun auch noch der Verrückte, der sie überfallen hatte. »Ich wäre Ihnen dankbar, wenn Sie sich etwas deutlicher ausdrücken könnten.«

»Nein, ich sage besser nichts. Es könnte mir als Gehässigkeit ausgelegt werden.« Er rang sich die weiteren Worte sichtlich ab, als Pats großer, fragender Blick auf ihm ruhte. »Es ist nämlich so, dass Lord Churtham …«, wieder ein Zögern, und sein Gesicht verschloss sich, »… und mich nicht gerade Freundschaft verbindet.«

»Oh«, sagte Pat nur. Sie brannte darauf, mehr zu erfahren, wollte jedoch nicht unhöflich genug sein, zu fragen, und so ging sie eine ganze Weile schweigend neben ihrem Begleiter her, der plötzlich in düsteren Gedanken versunken schien, während sich im schwachen Schein der Laterne einander widerstreitende Gefühle auf seinem sympathischen Gesicht abzeichneten. Plötzlich ging ein Ruck durch seine Gestalt, er blieb stehen und hob den Kopf. »Ich habe mit mir gerungen, Miss Smith, aber ich sehe jetzt ein, dass es meine Pflicht ist, Sie zu warnen.« Er fuhr sich mit der Hand über die Augen, als wollte er eine Erinnerung auslöschen, etwas, das nur er sehen konnte. »Es tut mir leid, dass ich nicht schon früher gesprochen habe. Und ich würde das nicht tun, wenn ich nicht überzeugt wäre, dass Sie vollkommen ahnungslos in dieses Schloss gekommen sind.«

»Wie meinen Sie das?«, fragte Pat stirnrunzelnd. Langsam bekam sie vor Aufregung wieder kalte Finger.

»Es ist mit dem Schloss und seinem derzeitigen Eigentümer nicht alles so, wie es zu sein scheint.«

»Ach ja …?« Ganz hatte sich Pat diesem Eindruck bisher auch nicht zu entziehen vermocht. Es war wirklich etwas sehr seltsam mit diesem Schloss und seinem Herrn, aber das hätte sie auch ohne diese

Leute und die Warnungen gespürt. Aber wirklich *gefährlich* war ihr Churtham eigentlich nicht erschienen. Und wenn, dann nur in einem ganz anderen Sinn.

Ihr Begleiter gab sich einen weiteren Ruck. »Lord Churtham ist ein Betrüger, Miss Smith.« Er hob die Hand. »Ich weiß, das klingt alles sehr unglaubwürdig, aber ich muss Sie einfach bitten, mir, einem Fremden, zu vertrauen. Schon in Ihrem eigenen Interesse.«

»Aber das muss ein Missverständnis sein«, stammelte Pat. Churtham jetzt wiederum ein Betrüger? Was denn noch alles?

Pentwell legte die Hand auf ihren Arm und sah sie eindringlich an, seine grauen Augen schimmerten leicht im Schein der Laterne. »Miss Smith, Patricia, ich hätte Ihnen diese Eröffnungen nicht gemacht, wenn ich nicht annähme, dass Sie in Gefahr sind.« Er holte tief Luft. »Es ist nämlich so, dass Churtham ein ... Er ist kein ... wie soll ich sagen ... kein *normaler* Mensch.«

Pat sah ihn fassungslos an. »Sie wollen mir jetzt doch hoffentlich nicht erzählen, er sei ein Vampir?!«

Pentwells Stimme wurde schärfer. »Soll das heißen, man hat Sie bereits gewarnt?«

Sie nickte. »Die Leute aus dem Dorf. Sie sind immer so komisch, wenn ich komme, und heute hat mich eine alte Frau vor Vampiren gewarnt! So ein Unsinn!«

Pentwell blickte sie sehr ernst an. »Ich muss Sie bitten, diese Warnungen nicht leichtzunehmen, Miss Smith. Ich weiß, es klingt unglaubwürdig, aber Lord Churtham ist tatsächlich ein Vampir. Ich weiß es gewiss. Leider kann ich es nicht beweisen, sonst hätte ich schon die Behörden verständigt.« Er atmete tief durch und schloss sekundenlang die Augen, während

Pat dastand und ihn ungläubig anstarrte. »Es ist so, dass er …«, er rang mit sich, »dass er vor Jahren meine Verlobte getötet hat.« Es zuckte in seinem Gesicht, und er wandte sich schnell ab, die Hände zu Fäusten geballt. »Er hat sie einfach getötet, Miss Smith, auf abscheulichste Art. Wie nur ein Vampir töten kann. Ich bin niemals darüber hinweggekommen …« Seine Stimme war leiser geworden und brach ab.

Pat fühlte sich bemüßigt, ihm tröstend die Hand auf den Arm zu legen. »Es tut mir leid, dass Sie Ihre Verlobte verloren haben, Mr Pentwell, aber es ist für mich einfach unvorstellbar, dass Lord Churtham ein Vampir oder auch nur Verbrecher sein soll.« Sie schüttelte den Kopf. Unsinn. Er war vielleicht spöttisch, arrogant und geheimnisvoll, aber bestimmt kein blutsaugender Mörder. Waren denn hier alle verrückt geworden?

»Ich hege den tiefsten und aufrichtigsten Wunsch, Miss Smith, dass Sie Ihre Vertrauensseligkeit nie bereuen mögen«, sagte Pentwell ernst. »Ich persönlich bin überzeugt davon, dass es mir früher oder später gelingen wird, Churtham zu fassen und das Verschwinden der vielen jungen Frauen oder vielmehr ihre Ermordung aufzuklären. Bitte zögern Sie nicht, sofort zu mir zu kommen, wenn er Sie bedrohen sollte. Ich habe Mittel und Wege, Ihnen zu helfen.«

Bevor Pat noch eine vernünftige und einigermaßen höfliche Antwort formulieren konnte, durchbrach ein Schein die Dunkelheit zwischen den Bäumen und eine bekannte Stimme drang an Pats Ohr. »Miss Smith?!«

Sie atmete erleichtert auf. Pentwell war zwar sympathisch, er hatte sie auch gerettet, aber dennoch war sie froh, mit ihm und seinen schaurigen Erzählungen nicht mehr alleine zu sein. »Das ist Simmons, Lord Churthams Butler«, erklärte sie, als Pentwell aufmerksam auf das sich nähernde Licht blickte.

Pentwell wandte sich wieder ihr zu. »Dann verlasse ich Sie jetzt besser, Miss Smith. Es wäre nicht klug, mich einem der Bediensteten dieses ... Vampirs zu zeigen. Ich möchte nicht, dass er etwas von meiner Anwesenheit erfährt. Es könnte Sie ebenso gefährden wie mich.«

»W... was haben Sie denn vor?«, stotterte Pat.

»Ich werde ihm das Handwerk legen«, erklärte Pentwell kalt. »Er soll für das büßen, was er getan ...« Er unterbrach sich und drückte ihr die Laterne in die Hand. Simmons war schon zu nahe. »Leben Sie wohl«, flüsterte er ihr hastig zu, bevor er sich zurückzog, »und geben Sie auf sich Acht.«

»Miss Smith?«

Pat starrte Pentwell sekundenlang nach, dann wandte sie sich um und ging rasch auf Simmons zu. »Hier, Simmons.«

Im Schein der Laterne sah sie Simmons' indigniertes und zugleich erleichtertes Gesicht. »Wir hatten befürchtet, dass Sie sich im Dunkeln verlaufen hätten, Miss Smith, also bin ich gekommen, um Sie zu suchen.«

»Das ist sehr liebenswürdig von Ihnen«, sagte Pat voller Wärme, obwohl sie genau wusste, dass Mrs Simmons vermutlich noch weitaus besorgter gewesen war und ihren Mann losgeschickt hatte.

»Sie sollten sich nicht so lange im Dorf aufhalten«, tadelte er weiter. »Und wenn, wäre es vernünftiger, jemanden nach der Kutsche zu senden, anstatt hier alleine durch den Wald zu laufen.«

»Jetzt fangen Sie nicht auch noch damit an, Simmons«, sagte Pat ungehalten. »Oder wollen Sie mir etwa auch weismachen, dass sich hier Vampire herumtreiben?«

»Vampire?!« Simmons stolperte über einen Stein, und die Lampe fiel ihm fast aus der Hand. »Wer hat etwas von Vampiren gesagt?!«

»Ach, nur eine alte Frau«, wehrte Pat ab, die aus einem unerfindlichen Grund ihren Retter nicht verraten wollte. Aber während sie in Simmons' Begleitung zum Schloss zurückging, befasste sie sich immer noch mit Pentwell und mit dem, was er ihr erzählt hatte.

Pat sah auf die Uhr auf dem Kaminsims. Es hatte gerade zehn Uhr geschlagen, aber sie konnte nicht glauben, dass es tatsächlich so spät sein sollte. Sie sah sich jetzt schon seit fast zwei Stunden der Unmöglichkeit gegenüber, Seine Lordschaft allein zu lassen und schlafen zu gehen. Zu ihrem Erstaunen hatte er sie bei ihrer Heimkehr in der Bibliothek aufgesucht und ihr mit einigen sehr harschen Worten klargemacht, wie unpassend es für eine in seinen Diensten stehende junge Dame war, sich des Nachts alleine im Wald herumzutreiben. Gerade jedoch, als sie ihrem Ärger über seine Einmischung hatte Ausdruck geben wollen, war Simmons mit einer Weinkaraffe hereingekommen, und Churtham hatte seinen Tonfall gewechselt und sie zu ihrer Überraschung eingeladen, mit ihm ein Glas zu trinken. Und nun saß er ihr gegenüber und fragte sie ebenso auffällig wie geschickt über ihr Leben aus, obwohl es da wirklich nicht allzu viel zu erzählen gab.

Sie hätte ihm aber umgekehrt ebenso gerne Fragen gestellt. Vor allem, was Pentwells Warnung und die Leute im Dorf betraf, aber es war ihr aus verständlichen Gründen unmöglich, ihren Arbeitgeber direkt ins Gesicht zu fragen, ob er ein Vampir sei oder nicht. Sie musste allein schon bei der Vorstellung daran ein Kichern unterdrücken.

»Noch ein Glas Wein?« Churtham lächelte wieder dieses ein wenig arrogante Lächeln, das sein Gesicht so erstaunlich anziehend machte und ihm diesen etwas diabolischen Ausdruck nahm, der ihr schon am Bild seines Vorfahren aufgefallen war.

»Gerne.« Es war mehr als unvernünftig, noch mehr zu trinken, aber das Zusammensein mit Churtham war das Risiko gewiss wert.

Er beugte sich vor und schenkte aus der Karaffe nach. Es war Weißwein, der die Kehle hinunterfloss wie süßer Traubensaft. Sie drehte das Glas verlegen in den Händen und ließ ihre Blicke durch den Raum schweifen, um dem Schlossherrn nicht in die Augen sehen zu müssen, die jedes Mal, wenn er die Lider hob, so intensiv glänzten. Es war des Abends nun schon sehr kühl, und es tat ihr gut, die Wärme des Feuers auf ihrem Gesicht und ihren eiskalten Händen zu spüren.

Draußen war schon tiefste Nacht. Simmons hatte dieses Mal nicht wie sonst üblich die Vorhänge zugezogen, und sie konnte sehen, wie sich der ganze Raum in den Glasscheiben spiegelte. Da sie es nicht wagte, Churtham weiterhin so offen zu betrachten, blickte sie ins Fenster, in der Hoffnung, ihn dort ungestörter beobachten zu können.

Sie blickte hin, blinzelte, fuhr sich über die Augen, sah noch einmal genau hin, blinzelte wieder. Im nächsten Moment entfiel das Glas ihrer Hand und zerschellte mit einem melodischen Klirren auf dem kostbaren Holzboden.

»O nein!« Sie beugte sich nach den Resten des zerbrochenen Glases, fasste vor Verlegenheit und Aufregung zu hastig und zu fest zu und schnitt sich. Sie zuckte zusammen. »Oh! Wie konnte ich nur so ungeschickt sein!« Sie suchte mit der linken Hand in der Tasche ihres Kleides, während sie die rechte hochhielt. »Haben Sie vielleicht ein Taschentuch für mich, bevor ich hier alles schmutzig mache?«

Sie sah hoch, als sie keine Antwort bekam. Churtham war aufgesprungen, stand ohne sich zu rühren da und starrte auf die Wunde, aus der frisches, hellrotes Blut tropfte.

»Mylord?«, fragte Pat ungeduldig, als er keine Anstalten machte, ihr zu Hilfe zu eilen.

»Ja …?« Churthams Stimme klang heiser, und er schien unfähig, seinen Blick von ihrer Hand zu lösen.

»Haben Sie vielleicht ein Taschentuch?«, wiederholte Pat ungeduldig, während sie aufstand. Die Wunde brannte. Sie schien ziemlich tief zu sein und blutete stark.

»Wie …?« Er blickte sie wie erwachend an. Sein Gesicht war so blass, wie sie es noch nie zuvor gesehen hatte, und seine rechte Hand fuhr an seinen Kragen, als sei ihm dieser plötzlich zu eng geworden.

»Sie können kein Blut sehen, nicht wahr?« Sie versuchte verständnisvoll zu klingen. Jeder hatte so seine kleinen Schwächen, und selbst ein Mann, der so kühl und selbstsicher wirkte wie Churtham, war wohl gegen so etwas nicht gefeit.

»… nein …« Er starrte wieder auf ihre Hand, kam einige Schritte näher, bis er dicht neben ihr stand. Dieses fremde blaue Licht war plötzlich in seinen sonst dunklen Augen. Sie schienen von innen heraus zu leuchten, noch stärker als sonst, so dass man es sogar im hellen Schein der Kerzen sehen konnte. Sein Atem ging schwer, als er seine Hand ausstreckte, ihren Arm berührte und seine Finger sanft daran entlanggleiten ließ, bis dorthin, wo das Blut hervorperlte.

Sie entzog ihm ihre Hand und wollte ihren Finger in den Mund stecken, als er sie aufhielt.

»Nicht, lassen Sie mich das tun …« Seine Stimme klang undeutlich, als er ihre Hand umfasste.

»Sie werden doch wohl nicht das Blut ablecken wollen!«, rief sie entsetzt aus.

Er erstarrte mitten in der Bewegung, die Augen fest auf das Blut ihres Fingers gerichtet, seine Hand, die ihre hielt, zitterte leicht.

»Ein Taschentuch!«, piepste Pat. Seine Berührung jagte ihr kleine Schauer über den Rücken. »Ein Taschentuch wäre besser.«

Churtham schüttelte den Kopf. Er schloss die Augen, als seine Lippen ihren Finger berührten, vorsichtig das Blut herunterküssten. Sie fühlte seine Zungenspitze, die die kleinen Blutstropfen aufnahm, zärtlich über die Haut leckte.

»Meine Hand ist bestimmt schmutzig«, wisperte sie.

»Sie ist köstlich«, murmelte er.

Pat versuchte, ihm ihre Hand zu entreißen. »Was tun Sie denn da?!« Churtham hielt sie eisern fest, der Druck seiner Lippen verstärkte sich, und plötzlich vermeinte sie ein leises Saugen zu spüren.

»Nicht!«

Er hielt inne. Seine Augen öffneten sich, und Pat erschrak vor dem Leuchten darin. Das waren keine menschlichen Augen mehr. Wären sie grün und nicht von diesem strahlenden, schönen Blau gewesen, hätte Pat vermeint, wahrhaftig in die eines Wolfs zu blicken. Das war schon öfters der Fall gewesen, aber nun jagte es ihr Furcht ein.

»Nicht …«, wiederholte sie, diesmal bittend. »Ich … habe Angst vor Ihnen …«

Etwas in Churthams Ausdruck veränderte sich. Das Leuchten in seinen Augen verschwand, und an der Stelle dieses menschlichen Wolfes blickte sie wieder Maximilian Churtham, Earl of Barlem, an. Er schien wie aus einer Trance zu erwachen, sah von ihr auf ihre Hand, die er immer noch umklammert hielt. Er ließ sie los, als hätte er sich verbrannt, und trat hastig einige Schritte zurück. Als er den ängstlichen Ausdruck in ihren Augen sah, senkte er den Blick.

»Verzeihen Sie bitte«, murmelte er, »das … wollte ich nicht. Ich wollte Sie nicht erschrecken oder ängstigen. Ich wollte nur …« Er unterbrach sich und atmete tief durch. »Ich weiß selbst nicht, was ich wollte. Verzeihen Sie bitte.« Damit wandte er sich um und rannte aus dem Zimmer, die Tür hinter sich zuschlagend.

Pat sah ihm nicht nach, sie starrte auf ihre Hand. Die Wunde hatte nicht nur aufgehört zu bluten. Sie war fort, völlig verschwunden. Und der Finger sah aus, als wäre er niemals verletzt gewesen. Sie grübelte einige Minuten verständnislos darüber nach, dann blickte sie zum Fenster. Der ganze Raum spiegelte sich darin. Sie sah sich selbst dort stehen, wo sie auch gestanden hatte, als Churtham noch nahe bei ihr gewesen war. Sie sah die Kerzenleuchter, den Tisch, die Bücher, die darauf aufgestapelt waren. Und wieder fiel ihr ein, dass etwas darin gefehlt hatte.

Maximilian Churtham.

Sie hatte sich nicht getäuscht gehabt, als ihr zuvor vor Schreck das Glas entglitten war. Maximilian Churtham war nicht im Spiegelbild erschienen.

Pat raffte sich, nachdem ihr die entsetzliche Bedeutung dieses Umstandes klar geworden war, auf und lief zur Bücherwand, um dort hastig nach Büchern über Vampire und andere Monster zu suchen. Zum Glück verfügte die Bibliothek über eine erstaunlich umfangreiche Sammlung zu diesem Thema. Sie presste den kleinen Stoß an ihre Brust, während sie ohne sich umzusehen hinauf in ihr Zimmer lief, immer mit dem schrecklichen Verdacht, Churtham könnte aus einer dunklen Ecke stürzen und ihr an die Gurgel springen. Sie hatten also wohl doch alle recht gehabt, obwohl sie es nicht hatte glauben wollen: Maximilian Churtham war ein Vampir. Jedes Kind wusste schließlich, dass Vampire sich nicht spiegelten.

Sie entzündete alle Kerzen und setzte sich an den zierlichen kleinen Schreibtisch, den Sessel dabei so rückend, dass sie sowohl die versperrte Tür als auch das fest verschlossene Fenster im Auge behalten konnte. Wie sie früher einmal gelesen hatte, konnten

Vampire sich in alle möglichen Tiere verwandeln, und die Vorstellung, Churtham als Fledermaus in ihr Zimmer geflattert zu sehen, brachte sie halb um ihre Vernunft. Kein Wunder, dass er dieses Untier, das sich kürzlich in ihrem Haar verfangen hatte, so freundlich behandelt hatte.

Das erste Buch, das sie aufschlug, um ihr Wissen über Vampire auf theoretischem Wege zu vertiefen, bevor sie in der Gestalt von Churtham wieder mit der Realität konfrontiert wurde, verursachte, dass eine gewisse Übelkeit in ihr hochstieg. Diese Schrift stammte von einem gewissen Diakonus Michael Ranft, war bereits vor über hundert Jahren in Deutschland erschienen und offenbar auch sehr schnell ins Englische übersetzt worden. Das bedeutsame Werk trug den sprechenden Titel »*Traktat von dem Kauen und Schmatzen der Toten in Gräbern*«. Pat las eine Weile schaudernd darin, wandte sich dann jedoch mit größerem Interesse einer anderen, später entstandenen und plausibleren Arbeit zu.

Die Lektüre erwies sich insgesamt als äußerst aufschlussreich. Zum Beispiel sahen Vampire nicht nur äußerst gut aus, was ihnen bei der Annäherung an ihr armes Opfer offensichtliche Vorteile brachte, sondern waren auch ausschweifend, wollüstig, herzlos, grausam und … unwiderstehlich. Und sie spiegelten sich nicht. Pat seufzte. Zumindest drei dieser Prädikate schienen auf Churtham zuzutreffen. Es stand völlig außer Zweifel, dass er sich nicht spiegelte, ebenso, dass er blendend aussah. Und wie unwiderstehlich er war, hatte sie schon lange am eigenen Leib erfahren. Aber die anderen Eigenschaften …? Pat zuckte mit den Schultern. Was wusste sie schon, womit der geheimnisvolle Schlossherr seine Nächte verbrachte? Auch wenn sie jetzt allen Grund zur Annahme hatte, dass er ›auswärts speiste‹, so hatte sie doch keinen Beweis dafür.

Sie las weiter und sah mit Schaudern die Abbildung eines phantasievollen Malers, der lebensecht darstellte, wie einem mit zentimeterlangen Reißzähnen ausgestatteten Vampir und seinem Opfer das Grab als schauriger Ort der Liebesvereinigung diente. Sie starrte minutenlang auf das Bild, versuchte sich Churtham vorzustellen, wie er junge Frauen in die Gruft unter das Schloss zerrte, sie dort leidenschaftlich liebte und sie dann endlich biss und aussaugte. Zweifellos war dies auch der Ort, wo er sich tagsüber, wenn nichts von ihm zu sehen war, zur Ruhe begab. Kein Wunder, dass er so ungehalten gewesen war, als sie dort eingedrungen war. Vermutlich hätte sie nicht anders reagiert, wenn jemand ungeladen in ihrem Schlafzimmer erschienen wäre.

Das war aber noch nicht alles. Dieses aufschlussreiche Buch bot noch viele gute Anregungen für die Verteidigung gegen Vampire. Ein äußerst wirksames Mittel, um einen Vampir ein für alle Mal aus der Welt zu schaffen, war angeblich eine Kombination aus einem geweihten Pfahl aus Eschenholz und dem Abschlagen des Kopfes. Pat verzog das Gesicht. Der Gedanke, Churtham den Kopf abzuschlagen und ihm auch noch einen Pfahl ins Herz zu rammen, drehte ihr den Magen um, und der Ratschlag, Feuer auf seinen Sarg zu legen, war nicht viel besser. Da waren Weihwasser, Hostien und Knoblauch schon viel mehr nach ihrem Geschmack. Abschreckungsmaßnahmen eben, sie wollte ihn ja schließlich nicht gleich umbringen. Nein, umbringen auf gar keinen Fall. Allein die Vorstellung, Churtham könnte sterben, tat ihr so weh, dass es völlig klar war, dass sie ihn sogar ein bisschen mehr als nur *mochte*. Sie seufzte niedergeschlagen. So etwas konnte auch nur ihr passieren. Da hatte sie immerhin fast sechsundzwanzig Jahre gelebt, ohne Gefühle in der Heftigkeit wie dieses kennenzulernen, und dann verlor sie ihr Herz ausgerechnet an einen Vampir.

Offenbar waren Vampire jedoch nicht die einzigen unheimlichen Lebewesen, die den Menschen ins Verderben ziehen, ihn aussaugen oder ihm sonst wie schaden wollten. Auch über Dämonen stand etwas in den Büchern. Um ehemalige Lichtwesen sollte es sich dabei handeln, die in den Bann des Bösen geraten und zum Leben in Dunkelheit verurteilt worden waren. Düster wie ein Schatten sollte ein Dämon sein. Es gab kein Licht in seinem Körper, und in seinem Leben und in der Nacht streifte er in entlegenen Gegenden umher, an unbewohnten Orten. Dämonen hatten menschliche Eigenschaften, einen menschlichen Körper bei Tag, nur in der Nacht verfügten sie über unheimliche Fähigkeiten und Kräfte, konnten wie ein Schatten das Land durchziehen, in einem Moment hier, im anderen schon meilenweit entfernt. Sie besaßen körperliche Unsterblichkeit und wie menschliche Wesen Leidenschaften, allerdings solche finsterster Natur. Wenn jedoch das Licht der Sonne sie erfasste, mussten sie verbrennen, wie alles Dunkle dem Licht weichen musste. Minutenlang kam Pat vom Thema ab und dachte statt über Vampire über diese Engel der Dunkelheit nach, die sich vom Bösen hatten anziehen lassen und dann verdammt waren, in einem menschlichen Körper zu leben, abseits von Licht und Wärme. Sie erinnerte sich an das Wandgemälde in der Dorfkirche. Der Engel des Lichts und der Engel der Finsternis …

Schließlich klappte sie die Bücher zu und bedachte gründlich ihre Möglichkeiten. Sie hatte leider kein Weihwasser und keine Hostien zur Hand, ebenso wenig wie einen schwarzen Hund zur Verfügung, dem sie mit weißer Farbe zwei zusätzliche Augen aufmalen konnte – in zwei der Schriften als unfehlbares Mittel gegen Vampire empfohlen –, aber sie war immerhin in der Lage, größte Genugtuung aus dem Besitz ihrer Knoblauchkette zu ziehen. Ein wahres Kleinod von unschätzbarem Wert! Sie stand auf, griff in die Lade, wo sie sie aufbewahrt hatte, und legte sie sich vorbeugend um den Hals.

Das Beste war aber wohl abzureisen und Churtham einfach seinem Schicksal zu überlassen. Schließlich war sie nicht mit Mühe einem unliebsamen Verlobten entronnen, um jetzt einem Vampir in die Hände oder vielmehr in die Zähne zu fallen. Sobald es Tag war, würde sie sich auf den Weg zum Dorf machen und eine Kutsche nach Dunster mieten. Oder nach Minehead, von wo aus regelmäßig Handelsschiffe abfuhren. Je eher sie diese Gegend und dieses unheimliche Schloss verließ, desto besser. Sie hatte zwar immer noch keinen endgültigen Beweis, dass Maximilian Churtham ein Vampir war, aber es lag ihr auch herzlich wenig daran, einen dafür zu finden und vielleicht sogar als sein nächstes Opfer zu enden.

Energisch zog sie ihre Reisetasche hervor und stopfte ihre Sachen hinein. Sie war soeben damit fertig, als es klopfte.

Pat fuhr zusammen und griff unwillkürlich an die Knoblauchkette. »Ja?«

»Ich bin es, Kindchen, Mrs Simmons.«

Pat atmete auf, als sie die Stimme erkannte. Sie ging zur Tür, schob den schweren Riegel zurück und öffnete. Die Frau des Butlers mochte sie und würde sie gewiss nicht anspringen, um sie auf der Stelle auszusaugen.

Mrs Simmons schlüpfte herein und schloss hinter sich wieder ab. Sie hatte ein Päckchen in der Hand. »Hier ist eine Kleinigkeit zum Essen, meine Liebe. Ich helfe Ihnen packen, Sie müssen heute noch fort.«

Pat beschloss, sich über nichts mehr zu wundern, und zeigte wortlos auf die bereits gepackte Tasche. Mrs Simmons nickte zufrieden. »Sehr gut. Sehr vernünftig.« Sie lächelte zaghaft. »Wissen Sie, Kindchen, Seine Lordschaft ist nicht von Grund auf böse, nein, das kann man nicht sagen. Es ist nur …«, sie zögerte, suchte nach den richtigen Worten, »es steckt da etwas in ihm, das man nicht immer abschätzen kann … etwas … Dämonisches … Sie verstehen?« Also auch Mrs Simmons! Auch sie glaubte daran, dass Churtham ein Vampir war!

»Nur zu gut«, erwiderte Pat trocken. »Deshalb will ich auch fort.«

»Jetzt ist eine gute Gelegenheit.«

»Jetzt?« Pat hatte keine Lust, in Nacht und Dunkelheit durch den Wald zu laufen und vielleicht noch weiteren Verrückten zu begegnen, aber Mrs Simmons hatte schon nach ihrer Tasche gegriffen.

»Ja, jetzt. Unbedingt. Morgen kann es schon zu spät sein. Lord Churtham hat vor einer Stunde das Haus verlassen, das ist die beste Zeit für Sie, ebenfalls zu gehen.« Sie öffnete die Tür wieder, lugte hinaus, dann bedeutete sie Pat, ihr leise zu folgen. Sie schlichen auf Zehenspitzen den Gang entlang, wobei der flackernde Schein der Kerzen ihre Schatten gespenstisch an die Wände warf, hasteten die Treppe hinunter und erreichten die schwere, mit Schmiedeeisen verstärkte Haustür. Pat sah zurück und dachte daran, wie sehr sie dieses alte Schloss anfangs eingeschüchtert hatte, wenn in der Nacht die Balken krachten und ächzten, oder wenn der Wind durch die Spalten in den Fenstern und über die Gänge und alten Treppen heulte. Aber inzwischen hatte sie sich schon daran gewöhnt, und sie hatte beinahe das Gefühl, ihr Heim verlassen zu müssen.

Mrs Simmons legte den Finger auf die Lippen. »Mein Mann weiß nichts davon, Kindchen. Andernfalls hätte er mir ohnehin verboten, das zu tun, weil er Angst vor den Folgen hat.«

Pat wurde blass. »Das würde ich aber niemals wollen, Mrs Simmons …«

Die ältere Frau winkte ab. »Ach was, Seine Lordschaft würde mir niemals etwas tun, das weiß ich so sicher, wie morgen die Sonne wieder aufgeht. Vielleicht tobt er ein bisschen, aber dann wird er sich beruhigen.« Sie drückte die schwere Klinke hinunter und zog daran, bis die Tür einen Spaltbreit offen war, gerade breit genug, um Pat hindurchzulassen. »Leben Sie wohl, Kindchen. Verstecken Sie sich, sobald Sie im Dorf sind, in der Kirche, die betritt er gewiss nicht.

Und morgen früh sehen Sie zu, dass Sie einen Wagen nach Dunster bekommen. Übernachten Sie immer in Kirchen – hören Sie? Das ist ganz wichtig! Nur in Kirchen übernachten und ja nur bei Tag reisen!« Sie zog Pats Kopf zu sich hinunter und küsste sie herzhaft auf beide Wangen. »Er wird sich bald beruhigen. Wenn Sie einige Tage durchhalten, wird er Sie gewiss nicht länger verfolgen. Gehen Sie mit Gott, mein Kind, und leben Sie wohl.«

Pat schlich hinaus, und hinter ihr schloss sich das Tor lautlos. Langsam schien es ihr Schicksal zu sein, bei Nacht und Nebel flüchten zu müssen. Es irritierte sie, dass Mrs Simmons offenbar annahm, Seine Lordschaft lege so großen Wert auf ihre Anwesenheit, dass er sogar zornig werden könnte, wenn sie verschwand. Waren ihm die anderen Opfer etwa bereits ausgegangen? Stand er im Begriff zu verhungern?

Aber wie auch immer, so weit war alles gut gegangen, auch wenn es verrückt war, jetzt loszuziehen. Sie musste etwa drei Meilen zurücklegen, bis sie nach Barlem Village kam. Drei Meilen lang unheimliches Moor, Fledermäuse und dichter Wald. Und dabei noch immer die Angst, von einem hungrigen Vampir verfolgt zu werden. Sie hastete los. Im Hof brannten Fackeln, sie hielt sich dicht an der Wand, dann war sie auch schon außerhalb der kleinen Mauer, die das Hauptgebäude vom Park trennte. Etwas Nasses lief ihr die Wangen hinunter und trübte gleichzeitig ihren Blick. Sie schniefte auf und wischte sich energisch über die Augen.

Sie eilte den Weg neben dem Fluss entlang, bis der Wald heller wurde und das Moor begann. Die Tasche wurde immer schwerer, obwohl sie sie schon alle paar Meter von einer Hand in die andere wechselte. Endlich blieb Pat stehen und stellte sie auf den Boden, um nach Luft zu schnappen. Sie hatte einige Dinge im Schloss gelassen, die sie nicht unbedingt benötigte, um nicht zu schwer zu tragen, aber dennoch bemerkte sie das Gewicht immer mehr und mehr. Aber es nützte nichts, sie musste weiter.

Sie seufzte, wollte die Tasche soeben wieder aufnehmen, als ein Schrei über das Moor erklang. Nein, nicht nur einfach ein Schrei, sondern ein Aufheulen, Anschwellen, Gurgeln, Keuchen, das die Finsternis erfasste und von allen Seiten auf sie zuzukommen schien.

Danach herrschte Stille.

Pat war sekundenlang wie gelähmt gewesen, dann hatte sie die Tasche fallen lassen und sich ins nächste Gebüsch verkrochen. Dort hockte sie nun, mit gesträubten Körperhärchen und an allen Gliedern zitternd. Das war ein menschlicher Schrei gewesen. Der Schrei eines Menschen in Todesnot. Zuvor hatten noch einige Frösche in einem Tümpel gequakt, einige Grillen gezirpt, aber nun herrschte Totenstille über dem Moor. Sie zitterte so sehr, dass ihre Zähne aufeinanderschlugen. Kein Mensch schrie auf diese Art, wenn er nur stolperte und hinfiel oder Fledermäuse im Haar hatte oder … eines natürlichen Todes starb.

Hier war jemand ermordet worden. Grauenhaft ermordet worden.

Sie lauschte dem Schrei in ihrem Inneren nach. Eine Frau war das gewesen, ganz eindeutig. Und der Schrei war von überall gekommen, vielleicht auch aus der Richtung, in die sie musste, wenn sie ins Dorf wollte.

Sie hatte jetzt zwei Möglichkeiten: Entweder sie versuchte wieder heil zurück zum Schloss zu gelangen, wo sie Gefahr lief, einem hungrigen Vampir in die Arme zu laufen, oder sie blieb hier im Gebüsch sitzen, wartete darauf, dass die Sonne wieder aufging, und riskierte damit, von dem unbekannten Mörder aufgespürt zu werden. Vielleicht war es aber gar kein Mensch gewesen, sondern wilde Tiere? In diesem Fall war es wohl keine gute Idee, hier sitzen zu bleiben, denn diese würden sie in jedem Fall hier finden. Pat verfluchte ihre Idee, jemals hierher gekommen zu sein, als sie mit vor Angst zitternden Händen und Füßen vorsichtig wieder aus dem Gebüsch kroch, nach allen Seiten in die vom zunehmenden Mond erhellte Dunkelheit blickte und dann hastig weiterlief, dem Dorf zu. Wenn sie es schaffte durchzukommen, dann war sie dort in Sicherheit. Ihre Tasche ließ sie einfach liegen. Geld und Ausweispapiere trug sie ohnehin in einem Stoffbeutel um den Hals. Sie fasste in ihre Rocktasche und fühlte die beruhigende Kälte eines Metalls. Der Knauf der modernen kleinen Handfeuerwaffe, die sie schon von daheim mitgebracht hatte, fühlte sich gut in ihrer Hand an.

Sie war jedoch kaum hundert Schritte gelaufen, als sie wie angewurzelt stehen blieb und auf die grausige Szene starrte, die sich einige Meter vor ihr abspielte.

Ein weißer Körper lag reglos am Boden.

Es war eine Frau.

Sie war nackt.

Und mit ziemlicher Sicherheit war sie tot.

Ein Mann kniete daneben, in einen dunklen, weiten Mantel gehüllt. Sein Haar war schwarz, fiel bis auf seine Schultern und in sein Gesicht, als er sich vorbeugte.

Maximilian Churtham.

Er sah sie fast zur gleichen Zeit und sprang auf. »Sie?! Was zum Teufel machen Sie hier?!«

Pat griff in die Manteltasche und zog den Revolver hervor, während sie sich gehetzt umsah. Es gab nichts, wo sie hinlaufen und sich hätte verstecken können, die dürftigen Gebüsche boten wenig Schutz, und außerdem hätte Churtham sie ohnehin schnell eingeholt. Sie hob den Revolver, als Churtham Anstalten machte, auf sie zuzukommen. »Bleiben Sie stehen oder ich schieße!«

»Was Sie hier machen, habe ich Sie gefragt!«, herrschte er sie an. »Haben Sie den Verstand verloren, alleine und im Dunkeln hier herumzulaufen?! Wissen Sie nicht, wie gefährlich das ist?!«

»Das sehe ich jetzt ja auch ein«, erwiderte Pat mit möglichst fester Stimme, dabei mit dem Kopf auf die tote Frau weisend.

»Eben«, sagte Churtham grimmig, »und genauso könnte es Ihnen ebenfalls gehen.«

»Ach ja?«, fragte Pat heiser. Die Enttäuschung, ihren Verdacht bestätigt zu sehen, brach ihr fast das Herz. Bis zuletzt hatte sie im Innersten gehofft, es könnte sich alles nur um einen Irrtum handeln.

Er blickte mit einem grimmigen Ausdruck auf die Leiche der jungen Frau. Sie hatte zarte Glieder, ihre Haut war weiß, und ihr langes blondes Haar breitete sich auf dem grasigen Boden aus wie ein Fächer. Eine wunderschöne Frau. Pat vermeinte ein Lächeln auf ihren Lippen zu sehen. Und wären da nicht die blutigen Male auf ihrem makellosen Hals gewesen, hätte man schwören können, sie schliefe.

Das war aber noch nicht alles, weitaus grausiger steckte direkt in ihrem Herzen ein Pfahl.

Pat fühlte ein Würgen im Hals.

»Das war ich nicht«, sagte Churtham. »Zumindest stammen diese Bisswunden nicht von mir.«

»Ich werde trotzdem nicht riskieren, Sie näher als fünf Schritte an mich herankommen zu lassen!« Pat wedelte mit der Waffe herum, um Churtham, der offenbar so wenig Angst davor hatte, einzuschüchtern. »Da sind silberne Kugeln drin«, ließ sie ihn vorsichtshalber wissen.

»Silberne Kugeln? Halten Sie mich etwa für einen Werwolf?«

»Nein, für einen Vampir.«

»Sie müssen verrückt sein!«

»Alle halten Sie für einen. Auch die Leute im Dorf.« Sie wollte ihm schon sagen, dass auch William Pentwell sie gewarnt hatte, aber dann schwieg sie. Pentwell hatte einen guten Grund gehabt, seinen Aufenthalt hier geheim zu halten, und jetzt, wo sie wusste, dass sein Verdacht nur allzu wahr war, würde sie ihn nicht verraten. »Und ich weiß es jetzt genau, dass Sie einer sind.« Pats Stimme war von unerschütterlicher Überzeugung und zugleich tiefster Verzweiflung durchdrungen.

»Hirngespinste. Absoluter Unsinn!«

»Als ich mir gestern in den Finger schnitt«, hielt sie ihm entgegen, »da waren Sie drauf und dran, daran zu lutschen.«

»Ich hätte lieber an etwas ganz anderem ...!« Churtham unterbrach sich und schloss sekundenlang gequält die Augen. »Und jetzt hören Sie gefälligst auf mit diesem Unsinn!«

»Sie werfen keinen Schatten ...«, fuhr Pat ungerührt fort.

»Wäre auch schwierig im Dunkeln.«

»Und Ihre Augen leuchten. Hellblau.«

»Hellblau?!«

»Wie bei einem Wolf ...« *Nur viel schöner,* hätte sie fast hinzugefügt, aber sie unterbrach sich rechtzeitig. »... und Sie spiegeln sich nicht im Fenster!«, triumphierte sie.

»Im Fenster?« Jetzt war Churtham sichtlich erschüttert.

»Sie haben's gehört«, sagte Pat abschließend. »Ich werde Ihnen sagen, was ich jetzt mache: Ich werde hier an Ihnen vorbeigehen, Richtung Dorf, und Sie werden mich nicht aufhalten. Ich werde abreisen, und Sie werden sich in Ihre Gruft oder was immer zurückziehen.«

»Den Teufel werde ich tun!«, brauste Churtham auf und machte einige schnelle Schritte auf Pat zu, um ihr die Pistole aus der Hand zu schlagen.

»Ich werde schießen!« Ihre Stimme klang hoch und ängstlich. Vor allem deshalb, weil sie genau wusste, dass sie niemals den Mut haben würde, tatsächlich auf ihn zu schießen. Vampir hin, Vampir her, sie mochte diesen Mann eben.

Er blieb stehen, als er sah, dass sie auf eine sensible Stelle an seinem Körper zielte. »Keine wohlerzogene junge Dame würde ausgerechnet hierher zielen«, sagte er mit leichtem Tadel in der Stimme. »Es wird mich bestimmt nicht töten, Patricia, gleichgültig, wohin Sie mir diese verdammte Kugel schießen, aber es wird unangenehm sein. Also geben Sie mir diesen Revolver, bevor etwas passiert, das Sie bereuen. Außerdem werde ich Sie ganz bestimmt *nicht* alleine durch den Wald laufen lassen.« Er deutete auf die Tote. »Wer das getan hat, wird auch nicht davor zurückschrecken, Sie ebenfalls umzubringen.«

»Jemand anderer als Sie ist aber nicht hier.« Hatte er sie tatsächlich soeben *Patricia* genannt?

Churtham warf ihr einen wütenden Blick zu, der seine Augen hellrot durch die Dunkelheit glühen ließ, drehte sich auf dem Absatz um und ging zu der Ermordeten zurück.

Pat suchte nach Blutspuren an Churthams Kleidung und vor allem in seinem Gesicht. Er sah ganz sauber aus, das weiße Hemd, das in der Dunkelheit blitzte, war immer noch blütenweiß, nur seine Hände waren blutig. Sie musterte Churtham misstrauisch, er beachtete sie jedoch gar nicht mehr, sondern bückte sich schon nach der jungen Frau und hob sie mit einer Leichtigkeit auf seine Arme, die Pat verblüffte. Der Kopf der Toten rollte haltlos zur Seite und gab den Blick auf die grauenvollen blutigen Löcher am Hals frei, wo mitleidlose Vampirzähne das Leben ausgesaugt hatten. Pat unterdrückte ein Schaudern, eine plötzliche aufsteigende Übelkeit. »Bringen Sie die Frau jetzt in die Gruft zu den anderen?«

Churtham warf ihr einen Blick völliger Fassungslosigkeit zu, dann ging er los, knapp an ihr vorbei, aber plötzlich blieb er stehen. »Was riecht denn da so komisch?«

Pat schnupperte ebenfalls. »Ich weiß nicht. Ich rieche nichts. Feuchter Waldboden vielleicht oder irgendeine Pflanze.«

»Knoblauch!«, rief er voller Ekel aus. »Haben Sie etwa dieses stinkende Zeug bei sich?«

»Eine Knoblauchkette, die mir eine alte Frau geschenkt hat«, erwiderte Pat.

»Ich verabscheue Knoblauch«, sagte er angeekelt und ging weiter. Pat lächelte zufrieden. Dann war ja alles in Ordnung. Es war zwar noch ein weiterer Beweis dafür, dass Churtham ein Vampir war, aber offenbar bot dieses streng riechende Schmuckstück doch einen gewissen Schutz. Als sie keine Anstalten machte zu folgen, drehte er sich um.

»Was ist? Sie brauchen im Moment wirklich keine Angst vor mir zu haben«, sagte er mit triefendem Sarkasmus. »Dieses Mahl war ausgiebig, ich bin jetzt für eine ganze Weile satt.«

Sie schnaubte etwas Ungehöriges. »Ich komme nicht mit!«

»O doch, das werden Sie!«

»Wenn ich das tue, werden Sie mich ebenfalls umbringen!«

»Das werde ich ganz bestimmt nicht«, knurrte Churtham gereizt. »Ich habe im Gegenteil verflucht wenig Interesse daran, Sie tot zu sehen. Sie können nicht alleine hier zurückbleiben, das ist zu gefährlich. Er könnte durchaus noch in der Nähe sein.«

»Wer *er*?«

»Der verdammte Vampir, der dieses Mädchen umgebracht hat«, fuhr er sie ungeduldig an. Er drehte sich wieder um und ging los. Pat steckte die Pistole in die

Manteltasche und lief ihm, sich scheu umsehend, eiligst nach.

»Dann waren Sie es also doch nicht?«, fragte sie schüchtern, während sie hinter ihm hertrottete.

Keine Antwort.

»Haben *Sie* ihr dieses Stück Holz hineingebohrt? Um zu verhindern, dass sie ebenfalls ein Vampir wird?«

Churtham wandte den Kopf und musterte sie kurz, aber eindringlich. »Sie haben sich wirklich gut informiert, nicht wahr?«

Sie zuckte mit den Schultern. »Stand alles in Ihren Büchern.«

»Das kommt davon, wenn Frauen wie Sie lesen lernen«, sagte Churtham erbittert und schritt verärgert schneller aus.

Sie kamen mit jedem Schritt tiefer in den dichten Wald. Churtham nahm nicht die breite Straße, auf der auch die Kutsche Platz hatte, sondern folgte einem kleinen, kaum ausgetretenen Pfad. Es war stockdunkel unter den Bäumen, Pat streifte immer wieder Äste, die sich in ihren Haaren und ihrem Hut verfingen, stolperte über Wurzeln und Steine. Churtham dagegen, dessen faszinierende Augen durch die Finsternis glühten, schien zu sehen wie am hellen Tag. Als sie schon das dritte Mal strauchelte und fast zu Boden fiel, blieb er stehen.

»Halten Sie sich an mir fest, Sie ungeschickte Person. Ich habe keine Lust, Sie dann auch noch heimzutragen, nur weil Sie sich den Fuß verstaucht haben.«

Pat griff zögernd nach seinem Mantel und klammerte sich daran fest, ihre Schritte seinen langen anpassend. Es ging jetzt viel besser, und es dauerte nicht lange, bis sie endlich ein waldloses Gebiet erreichten, wo sie besser sehen konnte.

»Wohin gehen wir denn?«, fragte sie.

»Ins Moor natürlich. Es gibt einige Sumpflöcher hier, allerdings nur ganz wenige, die tief genug sind.«

Der Mond erhellte die gespenstische Szene, als Churtham sogar noch unbeirrt weiterschritt, als Pat schon bis zu den Knöcheln im Wasser versank. Dieser Teil hatte nichts mehr mit der lieblichen Moorlandschaft zu tun, die Pat bisher gesehen hatte, und wo Ginstersträucher und Wiesenblumen wuchsen. Überall aus dem Moor ragten abgestorbene Bäume, von denen – riesigen Spinnweben gleich – Moosflechten von den Aststümpfen baumelten. Zu allem Überfluss sah sie auch noch, wie sich etwas auf der Wasseroberfläche bewegte. Eine Schlange, die sich allerdings rasch vor etwas zweifellos noch Gefährlicherem, wie einem Vampir, in Sicherheit brachte. Churtham deutete mit dem Kopf nach links. »Das dort ist die beste Stelle. Das Moor ist hier tief wie ein See, und nichts, was es verschlingt, taucht jemals wieder auf.«

Tief wie ein See? Hier? Pat fühlte, wie der nachgiebige Boden an ihren Schuhen saugte, sie hinunterziehen wollte. »Wir werden versinken!«

»Nein, halten Sie sich nur an mir fest, dann passiert Ihnen nichts.« Er warf ihr einen spöttischen Blick zu. »Vampire versinken nicht im Moor, wissen Sie.«

»Ich bin aber kein Vampir.« Ihr Rock war schon bis zu den Knien nass und klebrig, und es machte bei jedem Schritt, den sie tat, ein unschönes, schmatzendes Geräusch.

»Noch nicht!«, kam es zynisch zurück.

Pat ließ vor Schreck Churthams Mantel los, an den sie sich bisher geklammert hatte, und fiel der Länge nach in die stinkende Brühe. Sie machte den Mund zu einem Schrei auf, bekam sofort einen ganzen Schwall Sumpfwasser hinein und hustete um ihr Leben, während sie versuchte, sich aus dem Sog zu befreien, der sie mit einem Mal erfasst hatte. Ihre Knie sanken immer weiter, ihre Hände, die sie aufzustützen versuchte, gruben sich in den Schlamm, und sie merkte, dass sie schon ziemlich schnell unter der Wasseroberfläche sein würde. Sie versuchte zu schreien, Churtham um Hilfe zu rufen, aber der Schlamm in ihrem Mund hinderte sie daran, und sie brachte nur einen gurgelnden Ton hervor.

Kurz bevor ihre Nasenspitze in dem fauligen Wasser untertauchte, hörte sie ein Aufklatschen, dann griff jemand nach ihr, packte sie an den Haaren und am Kragen und zog sie hoch. Sie spuckte, hustete, keuchte, während Churtham sie festhielt, ihr auf den Rücken klopfte und dabei leise Verwünschungen ausstieß, die zu Pats Erstaunen allerdings nicht gegen sie, sondern gegen ihn selbst und den Rest der Welt gerichtet waren. Schließlich, als sie wieder Luft bekam, hob er sie hoch und trug sie, bis sie festen Boden unter den Füßen erreicht hatten. Dort setzte er sie ab. Pat sank sofort erschöpft in sich zusammen und spuckte noch das ganze restliche Sumpfwasser aus, das ihr in die Kehle gekommen war. Sie sah erst auf, als sie fühlte, wie jemand sanft mit einem Taschentuch über ihr Gesicht wischte. Churtham hockte vor ihr und versuchte, so viel Schlamm wie möglich von ihren Wangen, ihren Augen und ihren Lippen zu entfernen. Sein eleganter Anzug war nun nicht weniger schmutzig als Pats Kleidung.

»Ich hätte mir denken können, dass Sie hineinfallen.« Zum ersten Mal klang seine Stimme freundlich.

Pat legte die Hand auf ihren Magen. Ihr Kleid war nass und klebrig, ihre Haare hingen in Strähnen über ihr Gesicht, und sie fühlte sich furchtbar elend. »Ich glaube, mir wird schlecht.«

»Bleiben Sie noch ein bisschen sitzen, Patricia, ruhen Sie sich aus und dann gehen wir zurück. Mrs Simmons wird Ihnen ein schönes heißes Bad richten, und Sie werden sehen, danach sieht die Welt wieder ganz anders aus.«

Die Welt würde vielleicht ganz anders aussehen, aber bestimmt nicht so wie früher. Hatte er sie tatsächlich schon wieder Patricia genannt? Sie hatte keine Zeit mehr darüber nachzudenken, denn sie krümmte sich zusammen …

Churtham strich ihr die Haare aus dem Gesicht, murmelte beruhigende Worte und wartete, bis sie fertig war, bevor er sie einfach hochhob. Pat, die halb ohnmächtig war, bemerkte nur verschleiert, dass er sie sicher durch den dunklen Wald bis zum Schloss zurücktrug. Sie kam erst wieder völlig zu sich, als sie in der bis oben hin mit heißem Wasser gefüllten Badewanne ruhte und die fassungslose Mrs Simmons ihr einen Krug warmen Wassers über ihr verklebtes Haar goss. Mrs Simmons verlor kein Wort über die so offensichtlich missglückte Flucht, wirkte aber sehr besorgt.

Als Pat endlich erschöpft im Bett lag, bis zur Nasenspitze zugedeckt und mit Mrs Simmons an ihrer Seite, die ihr mit stummer Anteilnahme die Hand streichelte, klopfte es an der Tür.

»Nein, Mylord!«, empörte sich Mrs Simmons. »Miss Smith ist schon zu Bett.«

»Das stört mich nicht«, kam es gelassen. Die Tür öffnete sich, Churtham kam herein, schob Mrs Simmons zur Seite, die sich mit blitzenden Augen und ausgebreiteten Armen vor ihrem Schützling aufgebaut hatte, und reichte Pat einen Becher hin. »Hier, trinken Sie, das wird Ihnen guttun.«

Pat sah in den Becher, eine weißliche Flüssigkeit war darin. »Was ist das?«, fragte sie erschöpft. »Fliegenpilzsuppe?« Aus irgendeinem Grund fand sie es in ihrem Zustand völlig normal, dass er sie jetzt auch noch im Bett auffand. Er hatte sie getröstet, als sie ihre ganze Angst und den Schrecken ausgespuckt hatte, da konnte nichts mehr peinlicher sein.

»So etwas Ähnliches.« Über Churthams Gesicht glitt jenes seltene Lächeln, das ihr bereits angenehm an ihm aufgefallen war. Es machte sein Gesicht weicher, weniger unnahbar und unglaublich … anziehend.

Ein anziehender Vampir. Das hatte ihr noch gefehlt.

Sie schnupperte, dann kostete sie. »Milch mit Alkohol?«

»Guter schottischer Whisky.« Er wandte sich Mrs Simmons zu, die daneben stand und ihn aufmerksam beobachtete. »Würden Sie uns jetzt bitte alleine lassen, Mrs Simmons? Ich habe etwas mit Miss Smith zu besprechen.«

Mrs Simmons warf Pat einen zweifelnden Blick zu, aber da diese bei der Aussicht, mit Seiner Lordschaft alleine zu bleiben, keine Anzeichen eines hysterischen Anfalls zeigte, nickte sie widerwillig, ging zögernd hinaus und schloss dann ganz langsam die Tür.

Churtham lächelte spöttisch. »Ich bin sicher, sie wird jetzt vor der Tür stehen bleiben und Wache halten.« Er zog sich einen Sessel neben das Bett und setzte sich hin, etwas vorgebeugt, die Ellbogen auf die Knie gestützt, und betrachtete Pat, während sie die Milch schlürfte. Sie war ein wenig verlegen unter seinem Blick, aber sie sah nicht den geringsten Grund, Angst zu haben. Es war überhaupt seltsam, wie wenig gefährlich er wirkte, mit dem leichten Lächeln und dem Blick, der so weich auf ihr ruhte. Fast hätte sie den Becher weggestellt und die Hand ausgestreckt, um ihn zu berühren und mit den Fingern durch sein offenes Haar zu fahren.

»Fühlen Sie sich schon besser?«, fragte er, als sie ein wenig später die Milch ausgetrunken hatte.

Sie nickte nur und zwang sich, auf sein Halstuch zu sehen, um nicht in Versuchung zu kommen, zu tief in seinen Blick einzutauchen. Er hatte seinen von ihr völlig verdreckten Anzug bereits gegen einen anderen getauscht und sah wie immer sehr elegant aus.

»Ich weiß, dass Sie fortwollten, aber ich kann Sie nicht gehen lassen, Patricia«, sagte er ruhig. »Es ist zu Ihrem eigenen Besten, wenn ich es nicht tue.« Er nahm ihre Hand, und Pat überließ sie ihm so willig, dass es sie selbst erstaunte. »Es passieren gefährliche Dinge, Patricia, aber wenn Sie im Schloss bleiben, sind Sie in Sicherheit. Niemand wird es wagen, Ihnen etwas zu tun, solange ich hier bin.« Er lächelte leicht, sein Blick glitt warm über ihr Gesicht und blieb an ihren Augen hängen. »Bitte vertrauen Sie mir, Pat.«

»Ja … aber … ich …« Ihr versagte die Stimme, als er ihre Hand an seine Lippen führte.

»Das können Sie, Pat.« Seine Lippen lagen für Sekunden weich und warm auf ihrer Haut, dann drehte er ihre Hand um, betrachtete die Handinnenfläche und strich leicht mit den Fingerspitzen darüber. Seine Berührung schickte einen feurigen Strahl in ihren ganzen Körper. »Sie haben ganz kalte Finger.«

»Die habe ich immer, wenn ich aufgeregt bin«, flüsterte sie. Sie zuckte zurück, als er begann, ihre Finger zu küssen, aber er hielt ihre Hand fest. Ihr wurde warm, sehr warm, und an dieser gewissen Stelle zwischen ihren Beinen sogar heiß. Churthams Blick glitt geradezu ungehörig intensiv über sie, wanderte ihren Hals entlang und weiter hinunter. Die Decke war ein wenig verrutscht, und als sie seinem Blick, der sich an ihrer Brust festsaugte, folgte, bemerkte sie zu ihrem Entsetzen, dass sich ihre Brustspitzen deutlich unter dem dünnen Baumwollnachthemd abzeichneten. Sie versuchte flacher zu atmen, die Brust einzuziehen, erreichte damit jedoch nur, dass sich die Spitzen noch ein wenig mehr unter seinem Blick erhoben. Endlich sah er weg, aber anstatt dezent zur Seite zu blicken, glitt sein Blick an ihrem Körper weiter hinunter über ihren Bauch und ihre Schenkel, die unter der Decke unverkennbar waren.

Es war genau die Situation, die sie sich in den einsamen Nächten ausgemalt hatte. Maximilian Churtham, der sie ansah wie ein Mann, der eine Frau begehrte, bevor er sie ganz langsam und zärtlich entkleidete, sie mit Küssen bedeckte und dann seine Hand über ihren Körper wandern ließ. Wunderbare Fantasien waren das gewesen, die sie sehr unschicklich erregt hatten, so sehr, dass sie sogar eine irritierende Feuchtigkeit zwischen ihren Beinen verspürt hatte und das dringende Bedürfnis, sich dort zu streicheln. Sie hatte nachgegeben, sich dabei vorgestellt, es wäre Churtham, der sie berührte, rieb. Die Erinnerung daran ließ ihre Wangen blutrot werden und ihre Finger völlig zu Eis gefrieren. Sie starrte auf den Boden, in der Hoffnung, Vampire verfügten nicht über die Fähigkeit, anderer Leute Gedanken zu lesen. Sie zuckte ertappt zusammen, als er sprach.

»Versprechen Sie mir, nicht wieder davonzulaufen, Patricia, sondern im Schloss zu bleiben.«

Pat starrte ihn an und bemerkte wie jedes Mal in seiner Gegenwart, dass ihr eigener Wille schwächer wurde. Sie nickte. »Ja, ich verspreche es.«

»Und dass Sie mir vertrauen.« Seine Augen waren ganz weich, und der hellblaue Schimmer darin war nicht furchterregend, sondern zärtlich. Pat hätte sich am liebsten in seine Arme geschmiegt.

Sie nickte wieder. »Ja.«

Churtham presste zu ihrem Entsetzen und gleichzeitiger Genugtuung seine Lippen auf ihre Hand und stand dann hastig auf. »Dann wünsche ich Ihnen angenehme Träume, Pat.«

Sie sah ihm noch nach, als sich die Tür schon längst hinter ihm geschlossen hatte, bevor sie sich tiefer in ihre Kissen kuschelte. Zum ersten Mal, seit sie in dieses Schloss gekommen war, kam ihr nicht in den Sinn, die Tür zu verriegeln. Sie fühlte sich plötzlich sehr sicher und geborgen. Churtham hatte gesagt, sie könne ihm vertrauen, und wenn sie darüber nachdachte, dann war es genau das, was sie auch wollte.

Pat … er hatte sie heute mehrmals Patricia und sogar Pat genannt. Niemand hatte sie mehr so angesprochen, seit ihre Eltern gestorben waren. Und wie zärtlich und weich er ihren Namen ausgesprochen hatte.

»Maximilian«, flüsterte sie in die Kissen hinein. Sie zog das Kissen enger an sich, stellte sich vor, es wäre Churtham, den sie umarmte, und schlief ein.

Am nächsten Tag sah sie wie üblich nichts von Churtham. Was auch nicht weiter verwunderlich war, denn jemand hatte von außen ihre Tür verschlossen. Da sie jedoch beim Aufwachen nicht nur ihre Tasche vorgefunden hatte, die jemand geholt und neben ihr Bett gestellt hatte, sondern auch ein ganzes Tablett voller Speisen, lief sie wenigstens nicht Gefahr, zu verhungern. Die Tür öffnete sich erst wieder, nachdem die Sonne untergegangen war. Pat zögerte zuerst, ging jedoch dann hinunter, in der Hoffnung, Churtham zu treffen. Er saß auch tatsächlich in seinem Lehnsessel am Kamin und hielt ein Glas mit einer roten Flüssigkeit in der Hand. Pat starrte schockiert darauf.

Er bemerkte ihren Blick und verzog den Mund zu einem spöttischen Lächeln. »Blut. Ich habe mir etwas von der Unglücklichen abgezweigt. Man kann nicht alles auf einmal zu sich nehmen, das schlägt einem auf den Magen.« Er wirkte ganz anders als am Vorabend, als seine Augen so irritierend weich und sein

Lächeln so anziehend gewesen waren. Sie hatte die halbe Nacht von ihm geträumt und hatte den folgenden halben Tag gebraucht, um sich von der erotischen Intensität des Traumes wieder zu erholen.

»Dann haben Sie mich gestern Abend also doch belogen? Und es stimmt also doch, was die Leute von Ihnen sagen?!«

»Was sagen sie denn von mir?«

»Dass Sie regelmäßig junge Mädchen entführen und töten.«

»So. Sagt man das.« Er starrte sekundenlang ins Glas, dann stellte er es mit einem leichten Klirren auf den Tisch. Er erhob sich, ging zum Fenster und sah mit auf dem Rücken verschränkten Händen hinaus. Wieder fiel es Pat auf, dass der gesamte Raum sich in dem Glas spiegelte, nicht jedoch Churtham, obwohl er direkt davor stand.

Sie griff heimlich nach dem Glas, in der Hoffnung, er würde es nicht bemerken, und roch daran, bevor sie vorsichtig kostete.

Rotwein? Es war Rotwein!

Endlich wandte er sich um. »Hatten Sie wirklich gedacht, es wäre Blut?«

»Natürlich!«

Er zögerte etwas. »Es … tut mir leid, dass ich Sie gestern dazu gebracht habe, mich ins Moor zu begleiten. Das war nicht richtig von mir und unnötig grausam. Aber ich war wütend auf Sie.« Er kam etwas näher. »Weil Sie einfach davonlaufen wollten.« Etwas schwang in Churthams Stimme mit, aber Pat konnte nicht sagen, was es war. Zorn, Enttäuschung, Verbitterung. Vielleicht etwas von allem.

»Es stand etwas in einem Ihrer Bücher«, sagte Pat schließlich langsam. Vielleicht gab es ja sogar eine vernünftige Erklärung für seinen Blutdurst. »Es gibt angeblich eine Krankheit, die manchmal bei Adeligen vorkommen soll. Vielleicht leiden Sie ja ebenfalls darunter? Es ist eine Art Blutschwäche. Aber dann gibt es gewiss Mittel und Wege, um Sie zu heilen. Sie können ja schließlich nichts dafür, dass Sie krank sind. Und …«, sie würgte an diesen Worten, sprach jedoch tapfer weiter, »ich finde, dass Sie sonst sehr nett sind. Ich … mag Sie sogar recht gerne. Ich würde gerne hierbleiben und Ihnen helfen.« Sie hatte den ganzen Tag Zeit gehabt, darüber nachzudenken. Sie hatte tatsächlich in einem der Bücher über Vampire über so etwas gelesen, allerdings hatte der Verfasser dieser Theorie sich nicht näher darüber ausgelassen, aber es gab sicherlich noch medizinische Bücher, wo man mehr über diese seltene Krankheit fand.

In Churthams Gesicht veränderte sich etwas, der Spott war völlig daraus verschwunden. Er kam langsam auf sie zu, dabei keinen Moment lang den Blick von ihr lassend. »Sie wollen mir helfen? Ist es das wirklich? Oder reizt Sie das Abenteuer?« Sein Blick schien sich in ihren hineinzubrennen. »Ja, das ist es, genau das«, murmelte er endlich. »Die Faszination des Bösen, des Gefährlichen.«

»V… vielleicht«, stotterte Pat, unfähig zuzugeben, dass sie bis über beide Ohren in ihn verliebt war.

Er kam näher, nahm ihre Hand und fuhr zart mit den Fingerspitzen die Linien ihrer Handinnenfläche nach, bevor er seine Lippen darauf drückte. »Sie haben schon wieder ganz kalte Finger, Patricia.«

Sie sah ihn zweifelnd an. Obwohl er freundlich war, bemerkte sie wieder dieses hellblaue Flackern in seinen Augen, das sie einschüchterte und zugleich anzog. »Tut es weh, von einem Vampir gebissen zu werden?«, fragte sie scheu, als Churtham begann, jeden einzelnen ihrer Finger zu küssen. Warum tat er das bloß immer! Sah er denn nicht, wie sehr sie das verwirrte?! Aber er schien ganz im Gegenteil eine seltsame Genugtuung darin zu finden, sie zu berühren und damit in sprachlose Verlegenheit zu stürzen.

Churtham lächelte leicht, während er seine Küsse auch auf ihr Handgelenk ausdehnte, dort, wo unter der zarten Haut der Puls zu sehen und zu fühlen war. »Nein, der Kuss des Vampirs bringt der Frau, die er begehrt, sogar höchste Lust. Nur wenn sie sich wehrt, ist es zu Beginn etwas unangenehm für sie, aber dann verfällt sie ihm bis zur Ekstase.«

»Hat sie deshalb gelächelt?«

»Sie wollen es oft selbst«, fuhr er wie zu sich selbst fort. »Statt die Gefahr zu meiden, laufen sie ihr auch noch nach. Es ist die Angst vor dem Tod und zugleich die Sehnsucht nach einer verzehrenden Leidenschaft, die alles auslöscht, sogar wenn es das eigene Leben ist. Es ist die sexuelle Macht, die sie anzieht.«

Pat wurde rot. »Ich finde absolut nichts Erotisches am Tod.« Wogegen sie es jedoch sehr erotisch fand, von Churtham berührt zu werden.

»Es ist für einen Vampir erotisch, einen Menschen zu beißen, sein Blut und seine Lebenskraft zu fordern, ihn auszusaugen und zu verzehren. Ihn damit ganz zu besitzen.«

»Aber nur den Körper …«

»Nein«, Churthams Stimme klang heiser, »es ist viel mehr – nicht nur für einen Vampir, auch für andere Wesen, die … Nun, in diesem einen Moment, in dem das Leben oder sein Wille dem Opfer entflieht, besitzt man alles von ihm. Seine Gedanken, seine Gefühle, seine Kraft und seine Leidenschaft.« Er sah sie eindringlich an. »Ist es das, was Sie fasziniert? Die Macht? Das Unheimliche? Die Sehnsucht nach dem Bösen, das Sie sonst nicht auszuleben wagen? Die Erfüllung erotischer Fantasien? Geben Sie es zu, Pat. Sie können vielleicht mich belügen, aber nicht sich selbst.« Er hob langsam, wie von einer unwiderstehlichen Macht getrieben, die Hände, ergriff Pat an den Schultern und zog sie näher an sich. Sie zitterte, wusste jedoch nicht, ob es aus Freude war, von ihm berührt und vielleicht endlich geküsst zu werden, oder aus Angst vor dem, was jetzt unausweichlich auf sie zukommen würde. In dem Moment, als er sie anfasste, schien Pats eigener Wille erloschen zu sein, und sie schalt sich nicht einmal dafür, dass sie vergessen hatte, die hilfreiche Knoblauchkette umzulegen. Er küsste sie jedoch nicht wie gehofft auf den Mund, sondern legte nur seine Lippen an ihre Wangen, streichelte über die zarte Haut.

»Sie fühlen sich wunderbar an, Patricia. Lebendig, wie das Licht und das Leben. Ich wollte …«

Sie erschauerte unter dem rauen, verlangenden Ton seiner Stimme. »Was?«, fragte sie atemlos, als er nicht weitersprach, sondern nur seine Lippen über ihren Hals wandern ließ und dann weiter hinunterglitt, die sanfte Wölbung entlang, bis sie den Kopf in den Nacken legte und ihm damit unbewusst ihre Kehle darbot. Für die Gefühle, die er in ihr auslöste, fand sie keine Worte mehr. Sie wollte mehr davon, mehr von seinen Berührungen, aber als sie sich in seine Jacke krallte, um ihn näher an sich zu ziehen, schien ihn das zu ernüchtern. Er trat heftig atmend einen Schritt zurück und löste ihre Hände von seinen Jackenaufschlägen, hielt sie jedoch in den seinen, als wäre er unfähig, sie nicht doch zu berühren.

»Nicht. Es tut mir leid … Ich …«

»Mir nicht«, flüsterte sie sehnsüchtig.

»Es ist ein Spiel mit dem Feuer, Patricia.«

»Es wird mich nicht verbrennen«, flüsterte sie zurück.

Er studierte endlos lange ihr Gesicht, fuhr zart mit dem Finger die Linie ihrer Wangen und ihrer Lippen nach, ein fast schmerzhaftes Verlangen in den Augen, das sie erstaunte. Pat sah ihn atemlos und fasziniert an. Das war nicht mehr das zeitlose Gesicht, das sie auch von dem Bild kannte, sondern das eines Mannes, der schon alles gesehen und erlebt hatte. Aber am meisten berührten sie seine Augen. Das helle Glimmen daraus war verschwunden, und stattdessen waren sie von einem dunklen Blau, in dem sich seine Pupillen schwarz und unergründlich abzeichneten. Für Sekunden hatte Pat das Gefühl, tiefer in ihn hineinzublicken als jemals zuvor in einen Menschen. Es lag Zorn in seinen Augen, Verwirrung und Schmerz. Dann erlosch auch dieser Ausdruck, und eine tiefe Müdigkeit und Bitterkeit machten sich darin bemerkbar, die Pat tief ins Herz trafen.

Fast eine Minute blickte er sie so an, dann ließ er sie los und trat von ihr weg. »Nein, es wird Sie nicht verbrennen. Nicht, wenn ich es verhindern kann«, erwiderte er ernst.

Er wollte gehen, aber Pat hielt ihn am Ärmel zurück. Es war eine Sehnsucht in ihr erwacht, die noch stärker war als der Wunsch, von ihm geküsst und gehalten zu werden. Sie wollte mit ihm sprechen, ihn trösten. »Maximilian?« Es tat ihr weh, ihn unter dieser vertraulichen Anrede zusammenzucken zu sehen. Sekundenlang starrte er sie an, dann machte er sich sanft von ihrem Griff frei und ging.

Churtham war auf dem schnellsten Wege in sein Zimmer gegangen und hatte die Tür hinter sich versperrt, als könnte er damit verhindern, zu Pat zurückzukehren. Er schloss die Augen, fuhr sich mit der Hand über das Gesicht und lehnte sich erschöpft an die Wand. Es war ein Fehler gewesen, sie so nahe kommen zu lassen, sich an sie zu gewöhnen, und ein noch größerer, sie abermals und abermals zu berühren. Es hatte ihn amüsiert, sie anfangs heimlich zu beobachten und dann ihre Bekanntschaft zu vertiefen, aber jetzt war es höchste Zeit, sich von ihr zurückzuziehen.

Er dachte daran, wie sie sich verletzt hatte. Es war ein kleiner, unbedeutender Schnitt gewesen, aber der Anblick ihres Blutes hatte ihn verwirrt. Er hatte es aus gutem Grund bisher vermieden gehabt, sie anzufassen, aber in diesem Moment, als seine Lippen ihren Finger berührt hatten, um das Blut wegzuküssen, war er überwältigt gewesen. Ihre Haut hatte köstlich geschmeckt. Nach mehr. Er hatte plötzlich ihren ganzen Körper, ihr Wesen, ihre Seele besitzen wollen, und viel hatte nicht gefehlt und er wäre über sie hergefallen.

Eine schon seit langem unter Kontrolle geglaubte Leidenschaft war in ihm erwacht, derer er sich kaum hatte erwehren können. Bis er die Angst in ihren Augen gesehen und ihr vor Schreck dünnes Stimmchen gehört hatte.

Früher hätte er sich nicht um ihre Angst gekümmert, sondern sich im Gegenteil daran ergötzt oder versucht, sie zu betören, aber nun hatte ihre Furcht ihn selbst verstört, so dass er förmlich vor ihr geflohen war. Schon seit längerem hatte sich etwas anderes in seine Beziehung zu Pat gemischt. In das anfängliche Amüsement war Begierde getreten. Der heftige Wunsch, sie zu besitzen, ihren schlanken Körper auszukosten und in ihr all die überwältigende Lust zu suchen, die ihm andere Frauen trotz aller raffinierten und zum Teil grausamen Liebesspiele nicht mehr geben konnten.

Er begehrte sie wie schon lange keine Frau mehr zuvor, mit einer Leidenschaft, die seine Hände zittern ließ. Wie lange war es schon her, dass er ein unschuldiges Mädchen unter sich liegen gehabt hatte, wie Pat ganz zweifellos eines war? Das Verlangen, sie zu verführen, mit allen Mitteln gefügig zu machen und in ihr die Wollust zu wecken, bis sie ihm mit Leib und Seele ausgeliefert war, war unerträglich stark. Ein Gefühl, das er gut kannte, dem er aber nicht nachgeben wollte. Nicht bei Pat, sie war zu schade, um von ihm hinabgezogen zu werden.

»Verflixter Narr«, murmelte er erbittert, als er eine halbe Stunde später auf der Wiese vor dem Schloss stand und hinauf zu Pats Fenster blickte, als könne er einen Blick auf dieses Mädchen erhaschen. Schließlich wandte er sich entschlossen um und ging.

Lord Gharmond

Eine atemberaubend schöne und verführerische Frau mit einer schwarzen Halbmaske, die ihren sinnlichen Mund freiließ, kam mit ausgestreckten Armen auf Lord Gharmond zu, als er jene Räumlichkeiten betrat, die nur ganz besonderen Gästen zugänglich waren. »Gharmond! Welch ein seltener Gast! So habe ich mich also nicht getäuscht! Die Luft schien sich zu erwärmen in dem Moment, in dem du das Haus betreten hast!«

»Hagazussa, wie nett, dich wiederzusehen.«

Die rothaarige Schönheit schürzte die vollen Lippen. »Nett? Nur einfach nett? Ist das alles?«

»Du hast recht, es war wohl nicht sehr höflich von mir.«

»Du bist und bleibst doch wirklich der Alte«, sagte sie kopfschüttelnd, »unhöflich und herzlos. Aber genau das mochte ich immer so an dir.« Sie presste sich kurz, aber sehr intensiv an ihn. »Ich muss mich nur noch schnell um einen anderen *Spezialgast* kümmern«, flüsterte sie ihm zu, »dann komme ich zu dir.« Sie trug ein langes, elegantes, schwarzes Kleid, dessen rotes Seidenmieder vorne so weit ausgeschnitten war, dass man einen ungehinderten Blick auf ihre schönen Brüste und die dunkelroten Spitzen werfen konnte. In der Hand hielt sie eine Peitsche, an der Blut klebte. Menschenblut.

Er verzog das Gesicht, aber Hagazussa hob lächelnd die Schultern, ihre grünen Augen blitzten. »Früher hast du so etwas auch ganz gerne gemocht, auch wenn ich damals die Peitsche immer nur in deiner Hand gesehen habe. Dieser Gast jedoch zieht es vor, *meine* Befehle zu befolgen und sich *mir* zu unterwerfen.« Sie trat noch einmal näher, schmiegte ihren Körper an ihn, ohne ihn mit den Händen zu berühren. Er spürte ihre vollen Brüste, ihren Bauch, ihre Hüften, die sich an ihm rieben. »Dabei hatten wir immer so viel Spaß. Ich kann mich nicht erinnern, etwas mehr genossen zu haben.« Sie schwang die Peitsche immer selbst, unterwarf sich jene Männer, die danach gierten, geschlagen und getreten zu werden, am Boden zu liegen und ihre in spitzen Schuhen steckenden Füße auf ihrem Körper zu fühlen, vor ihr zu kriechen, sie um Gnade und gleichzeitig um noch mehr anzubetteln. Aber bei Gharmond hatte sie stets eine Ausnahme gemacht. Weil Gharmond anders war. Ein Feuerdämon, der nicht nur Teppiche und Möbel in Brand setzen konnte, wenn er wütend war, sondern auch das Feuer und die Leidenschaft der Frauen erweckte, die das Glück hatten, seine Aufmerksamkeit zu erringen.

»Das ist lange her«, sagte Gharmond nachlässig.

»Du bist ja so sanftmütig geworden«, lächelte die verführerische Frau ironisch. »Fast schon ein bisschen bieder. Und wenn ich es nicht besser wüsste, würde ich sagen, *langweilig*. Aber ich kann mich gut erinnern, dass es früher andere Zeiten gegeben hat. Gelegenheiten, wo du den armen Mädchen bestenfalls die Wahl ihrer Qual gelassen hast.« Sie hob ihre Hand und berührte mit dem Zeigefinger ihre Lippen, strich darüber, saugte an der Fingerspitze, bevor sie Gharmond damit auf seiner Wange berührte. »Soll ich dir in der Zwischenzeit einige hübsche Sklavinnen schicken, um dir die Wartezeit zu verkürzen?«

»Heute nicht. Aber beeile dich.«

Sie lachte dunkel und wandte sich zum Gehen. »Ach ja«, sie drehte sich, schon halb aus der Tür, nochmals um, »tu mir einen Gefallen, Gharmond, küsse diesmal keine meiner Bediensteten. Ich hatte letztens ungeheure Schwierigkeiten, geeignete Nachfolgerinnen zu finden.«

Er verneigte sich spöttisch und sah Hagazussa nach, wie sie das Zimmer verließ. Allein gelassen, ließ er sich in einen der bequemen Lehnstühle vor dem Kamin fallen, legte die Füße auf ein kleines Tischchen und nahm aus der Hand einer nackten jungen Frau, die wie aus dem Nichts neben ihm aufgetaucht war, ein mit Champagner gefülltes Glas entgegen. Ihr liebliches, herzförmiges Gesicht war von blonden Löckchen umrahmt.

Die Kleine kniete sich neben ihm nieder und sah ihm zu, wie er an dem Champagner nippte.

»Kann ich etwas für Sie tun, Meister?« Sie sah ihn aus großen blauen Augen an, beugte sich vor, und ihre spitze kleine Zunge berührte seinen Handrücken, während sie mit den Fingern ihre Brustwarzen umfasste und genussvoll rieb, bis sie hart wegstanden.

Er betrachtete sie. Wirklich ein hübsches Kind, mit vollen schönen Brüsten und einem dichten dunkelblonden Dreieck zwischen den Beinen, zu dem sie jetzt ihre rechte Hand gleiten ließ, als sie seinen Blick bemerkte. Aber er hatte Lust auf etwas ganz anderes, dieses hübsche Hürchen konnte ihn im Moment nicht reizen. Als sie nach seiner Hand griff, um sie zwischen ihre Beine zu ziehen und ihn die erregte Feuchtigkeit ihrer Scham spüren zu lassen, machte er sich, plötzlich von ihrer Zudringlichkeit angewidert, frei.

»Nein. Ich werde dich rufen, wenn ich etwas brauche.«

»Mein Name ist Venetia.« Sie ließ sich offenbar nicht so leicht abschütteln. »Es wäre mir eine Ehre, Ihnen zu Diensten sein zu dürfen, Lord Gharmond. Ich habe schon viel von Ihnen gehört.«

Er nickte nur.

»Soll ich vielleicht das Feuer etwas schüren?« Es war klar, dass sie nicht das spärlich flackernde Feuer im Kamin meinte. Sie lächelte ihn verführerisch an und strich mit den Fingerspitzen seinen Oberschenkel entlang, immer weiter hinauf.

»Das tu ich selbst.« Eine lässige Bewegung mit seiner Hand und im selben Moment loderten die Flammen hoch auf und aus dem Kamin heraus, fast bis zum Lehnsessel. Die Kleine sprang erschrocken auf und machte, dass sie davonkam. Von irgendwo her, einige Räume weiter, hörte er das zwischen Schmerz und Lust pendelnde Stöhnen eines Mannes und seine Schreie. Hagazussa war offenbar schon wieder ganz bei der Arbeit. Und wenn jemand etwas davon verstand, dann sie.

Er grinste nur müde, lehnte sich zurück, leerte das Glas in einem Zug und dachte dabei an die schöne Hexe. Wirklich eine sehr reizvolle Frau. Es war eine gute Idee gewesen, wieder einmal hierher zu kommen. Es würde ihn von einer ganz bestimmten anderen ablenken. Der Gedanke an sie krampfte seine Kehle schmerzhaft zusammen. Noch nie hatte er etwas so sehr gewollt wie diese Frau, und noch nie war ihm etwas so unerreichbar erschienen. Unerreichbarer fast als das Licht. Und wenn er sich nicht sehr vorsah, dann würde sie ihn ebenso verbrennen. Oder er sie.

Er war so in Gedanken versunken, dass er zusammenzuckte, als Hagazussa wieder das Zimmer betrat. Sie hatte sich umgezogen, trug nun ein grünes Seidenkleid in der Farbe ihrer Augen und sah umwerfend verführerisch darin aus.

»Ein hoher Regierungsbeamter«, gurrte sie und wies mit dem Kopf bedeutsam zur Tür, durch die sie gekommen war. »Er frisst mir aus der Hand.«

»Das ist doch nichts Neues«, erwiderte er unbeeindruckt. Hagazussa war unter den Eingeweihten auf der ganzen Welt berühmt für ihre Liebeskünste. Und das schon seit mehreren hundert Jahren. Es gab nichts, das sie einem männlichen Wesen, das ihre Gunst gewonnen hatte, nicht zu bieten imstande und willens war.

Hagazussa warf einen Blick auf die geschwärzte Umrahmung des Kamins, immer noch loderte das Feuer heftig, wenn auch nicht mehr mit dieser Kraft wie zuvor. »Wurden hier etwa Feuerspielchen gemacht?«, fragte sie amüsiert. »Sag es mir gleich, mein unbarmherziger Freund – welche meiner Dienerinnen hast du in Flammen aufgehen lassen?«

»Sie hieß, wenn ich mir den Namen richtig gemerkt habe, Venetia. Aber ich kann dich beruhigen, sie hat den Raum unversehrt verlassen.«

Hagazussa hob die Augenbrauen. »Venetia? Ach,

wirklich? Die Kleine wird langsam sehr abenteuerlustig.« Sie setzte sich auf die Lehne seines Sessels und strich ihm mit den Fingerspitzen durch das Haar, so dass er die scharfen Ränder ihrer langen Nägel auf seiner Haut spürte. »Wie lange warst du schon nicht mehr hier?«, fragte sie. »Wochen? Nein, es müssen sogar mehrere Monate sein. Wenn ich dich nicht gelegentlich besuchte, bekäme ich dich überhaupt nicht mehr zu Gesicht.« Sie beugte sich ein wenig vor, vergönnte ihm einen tiefen Einblick in ihr spitzenumsäumtes Dekolleté und strich mit den Lippen über seine Schläfen.

»Ich hatte zu tun.« Gharmonds Stimme klang kühl.

»Zu tun? Sag nicht, du hast diesen irritierenden Zeitvertreib immer noch nicht aufgegeben.«

»Ich weiß nicht, wovon du sprichst.«

»Von deiner Vampirjagd, mein Süßer. Von deiner ebenso perversen wie erregenden Idee, auf Vampirfang zu gehen. Aber tu nur, was dir Spaß macht – solange du dich gut unterhältst … Wenn du willst, kannst du dir sogar einige dieser Geschöpfe vornehmen.«

»Hast du etwa auch Vampirinnen hier?«

»Natürlich!« Hagazussa lächelte. »Soll ich eine für dich rufen, damit du deine schlechte Laune an ihr auslassen kannst? Das Angenehme an diesen Wesen ist, dass man sie nicht so leicht umbringen kann, sie stehen immer wieder auf und leben einfach weiter.«

Er starrte ins Feuer, das zunehmend wieder kräftiger wurde. Bilder blitzten in ihm auf. Mit Ketten und Stricken gefesselte Frauen, die zuerst vor Angst geschrien hatten und dann vor Lust, bis sie endlich reglos dalagen. Sich windende Körper, lautlose Schreie, Peitschen, Blut, der Geruch der Lust und des Todes.

»Ich verabscheue Vampire«, sagte er schließlich kalt. »Perverse Geschöpfe. Untote, die sich von menschlichem Blut ernähren müssen, um leben zu können. Aber nicht genug damit, infizieren sie auch noch andere mit ihrer Pest, nehmen ihnen das Leben und geben ihnen dafür ein Dasein in der Dunkelheit, in der sie aus ihren Grüften und Gräbern steigen, um zu töten und ihre Seuche weiterzuverbreiten.«

Hagazussa blickte zum Kamin hinüber. »Wir sollten das Thema wechseln, Gharmond, mein feuriger Geliebter, die Flammen erreichen schon fast mein Kleid, und der kostbare Teppich ist bereits etwas angesengt.«

Er räusperte sich. »Verzeihung, ich war wohl etwas unachtsam.« Das Feuer zog sich wieder zurück und flackerte sittsam an seinem angestammten Platz weiter. »Ich bin ja auch hergekommen, um mich ein wenig zu entspannen, und nicht, um diese alten Geschichten aufzuwärmen.«

»Ja, natürlich«, Hagazussas Stimme klang nun ganz sanft. Ihre Hand wanderte von Gharmonds Schulter abwärts, seine Brust entlang, bis zwischen seine Beine. »Und das scheinst du auch bitter nötig zu haben, mein armer Lieber«, sagte sie verständnisvoll. »Du bist wirklich sehr angespannt … Willst du es gleich hier tun? Wir können aber auch in mein Schlafzimmer gehen, dort ist es gemütlicher.«

»Gleich hier.« Er zog sie von der Lehne herab, so dass sie mit dem Gesicht zu ihm auf seinen Knien zu sitzen kam. Hagazussa sah nicht nur sinnlich aus, sie war die Sinnlichkeit in Person. Er beobachtete, wie ihre Zungenspitze genussvoll über ihre Lippen fuhr, sie befeuchtete, während sie mit ihren Händen sein Glied liebkoste, das sich ihr durch den Stoff der Hose entgegendrängte.

»Soll ich dein Lieblingsspielzeug holen, mein Liebster?«, fragte sie mit dieser dunklen, erotischen Stimme. »Du könntest mich wieder fesseln, wie früher, und mir dann die Kleider vom Leib peitschen, bevor du über mich herfällst und mich liebst, bis ich um Gnade winsle und fast ohnmächtig werde …« Sie beugte sich etwas vor, während sie mit den Händen ihre Brüste umfasste und halb aus dem Mieder hob.

Er ließ seine Finger nachdenklich von ihrem Hals abwärts in die tiefe Spalte zwischen den vollen Hügeln gleiten. »Nein, heute nicht.« Er hatte etwas völlig anderes im Sinn, als seine Begierde mit grausamen Spielen zu befriedigen. Und zwar etwas, das Hagazussa, könnte sie seine Gedanken erraten, so gegen ihn aufbrächte, dass sie vermutlich versuchen würde, *ihn* die Peitsche kosten zu lassen. Allerdings nicht zum Zweck des Lustgewinns, sondern aus blankem Zorn. »Heute will ich etwas anderes ausprobieren«, fuhr er fort, während er ihr enges Mieder öffnete und seine langen Finger tiefer hineingleiten ließ. Diese andere ging ihm nicht aus dem Kopf, aber wenn er sich vorstellte, sie an Hagazussas statt in den Armen zu halten, in ihr zu vergehen, dann würde ihn das wahrscheinlich wirklich entspannen und diese Sehnsucht nehmen, die er an ihr nicht löschen konnte. Hagazussa, die köstlichste und berühmteste Liebeshexe von allen, als Ersatz für eine normale Frau! Sie hätte vermutlich sogar versucht, ihn umzubringen.

Er lehnte sich zurück und schloss die Augen. »Du und ich, wir stammen nicht von Menschen ab«, sagte er aus seinen Gedanken heraus, während Hagazussas Lippen spielerisch über sein Kinn und weiter hinunterglitten. »Wir sind aus der Kraft des Bösen, aus der Dunkelheit geboren.«

Sie öffnete seine Seidenweste, ebenso das darunter befindliche Hemd und kratzte mit ihren langen, zugespitzten Nägeln provozierend über das gekrauste schwarze Haar auf seiner Brust, dabei zarte, hellrote Blutspuren auf seiner Haut hinterlassend. Er schien jedoch weder ihre Berührung zu spüren noch den Schmerz.

»Ja, da hast du recht, und es macht mir auch verdammt viel Spaß, böse zu sein. Es ist so einfach. Man muss sich dabei kaum anstrengen, es kommt wie von selbst.« Sie lachte dieses dunkle, verführerische Lachen. »Ich frage mich, was dich daran plötzlich stört.«

»Es wird mit der Zeit langweilig«, erwiderte er schläfrig, als sie sich vorbeugte, um die kleinen Blutstropfen abzulecken. »Nichts Neues. Ich möchte einmal die andere Seite sehen und erleben.«

»Diese ungesunden Tendenzen hast du schon früher gezeigt«, sagte Hagazussa unbehaglich. »Als diese Antoinette in dein Leben gekommen ist.« Sie hob den Kopf und musterte sein ausdrucksloses Gesicht eingehend. Immer, wenn er so dürftig auf sie reagierte, war etwas nicht in Ordnung. »Sag nicht, da steckt schon wieder eines dieser Geschöpfe dahinter.«

»Und wenn es so wäre, ginge es dich auch nichts an.« Seine Stimme klang völlig gelassen.

»Flausen«, erwiderte sie ärgerlich. »Nichts als

dumme Flausen.« Sie glitt an ihm hinab, kniete sich zwischen seine Beine und öffnete langsam und bedächtig seinen Gürtel. »Aber ich weiß zum Glück ein gutes Mittel, sie zu vertreiben.« Er lag völlig entspannt und geradezu ärgerlich gleichgültig im Sessel, als sie sein für ihre Künste weitaus empfänglicheres Glied liebkoste, ihre Zunge darum tanzen ließ, mit der Spitze in das dunkelrote Zentrum hineinbohrte, seine festen Hoden küsste und streichelte, bis er unter ihren Lippen und Händen noch härter wurde. Schließlich umfasste sie ihn mit den Lippen und begann zu saugen. Er blieb zu ihrem geheimen Ärger völlig ruhig, fast unbeteiligt, öffnete auch nicht die Augen, als er sagte: »Hör auf damit.«

»Warum darf ich denn nicht?« Hagazussa gurrte förmlich.

»Das weißt du sehr wohl.«

»Hast du Angst, dass ich damit zu viel Macht über dich gewinne, wenn ich deinen Samen koste? Jemand wie du sollte über diesen alten Aberglauben erhaben sein.« Sie lächelte verführerisch. Sie wusste sehr wohl, dass an diesem alten Aberglauben mehr dran war, jedenfalls, wenn es sich um Dämonen handelte. Aber ein bisschen mehr Macht über Gharmond zu bekommen war etwas, das jeder Hexe, die einmal seinen Weg gekreuzt hatte, nur zu gut gefallen hätte. Und dies war eben eines der wenigen Mittel, die bei einem Dämonen Erfolg versprachen.

»Gerade jemand wie ich weiß sehr wohl, dass an diesem Aberglauben mehr dran ist, als mir lieb sein könnte«, erwiderte Gharmond ungerührt.

Hagazussa war klug genug nachzugeben, als er die

Augen öffnete und sein harter Blick sie traf. Sie erhob sich, öffnete mit einigen schnellen Handgriffen ihren Rock und schob ihn von ihren Hüften. Sie hatte darunter nichts an, und er betrachtete mit Wohlgefallen ihre schmale Taille, die von dem eng geschnürten Mieder noch betont wurde, die breiten Hüften und das dunkelrote Dreieck zwischen ihren Beinen. Sie hatte lange, schlanke Beine, und auf dem lockigen Haar waren bereits einige Tröpfchen zu sehen, als sie sich mit gespreizten Beinen auf seine Knie setzte. Als er jedoch nach ihrem Kopf griff, um sie festzuhalten, und seinen Mund an ihren brachte, fuhr sie zurück.

»Es ist immer dasselbe«, sagte er gelangweilt. »Nichts, was nicht schon da gewesen wäre.« Sein Lächeln wurde plötzlich gefährlich. »Aber vielleicht sollte ich einmal wieder etwas wirklich Bösartiges tun.« Er strich mit dem Daumen ganz langsam über ihre Lippen. »So furchtsam, meine schöne Freundin?«, fragte er spöttisch, als sie versuchte, sich aus seinem festen Griff zu befreien.

»Es steht geschrieben, dass der Kuss eines Dämons noch sicherer den Tod bringt als der eines Vampirs«, erwiderte sie atemlos.

»Es steht aber auch geschrieben, dass er das Leben bringen kann«, erwiderte er mit einem kalten Lächeln.

»Aber nur, wenn er wahrhaft liebt und damit dem Himmel näher ist als der Verdammnis.« Hagazussa sprach plötzlich mit ungewohntem Ernst, und in ihren grünen Augen lag eine unbestimmte Sehnsucht.

»Nun, *diese* Gefahr besteht bei mir wohl kaum«, erwiderte er spöttisch. »Aber hast du Angst, ich könnte dich damit töten? Dir deine schwarze Seele heraussaugen und dich damit unterwerfen, bis du mir völlig hörig bist?«

Hagazussa zuckte mit den Schultern. »Ich bin nur eine einfache Hexe, Meister.« Sie versuchte, leicht zu klingen, aber das ängstliche Flackern in ihren Augen verstärkte sich, während sie ihn anstarrte. »Aber eine, die gerne lebt und nur sich selbst gehört.«

Er ließ endlich ihren Kopf los, lehnte sich wieder im Sessel zurück. »Dann mach weiter, Haga, meine schöne Freundin. Tu das, was du am besten kannst … Bring mich auf andere Gedanken.«

Hagazussa atmete auf. Gharmond schien heute wirklich in einer sehr gefährlichen Stimmung zu sein. Er liebte zwar jede Art von Machtspiel, und sie hatte sich immer sehr willig unterworfen, aber mit dem Tod hatte er sie noch nie zuvor bedroht. Sie rutschte näher an seinen Körper heran, führte sein Glied den richtigen Weg und genoss den erregenden Druck, während sie sich auf ihn senkte. Zuerst blieb sie ruhig auf ihm sitzen, die Dehnung auskostend, während sich ihr Inneres um ihn schlang, ihn noch weiter hineinziehen wollte, bis sie sich in einem immer schneller werdenden Rhythmus auf ihm bewegte, ihre langen, spitzen Nägel Male auf seiner Brust und seinen Schultern hinterließen, und sie in jene Bereiche der Lust eintrat, die zu erreichen sie nur mit Gharmond imstande war.

Viele Stunden später befanden sie sich in Hagazussas Schlafzimmer. Die schöne Hexe ruhte, erschöpft von den wilden Vergnügungen, die hinter ihnen lagen, halb über seiner Brust und spielte mit den hellroten Spitzen, die so hübsch hart wurden, und mit der weitaus größeren und verlockenderen Spitze zwischen seinen Beinen. Er hatte die Hände unter seinen Kopf geschoben und starrte, völlig in Gedanken versunken, zur Decke empor. Aber sie hoffte, dass es nicht lange dauern würde, bis sein Verlangen wieder stärker wurde als seine derzeitige, geradezu beleidigende Gleichgültigkeit.

»Strigon war übrigens auch hier«, sagte sie schließlich. Sie hatte sich schon lange überlegt, wie sie es Gharmond sagen sollte. Es war natürlich auch möglich, es ihm zu verschweigen, aber dann wäre er, sobald er es herausgefunden hätte, ziemlich wütend geworden.

Sein Kopf ruckte herum. »Das sagst du mir jetzt erst?!«

Sie zuckte mit den Schultern. »Wir waren eben so beschäftigt, dass ich nicht daran gedacht habe.«

»Einen ganzen Tag und eine halbe Nacht lang zu beschäftigt?« Er bedachte sie mit einem scharfen Blick. »Das heißt, er hat das Loch verlassen, in dem er sich bisher verkrochen hat«, sagte er kalt, wie zu sich selbst, während seine Augen kaum das rötliche Funkeln verbargen. »Dabei hätte ich mir das denken können. Ich möchte nämlich schwören, dass dort, wo er auftaucht, sein Gestank noch wochenlang haften bleibt.«

Hagazussa schnupperte irritiert in die Luft. Sie roch jedoch nichts anderes als ihr Parfüm, die verkohlenden Holzscheite im Kamin und ihren und Gharmonds heiße Körper. Aber Strigon wäre auch der Letzte gewesen, den sie in ihren Privaträumen oder gar in ihrem Bett geduldet hätte. »Er hält sich übrigens in der Nähe von Dunster auf«, fuhr sie nach einigem Zögern fort. »Und er hat etwas von einer Frau erwähnt, einer Sterblichen, auf die er ein Auge geworfen hat.«

Gharmonds Augen glühten, aber dieses Mal war es ein kaltes Feuer. »Ich hätte nicht gedacht, dass er es wagen würde, sich ihr zu nähern.«

Hagazussas Blick wurde misstrauisch. »Du kennst diese Frau ebenfalls?«

»Sie ist mir begegnet«, erwiderte er abweisend, während er die schöne Hexe von sich hinunterschob und die Beine aus dem Bett schwang, ohne auf sein erregtes Glied zu achten, das dank Hagazussas Liebkosungen wieder zum Leben erwacht war. Er hatte es jetzt plötzlich sehr eilig, sie zu verlassen. Er hatte schon geahnt, dass Patricia in Gefahr war, aber nun hatte er die Bestätigung. Strigon würde es gefallen, sie an sich zu binden, aber das musste er unter allen Umständen verhindern. Strigon hatte Antoinette auf dem Gewissen. Aber dass Patricia nichts geschah, dafür würde er sorgen.

Pat hatte bis in die Nachtstunden gearbeitet. Weniger aus Pflichtbewusstsein, sondern vielmehr in der Hoffnung, der Schlossherr würde vielleicht zu ihr in die Bibliothek kommen. Er war am vorigen Abend nicht erschienen und hatte ihr tatsächlich gefehlt. Nun, da sie sich entschlossen hatte, ihm zu vertrauen, sehnte sie sich auch danach, ihn zu sehen und mit ihm zu sprechen.

Sie starrte ins Feuer, das die vom Wald und nahen Moor hereinziehende Feuchtigkeit vertrieb und den Raum heimeliger machte. Es war ihr, als könnte sie in den züngelnden Flammen das Gesicht des Earls sehen. Maximilian … Sie lächelte unwillkürlich. Sie mochte diesen Namen, und weshalb sollte sie ihn nicht bei sich *Maximilian* nennen? Schließlich ging es ihn überhaupt nichts an, was sich in ihrem Kopf tat. Ebenso wenig wie ihn anging, dass sie jedes Mal weiche Knie bekam, wenn er den Raum betrat, und zittrige Hände, sobald er sie anlächelte oder ihr gar so nahe kam, dass sie ihn berühren konnte. Und ebenso wenig wie ihre sehnsüchtigen, sehr unzüchtigen Träumereien.

Sie sah auf die Uhr. Es war schon nach zehn Uhr nachts. Es wäre natürlich lächerlich gewesen, hier zu sitzen und zu warten, bis er heimkehrte, aber zum Glück hatte sie ja noch genug zu tun, und wenn er – hoffentlich bald – kam, dann fand er sie eben noch arbeitend vor.

Ihre Gedanken begannen um ihn zu kreisen. Ob er diesmal wieder die ganze Nacht fortblieb? Und vor allem: Wo war er? War er unterwegs, um sich ein Opfer zu suchen? Sie schauderte, zwang sich jedoch, auch praktisch zu denken – er musste ja schließlich von etwas leben. Aber vielleicht traf er sich ja auch mit seinesgleichen … Eine Vampir-Frau? Eine Geliebte? Der Gedanke ließ ihre Fingerspitzen kalt werden und sekundenlang ihr Herz stillstehen. Natürlich! Jeder Mann hatte doch eine Geliebte und erst recht ein so gutaussehender wie Churtham. Ihre Augen wurden schmal, als sie das Bild betrachtete, als könnte sie in seinem Gesicht die Antwort ablesen. Das Bild schwieg jedoch, und Pat grübelte weiter, völlig ihre Arbeit vergessend.

Als es weit nach Mitternacht war, hatte sie es sich

schon längst im Lehnsessel bequem gemacht, mit einem Buch in der Hand, um dann, wenn Churtham zurückkam, so zu tun, als hätte sie über dem Lesen die Zeit vergessen. Sie schlug das Buch auf, las die erste Seite, aber dann wurde ihr Blick vom Feuer angezogen, das lustig im Kamin flackerte und so angenehm ihre Beine und ihr Gesicht wärmte. Hübsch war es, hier zu sitzen, aber noch hübscher wäre es gewesen, wenn Maximilian ihr dabei Gesellschaft geleistet hätte. Sie seufzte leicht, während sich ihr Blick in den züngelnden Flammen verlor.

»Ein Gentleman möchte Sie sprechen, Miss Smith.«

Pat fiel vor Schreck das Buch aus der Hand, als sie sich plötzlich Simmons gegenübersah, der unbemerkt eingetreten war. »Ein Gentleman? Jemand aus dem Dorf?«

Simmons reichte ihr schweigend ein Tablett, auf dem eine Karte lag. Sie nahm die Karte auf. William Pentwell. Schnell sah sie auf Simmons, aber der schien durch sie hindurchzublicken. »Ach ja«, murmelte sie, »das ist ein Gentleman, den ich auf der Reise kennengelernt habe.« Sie bemerkte sofort Simmons' fast unmerklich hochgezogene Augenbrauen. »Er war sehr liebenswürdig und hilfsbereit«, fühlte sie sich zu einer Erklärung genötigt.

»War dem so, Madam?«, kam es unverbindlich zurück. Sogar ihm, dem Butler eines Vampirs, der die Nacht zum Tag machte, musste es auffallen, wenn jemand sie mitten in der Nacht aufsuchte. »Dann werde ich dem Gentleman also sagen, dass Sie daheim sind, und ihn hereinführen.«

Pentwell trat rasch ein, blieb jedoch stehen, als er

ihrer ansichtig wurde. Dann kam er langsam auf sie zu, sie dabei nicht aus den Augen lassend. Er wirkte sehr besorgt. »Meine liebe Miss Smith, welch eine Freude, Sie gesund wiederzusehen.«

»Guten Tag, Mr Pentwell. Aber weshalb sollte das nicht der Fall sein?« Sie musterte ihn unauffällig. Niemand hätte Pentwell hässlich nennen können. Im Gegenteil, er war sogar sehr gutaussehend, fast so groß wie Churtham, schlank, mit einem gutgeschnittenen Gesicht, schwarzem Haar, das sich in gepflegten Wellen an den Kopf schmiegte. Seine Kleidung war unauffällig, aber zweifellos vom besten Londoner Schneider, und er trug sie mit einer nicht zu bestreitenden Eleganz.

Er ergriff ihre Hand, und Pat fiel auf, wie unangenehm kalt sich seine anfühlte. »Ich bin gekommen, um Sie zu bitten, sofort Ihre Sachen zu packen und mit mir zu kommen, Miss Smith. Sie sind in großer Gefahr. Erst vor kurzem ist wieder ein Mädchen verschwunden. Das halbe Dorf ist in Aufruhr, man hat sie überall gesucht.« Er atmete tief durch. »Ich habe ihre Spuren verfolgt. Sie war auf dem Weg zum Schloss, als man sie das letzte Mal sah.«

Pat dachte an die Tote im Wald, die nächtlichen Stimmen, die unheimlichen, undefinierbaren Geräusche, und es lief ihr eiskalt den Rücken hinunter. »Was sollte sie denn hier wollen?«, fragte sie unschuldig. Sie war stolz darauf, wie gut es ihr gelang, Haltung zu bewahren angesichts der Tatsache, dass sie Churtham mehr oder weniger dabei behilflich gewesen war, die Leiche dieser Unglücklichen verschwinden zu lassen.

Er lächelte bitter. »Ihr Arbeitgeber scheint es leider

sehr gut zu verstehen, Frauen und besonders unschuldige Mädchen für sich zu gewinnen. Die Leute aus dem Dorf haben mir erzählt, dass er nach Einbruch der Dunkelheit oftmals *Gast* im Dorf war. Und dass er gelegentlich eines der jungen Dinger sogar dazu überredet hat, ihn hier zu besuchen. Meist sind diese jungen Frauen dann über kurz oder lang verschwunden.« Er sah sie eindringlich an. »Sie sind ebenfalls in Gefahr, Patricia. Ich kann Ihnen nicht sagen, woher ich das weiß, aber Sie müssen aus dem Schloss sein, bevor Churtham wiederkommt. Bitte, vertrauen Sie mir.«

Pat starrte auf ihre Finger, die sie ineinander verkrampft hatte, und schwieg. Um dasselbe hatte auch Churtham sie gebeten. Und sie hatte, nach allem was geschehen war, wohl weitaus weniger Grund, ihm zu glauben und zu vertrauen als Pentwell.

Sie atmete tief durch und entschied sich dann spielend leicht für Maximilian. »Ich glaube nicht, Mr Pentwell, dass ich in Gefahr bin.«

Pentwell machte eine ungeduldige Handbewegung und wandte sich verärgert ab, dabei fiel sein Blick auf das Bild. Er zuckte sichtlich zusammen. »Das ist er! Das ist er selbst …«

»Unmöglich«, erwiderte Pat, wider besserer Ahnung. »Das Bild wurde vor zweihundert Jahren gemalt. Kein Mensch kann so alt werden.«

Pentwells Stimme klang belegt. »Wie ich Ihnen schon sagte, meine liebe Miss Smith, er ist kein Mensch.« Er kam näher. »Es ist dies jetzt keine gute Gelegenheit, und Sie werden vielleicht vermuten, dass ich Ihre derzeitige Lage ausnütze, aber das liegt mir fern.« Er quälte sich ein Lächeln ab. »Es ist so, Patricia, dass Sie einen sehr tiefen Eindruck auf mich gemacht haben, was mich selbst erschüttert, da ich seit dem Tod Antoinettes, meiner ermordeten Verlobten, keiner derartigen Gefühle mehr fähig zu sein glaubte …« Er unterbrach sich rasch, als er Pats abweisenden Ausdruck sah. »Aber davon später. Jetzt ist es wichtiger, dass ich Sie in Sicherheit bringe.«

»Ich werde das Schloss nicht verlassen«, sagte Pat ruhig. Pentwell war ein Gentleman, darüber konnte vermutlich kein Zweifel bestehen, und wohl ebenso ein Ehrenmann wie Churtham ein Vampir war, aber sie hatte keine Angst vor Maximilian. Er mochte vielleicht gefährlich sein, aber er würde ihr niemals etwas tun, und sie fühlte sich hier und in seiner Nähe sicherer als draußen in der Dunkelheit oder mit Pentwell.

Die Augen ihres Besuchers veränderten sich, und Pat glaubte sekundenlang zu bemerken, wie sie sich rot färbten. In Maximilians Augen hatte sie schon mehr als einmal ein rötliches Glimmen bemerkt, aber bei Pentwell war es anders. Gefährlicher und fast ein wenig abstoßend, da nicht nur seine Pupillen leuchteten, wie dies bei Maximilian der Fall war, sondern die ganze Iris rot war. Sie musste sich jedoch getäuscht haben, denn er senkte die Lider, und als er sie wieder hob, hatten seine Augen wieder dasselbe Grau wie immer. »Das werden Sie bereuen, Miss Smith«, sagte er gepresst. »Sie werden das noch sehr bereuen, und ich hoffe, dass ich dann in der Nähe sein werde, um Sie vor diesem … Mann zu schützen. Aber ich sehe, dass er bereits seinen ganzen unheilvollen Einfluss auf Sie ausgeübt hat.«

»Es tut mir leid, dass Sie sich vergeblich hierher bemüht haben, Mr Pentwell«, sagte Pat höflich, der das Gespräch schon unangenehm wurde, und der es lieber gewesen wäre, ihr später Gast hätte sich verabschiedet.

Er trat noch näher an sie heran, und sie widerstand dem Drang, sich zurückzuziehen. »Ich kann Sie leider nicht zwingen, mir zu vertrauen oder mit mir dieses Schloss zu verlassen, aber Sie wissen, wo Sie mich finden können.« Er beugte sich herab und küsste sie zart auf die Wange. Pat hielt widerwillig still, aber als er Anstalten machte, seine Arme um sie zu legen, entwand sie sich ihm entschlossen und trat schnell einige Schritte von ihm weg. Etwas Unheimliches war plötzlich von ihm ausgegangen und hatte Abscheu in ihr ausgelöst. Es war, als würde er vor ihr etwas verbergen, ein anderes Ich, das unter der äußeren Höflichkeit schlummerte und jederzeit hervorbrechen konnte.

Pentwell blieb schwer atmend stehen, dann wischte er sich über die Augen und verbeugte sich steif vor ihr. »Verzeihen Sie bitte, meine liebe Patricia. Sie … bedeuten mir sehr viel, aber ich hätte mich nicht gehen lassen dürfen.«

»Ich weiß Ihre Sorge um mich sehr zu schätzen«, sagte Pat höflich. »Aber mein Entschluss steht fest. Ich werde das Schloss nicht verlassen.«

»Wie Sie es wünschen, Miss Smith. Aber bitte denken Sie immer daran, dass Churtham über jedes Mittel verfügt, Sie sich gefügig zu machen.«

Nachdem Pentwell mit einem sehr bewegten Gesichtsausdruck und einem langen Blick in ihre Augen Abschied genommen hatte, lief Pat nervös im Zimmer hin und her. Es war nicht das erste Mal, dass sie den

Eindruck gehabt hatte, hinter Pentwells Höflichkeit verberge sich etwas anderes, auch wenn sie diesen Gedanken immer schnell von sich geschoben hatte. Vielleicht lag es ja auch nur daran, dass er Churtham nicht mochte und sie ihm das insgeheim übelnahm.

Bei Maximilian dagegen hatte sie niemals den Eindruck, er würde sein wahres Ich verstecken. Wenn er freundlich zu ihr war, dann glaubte sie es ihm mit jeder Faser ihres Herzens. Sie blieb, wie so oft, vor dem Bild stehen und betrachtete es. Seine Lippen waren viel schmaler als die von Pentwell und weitaus männlicher, auch wenn sie fast ständig von diesem etwas spöttischen und arroganten Lächeln umspielt waren. Und doch erschienen sie ihr so viel anziehender. Wenn *er* sie gehalten und versucht hätte sie zu küssen, hätte sie ihn gewiss nicht zurückgestoßen. Sie wurde bei diesem Gedanken ein bisschen rot und stieß ein sehnsuchtsvolles Seufzen aus.

Churtham war ohne jeden Zweifel ein Vampir, der keinen Schatten warf, in einem Sarg schlief und sich nicht spiegelte. Vermutlich hätte sie das Pentwell auf der Stelle sagen müssen, aber es war ihr unmöglich, Churtham zu hintergehen. Er hatte ihr auch nie etwas getan, sie nicht einmal bedroht. Nun gut, er hatte ein wenig an ihrem Finger gesaugt, aber dafür konnte sie Verständnis aufbringen. Welcher Vampir würde schon dem Anblick frischen, roten Blutes widerstehen können? Eine schier unmenschliche Selbstverleugnung wäre dies gewesen. Außerdem brauchte er Blut, um zu leben. Sie holte tief Luft, als sie erkannte, dass sie tatsächlich nach einer Entschuldigung für Churtham suchte. »Maximilian«, flüsterte sie leise vor sich hin.

Diese rätselhafte Anziehungskraft war plötzlich wieder da. Pentwell hatte sie davor gewarnt, aber sie konnte nicht glauben, dass Churtham tatsächlich auf eine Art Zauberei zurückgriff, um sie zu beeinflussen. Ihre Gefühle für ihn fühlten sich so echt an, kamen aus ihrem tiefsten Herzen, so dass es unmöglich war, sie für irgendeine Form von Hexerei zu halten.

Sie war völlig in den Anblick des Bildes versunken, als sich die Tür öffnete und Lord Churtham hereinkam. Es war zum Glück bereits eine Weile her, dass Pentwell das Haus verlassen hatte, und ein zufälliges Zusammentreffen der beiden auf dem Weg zum Schloss war unwahrscheinlich. Wobei sie nicht wusste, um wen sie sich in diesem Fall mehr hätte sorgen müssen.

»Schön, dass ich Sie noch hier antreffe, Miss Smith.« Er kam quer durch den Raum auf sie zu und trat dicht vor sie hin.

Pat strahlte ihn an, voller Freude ihn zu sehen, aber dann erstarrte ihr Lächeln. Seltsamerweise fühlte sie heute in seiner Gegenwart ein gewisses Grauen. Er war so anders als sonst. Kälter, fremder. Und etwas an der Art, wie er sie lauernd betrachtete, gefiel ihr nicht. Sie konnte nur hoffen, dass er nicht hungrig heimgekommen war.

Unauffällig trat sie einige Schritte weg, aber er ging ihr nach. Pat wich weiter zurück, bewegte sich langsam und mit steigendem Misstrauen um den Tisch herum. Was war nur los mit ihm? Und mit ihr? Weshalb verursachte ihr seine Nähe heute ein körperliches Missbehagen, während sie ihm sonst nicht nahe genug kommen konnte? Sie zuckte zusammen, als er plötzlich die Hand nach ihr ausstreckte.

»Was wollen Sie denn von mir?« Sie wich noch weiter zurück, als er nach ihr griff. »Lassen Sie mich!«

»Nein, meine Süße«, sagte er mit einem ironischen Lächeln, »lassen wir lieber diese Spiele.« Er sprang blitzschnell vor, packte sie am Arm und zerrte sie an sich.

»Spiele?«, fragte Pat panisch. Sie versuchte sich von ihm freizumachen, und es gelang ihr, sich loszureißen.

»So zier dich doch nicht so«, fuhr er sie ungeduldig an. »Ich bin es nicht gewöhnt, abgewiesen zu werden, und du kannst noch froh sein, wenn ich dich so höflich bitte und mir nicht gleich nehme, was ich will.«

»Wenn Sie mir zu nahe kommen, schreie ich um Hilfe!« Pat funkelte ihn hinter dem Lehnstuhl, wo sie sich in Sicherheit gebracht hatte, halb ängstlich, halb wütend an.

»Was glaubst du wohl, wer dir hier zu Hilfe kommen wird?«, fragte er höhnisch. »Vielleicht der Butler? Der sollte es nicht wagen, mich aufzuhalten! Man hat dir doch von meinem Ruf erzählt, oder? Von meinem nicht ganz einwandfreien Lebenswandel? Du hättest auf die Leute hören sollen. Auf diesen Mr Pentwell, der mich schon so lange verfolgt und mir doch nichts anhaben kann. Hat er dich nicht vor meinen verschiedenen perversen Leidenschaften gewarnt? War er nicht heute hier, um dich mitzunehmen? Hat er dir nicht erzählt, dass von Zeit zu Zeit junge Mädchen aus den umliegenden Dörfern verschwinden? Teilweise spurlos, aber einige hat man gefunden. Tot. Mit durchbissener Kehle und blutleer, ausgesaugt. Und der Arzt schwört, dass es kein wildes Tier war.«

Pat spürte eine unangenehme Kälte von den Beinen aufwärts kriechen, bis sie ihr Herz erreichte. Sie hätte Churtham verzeihen können, ein Vampir zu sein, aber sie ertrug es nicht, dass er sie belogen und sie ihm sogar geglaubt hatte. Und ihm vertraut …

Churtham lachte spöttisch. »Die Leute bekreuzigen sich, wenn der Name *Churtham* fällt.«

Das war ihr allerdings nicht neu. »Lassen Sie mich sofort in Ruhe!«

Er kam um den Sessel herum. »Du hättest auf die Leute hören sollen, statt mit dieser verlockenden weißen Kehle vor meiner Nase herumzutanzen.« Seine Augen waren blutunterlaufen, und Pat sah voller Bestürzung die spitzen Eckzähne, die unter seiner bösartig hochgezogenen Oberlippe zum Vorschein kamen. Im nächsten Moment hatte er sie auch schon gefasst, schneller, als sie überhaupt denken konnte, und presste seinen Mund auf ihren Hals. Pat zappelte, und dann tat sie etwas, das ihre wohlerzogene Familie vermutlich zu einem Kopfschütteln veranlasst hätte.

Churtham taumelte zurück und krümmte sich, die Hände über einen gewissen Punkt zwischen seinen Beinen haltend. »Na warte, du kleine Hexe, wenn ich dich bekomme! Zuerst mache ich dich fertig, bis du kreischst, und dann sauge ich dich bis zum letzten Blutstropfen aus!«

Pat war mit einigen raschen Schritten beim Kamin und zog den Schürhaken aus dem Holz. Churtham griff abermals nach ihr, aber sie wich aus. Er stolperte, fiel, und in diesem Moment schloss sie die Augen und schlug zu. Ihr war selbst nicht klar, ob sie ihn tatsächlich töten oder ihn einfach nur daran hindern wollte, sie zu beißen. Als er jedoch röchelnd mit dem Gesicht nach unten zu Boden fiel, war der fatale Erfolg ihres

Angriffs unzweifelhaft. Sie starrte ihn fassungslos an und griff sich entsetzt an die Kehle, während sich eine immer größer werdende Blutlache am Boden ausbreitete. Sie hatte Maximilan Churtham erschlagen! Einen Vampir, der sie hatte angreifen wollen. Aber vor allem einen, in den sie geradezu maßlos verliebt war.

»O Gott! Was habe ich nur getan!« Sie fiel neben ihm auf die Knie. Sie musste etwas tun! Ihm helfen!

Sie wollte soeben mit zittrigen Händen vorsichtig das Mordinstrument entfernen, als neben Churthams Kopf ein Paar glänzender Stiefel auftauchte. Sie sah langsam hoch, fast unfähig, sich von dem grausigen Anblick und ihrem Entsetzen loszureißen, und rang nach Luft, als sie den Mann erkannte, der wie aus dem Nichts hier aufgetaucht war.

Er hielt seine Handschuhe und seinen Hut in der Hand und sah stirnrunzelnd auf sie hinunter, bevor er den reglosen Körper eingehend musterte. Der Tote lag mit dem Gesicht nach unten da, Arme und Beine weit von sich gestreckt, und der Schürhaken steckte noch in seiner Hirnschale.

»Das sieht nicht gerade nach einem Unfall aus.«

»Das war es auch nicht«, keuchte Pat, am ganzen Leib zitternd. Sie fühlte sich schwindlig, und schwarze Pünktchen vor ihren Augen hinderten sie daran, klar zu sehen. Sie kroch auf den Knien zurück, weg von der Leiche und dem Mann, der daneben stand, und lehnte sich halb ohnmächtig an einen Sessel.

»Ich hoffe, Sie werden mich in Ihr Vertrauen ziehen, weshalb Sie es für nötig befunden haben, diesen Mann mittels eines Schürhakens ins Jenseits zu befördern«, sagte Churtham höflich. Er hatte Hut und

Handschuhe auf einen kleinen Tisch geworfen und kniete sich nun neben dem anderen hin, um seinen Puls zu fühlen.

»Um Himmels willen! Ich dachte, Sie wären es!«, stieß sie krächzend hervor.

Churthams Kopf fuhr herum, und für Sekundenbruchteile stand eine schmerzliche Fassungslosigkeit in seinen Augen, dann hatte er sich wieder in der Gewalt. Er stand langsam auf. »Wie war das?«

»Er ...« Pat konnte es immer noch nicht begreifen, aber das bekannte Leuchten in Churthams Augen, seine sichere und vertraute Gegenwart sagten ihr, dass dieser Mann vor ihr wirklich Maximilian Churtham war. »Er war plötzlich im Zimmer, und er sah genauso aus wie Sie!«, schluchzte sie trocken auf, taumelte hoch und wollte sich schutz- und trostsuchend an ihn schmiegen, aber er fasste sie an den Armen und hielt sie ein wenig von sich ab.

»Und das schien Ihnen Grund genug, ihn zu erschlagen?«, fragte er sarkastisch.

Pat schüttelte langsam den Kopf, kaum in der Lage, einen vernünftigen Gedanken zu fassen. Aber jetzt, wo Churtham zweifelsfrei lebte, sie sich an seinen Mantel klammern konnte, sie seine Hände warm und tröstlich auf ihren Armen und seinen Atem auf ihrem Gesicht fühlte, war ihr gleich viel wohler. Nicht, dass ihre entsetzliche Tat sie nicht mehr schockierte – aber es war eben alles leichter, solange Maximilian Churtham nur lebte, sogar unverletzt war und sie nicht hatte angreifen wollen. Auch wenn das alles war, was sie begriff. Es war wenig genug, aber im Moment genügte es ihr vollkommen.

»Und was haben Sie jetzt mit ihm vor?«, fragte er kühl. Sehr kühl sogar. Ganz offensichtlich nahm er ihr übel, dass sie seinen Doppelgänger erschlagen hatte.

Pat schielte über die Schulter auf den Toten. »Wir könnten ihn im Keller verstecken«, schlug sie schüchtern vor.

»Nein, auf gar keinen Fall«, kam es entschieden zurück. »Ich habe definitiv etwas dagegen, wenn Sie Ihre Leichen in meinem Keller verbergen wollen.«

»Wenn ich vielleicht das Moor vorschlagen darf?« Simmons war unbemerkt näher gekommen und betrachtete den Toten mit der undurchdringlichen Miene des gut geschulten Butlers. Pat musterte Churtham mit erstarkender Hoffnung.

»Wie stellen Sie sich das vor?«, fragte der Schlossherr mit Missfallen in der Stimme. »Sollen wir diese Leiche etwa in die draußen wartende Kutsche legen und dem Kutscher Anweisung geben, sie Richtung Moor zu bringen und dort zu versenken?«

»Ich hätte nicht gedacht, dass Sie so wenig hilfsbereit sind«, piepste Pat mit leichtem Vorwurf in der zittrigen Stimme.

»Hilfsbereit?« Er sah sie an, als könne er seinen Ohren nicht trauen, hielt sie jedoch immer noch an den Armen, als hätte er Angst, sie könnte zusammensinken, sobald er sie losließ.

»Außerdem kann es Ihnen doch wohl nicht darauf ankommen, oder?«, setzte sie in der Erinnerung an die Tote im Wald hinzu.

»Wie meinen Sie das?« In Churthams Augen erschien wieder dieses mysteriöse Licht.

»Wenn ich vielleicht vorschlagen darf, unfruchtbare

Diskussionen auf einen späteren Zeitpunkt zu verschieben«, war Simmons' kultivierte Stimme zu vernehmen. »Gegenwärtig erscheint es mir von Bedeutung, wenn alle Schlossbewohner bei der Lösung dieses … äh … unästhetischen Problems Einigkeit zeigen. Außerdem sollten wir vielleicht auch eine Möglichkeit finden, den Kutscher fortzuschicken, ohne dass er misstrauisch wird.«

Churtham sah von Pat, die unter seiner eindringlichen Musterung etwas rosig geworden war, auf Simmons. »Ist es einer vom Dorf?«

»Soviel ich weiß, nein, Mylord. Es ist eine Mietkutsche aus Dunster.«

»Gut, ich erledige das. Rufen Sie in der Zwischenzeit Andrews, damit er Ihnen hilft, die Leiche hinauszutragen. Und dann soll Mrs Simmons das Blut entfernen, es sieht hier aus wie in einem Schlachthof.« Er ließ Pat los, nachdem er sich überzeugt hatte, dass sie allein stehen konnte, drehte sich in der Tür aber noch einmal um. »Miss Smith, ich halte es für angebracht, dass Sie Mrs Simmons bei dieser Arbeit behilflich sind.«

Pat schluckte, hockte sich mit weichen Knien auf einen Stuhl und wartete regungslos, bis Simmons mit dem Kutscher zurückkam.

»Meiner Treu«, sagte dieser, während er seine verfilzte Kappe abnahm. »So 'ne Schweinerei hab ich nich' mehr gesehen, seit mein Onkel, Gott hab ihn selig, von meiner Tante dabei erwischt wurde, wie …«

»Ihre Erinnerungen sind im Moment nicht gefragt, Andrews«, unterbrach ihn Simmons ungnädig. Er trug eine Decke in der Hand, die er neben Churthams Doppelgänger ausbreitete. Dann zog er den elenden

Schürhaken mit einem Ruck heraus und fasste den Mann bei den Beinen, während Andrews ihn bei den Armen nahm. Pat sah blicklos zu, wie sie ihn auf die Decke legten und ihn darin einwickelten.

In diesem Moment kam der Schlossherr wieder herein.

»Ist der Kutscher ohne zu fragen weggefahren?«, fragte Pat besorgt.

»Natürlich. Ich verfüge schließlich über gewisse Möglichkeiten, Leute zu beeinflussen.«

»Geistige Beeinflussung?« Sie konnte sich erinnern, so etwas Ähnliches einmal gelesen zu haben.

»Geld, Miss Smith. Ich habe von *Geld* gesprochen.« Er nickte Simmons und Andrews zu. »Tragen Sie den Mann jetzt hinaus in meine Kutsche, dann spannen Sie an. Ich werde Sie zum Moor begleiten, um sicherzugehen, dass keine weiteren Zwischenfälle eintreten. Und Sie, Mrs Simmons«, wandte er sich an seine Haushälterin, die mit einem Eimer Wasser durch die Tür trat, und deutete dabei auf die Blutflecken an der Wand und der Tür und auf die kleine Lache am Boden, »sind so gütig, Miss Smith bei der Bereinigung dieser blutigen Angelegenheit zu unterstützen.«

Der Mann griff sich stöhnend an den Kopf, als er in der schaukelnden Kutsche erwachte. »Verdammtes Höllenweib«, knurrte er böse. Er setzte sich ein wenig auf, öffnete die Augen und erstarrte. Sekundenlang brachte er kein Wort heraus, und was er dann sagte, glich mehr einem Ächzen. »Sie … Sie sind hier?«

»Ja, ich.« Churtham saß wie unbeteiligt auf der anderen Seite, lässig zurückgelehnt, die Hände in den Manteltaschen vergraben, ein Bein über das andere gelegt. Er wirkte ganz harmlos, aber der Blick, mit dem er den anderen bedachte, war weit davon entfernt, auf diesen beruhigend zu wirken. Seine Augen hatten ein zartes rötliches Glühen angenommen, das sein Gegenüber veranlasste, sich etwas tiefer in die Polster zu drücken.

»Was wollen Sie von mir?«

»Du lässt nach«, erwiderte Churtham spöttisch. »Früher hättest du gewusst, mit wem du dich anlegst. Es sollte nämlich eher heißen: Was wolltest *du* in meinem Haus, Muran?«

Die Hand des Mannes fuhr an seinen Kragen. »Ihr Haus? Wieso denn? Ich wollte doch nur …« Er lachte gezwungen und hob abwehrend die Hände. »Ich war doch nur wegen dieser Frau dort.« Er versuchte ein Lächeln. »Sie verstehen?«

»Sollte ich?« Churthams Blick brannte förmlich ein Loch in die Haut des anderen, dann wandte er sich ab und sah zum Fenster hinaus. Es war dunkle Nacht, der Mond war schon wieder untergegangen, und die vorbeirasende Umgebung wurde nur durch den matten Schein der Sterne erhellt. »War es deine Idee, hier aufzutauchen und sie anzugreifen?«, fragte er nach einer kurzen Pause.

»Ich habe sie nicht angegriffen«, erwiderte der andere hastig. »Das wäre mir niemals eingefallen! Ich hatte kaum das Zimmer betreten, als sie auch schon auf mich einschlug.«

»Das hört sich fast so an, als müsste ich dir sogar

dankbar sein, dass sie dich für mich gehalten hat, sonst hätte sie vermutlich versucht, mich zu erschlagen.« Er klang völlig unbeteiligt, aber das gefährliche Glühen in seinen Augen hatte sich verstärkt.

»Aber es war doch nicht meine Idee! Sondern *seine*. Mir würde es im Traum nicht einfallen, mich mit Ihnen anlegen zu wollen«, ächzte Muran entsetzt. »Ich weiß nicht, was er damit bezweckt hat, nur, dass er diese Frau schon länger kennt und sie haben will. Er war noch kurz vorher bei ihr und hat mit ihr gesprochen. Vermutlich hat er sie dazu angestiftet, mir eins drüberzuziehen.«

Churtham musste nicht erst fragen, wer *er* war. Er wusste es zu gut. »Wie nennt er sich jetzt?«, fragte er nur. Draußen in der Welt wechselten sie ständig ihren Namen, je nach Lust und Laune und Bedarf, aber die Eingeweihten, Freunde wie Feinde, verwendeten untereinander ihre richtigen Namen. Seine Hände hatten sich in den Manteltaschen zu Fäusten geballt, und aus seinen Augen zuckten Flammen.

»Pentwell«, keuchte Muran. »William Pentwell.« Er kroch in sich zusammen, als er die Veränderung bemerkte, die in seinem Gegenüber vor sich ging. »Es war ein Fehler von mir! Ein großer Fehler, und ich schwöre, dass ich diesem Schloss oder diesem Weibsstück nie wieder nahe kommen werde!«

Über Churthams Gesicht flog ein kaltes Lächeln. »Dessen bin ich mir sogar völlig sicher.«

Churtham stand nach seiner Rückkehr an einem großen Fenster in der Bibliothek und starrte in die Dunkelheit hinaus. Er hatte beide Flügel weit geöffnet, so dass die kühle Nachtluft ins Zimmer drang und den Geruch des Waldes, des Moors und unzähliger Pflanzen mit sich brachte.

Er sah oder spürte davon jedoch nichts, sondern war so von kochendem Zorn erfüllt, dass er kaum noch einen klaren Gedanken fassen konnte. Vor allem konzentrierte sich seine Wut auf Patricia. Diese Patricia Smith, die ihn hintergangen hatte. Er hatte noch so einiges von Muran erfahren, bevor dieser für immer sein elendes Leben ausgehaucht hatte, und es konnte – selbst wenn man nur die Hälfte davon glaubte – kein Zweifel bestehen, dass Patricia gemeinsame Sache mit seinem größten Feind gemacht hatte.

Dafür würde sie bezahlen. Er hatte schon viel zu lange geduldet, dass diese Frau einen solchen Einfluss auf ihn ausübte, und hatte sich zum Narren gemacht, als er sie beschützt und auf sie verzichtet hatte, obwohl ihn das Verlangen nach ihr lichterloh brennen ließ. Aber nun würde er sie nehmen, wie er das schon gewollt hatte, seit sie in dieses Schloss gekommen war, und dafür sorgen, dass sie in Zukunft nicht einmal mehr daran dachte, ihn zu betrügen und zu belügen.

Das Feuer im Kamin hinter ihm flackerte, brannte immer höher, kleine Funken stoben heraus, mehr und mehr, bis sich ein glühender Ball aus ihnen formte, der sich vom Kamin weg bewegte und dann einige Schritte hinter Churtham verharrte.

Er wandte sich um und sah aus schmalen Augen

auf die Feuerkugel, die zunehmend heller wurde, bis sie nur noch aus reinem Licht zu bestehen schien. »Welch seltener Besuch«, sagte er ironisch. »Es kommt nicht oft vor, dass sich jemand von euch hierher verirrt. Was verschafft mir die Ehre?«

Die leuchtende Kugel schwebte reglos vor ihm. Eine sanfte, weiche Stimme erfüllte plötzlich den Raum. Churtham wusste, dass sie von der Feuerkugel ausging, obwohl sie von allen Seiten gleichzeitig auf ihn einzudringen schien. »Ein Besuch bei einem alten Freund, nicht mehr und nicht weniger ...«

»Freund?« Churthams Lippen verzogen sich zu einem sarkastischen Lächeln, als er langsam um die Kugel herumging.

»Schon seit undenklichen Zeiten«, erwiderte die Stimme sanft.

Churtham lachte kurz und bitter auf. »Was willst du von mir?«

»Sehen, wie es dir geht.«

Churtham ließ sich in einen Lehnsessel fallen und musterte das Wesen unter halbgeschlossenen Lidern. »Seit wann so besorgt?«

»Fühlst du dich wohl mit deinem Leben?«, fragte die Feuerkugel. Sie begann ihre Gestalt zu verändern, ein Lichtkörper bildete sich heraus, die Konturen einer schlanken Frau mit langem, leuchtendem Haar.

»Wohl fühlen?« Er hob die Augenbrauen. »Hätte ich es sonst gewählt, wenn ich es nicht so wollte, wie es ist?«

Die Lichtgestalt hob die Schultern und machte eine ungeduldige Geste mit den Händen.

»Bist du unterwegs auf Seelenfang?«, fragte Churtham spöttisch.

Der Körper glühte kurz und zornig auf. Churtham lachte und beugte sich ein wenig vor. »Geht es dabei um meine oder die von jemandem anderen?«

»Gewiss nicht um deine«, kam es abweisend.

»Patricia Smith also.« Churthams Lächeln wurde eisig.

»Sie ist eine Chance«, sagte die leuchtende Gestalt. »Vielleicht solltest du darüber nachdenken, bevor du sie zu dir hinabziehst und sie vernichtest.«

Churthams Augen wurden schmal, aber das Flackern darin war unverkennbar. »Du solltest dich nicht in meine Angelegenheiten mischen«, erwiderte er kalt. »Und schon gar nicht hier, wo du keinen Einfluss hast.«

»Ich weiß, die Dunkelheit ist dein Reich und das von deinesgleichen«, erwiderte die weiche Stimme, »aber ich habe keine Angst vor dir.«

Churtham lehnte sich im Sessel zurück und schlug die Beine übereinander. »Geh dahin, wo du hergekommen bist, und lass mich in Ruhe, bevor ich mich ernsthaft von dir gestört fühle und vielleicht unsere alte *Freundschaft* vergesse.«

Das leuchtende Geschöpf kam schnell und zornig näher, blieb dann jedoch stehen. »Du bist unbelehrbar! Meinst du, du könntest wirklich so schnell mit mir fertig werden wie mit diesem armseligen Wesen, das du heute getötet hast?!«

Churtham machte eine vage Handbewegung und grinste spöttisch. »Willst du es darauf ankommen lassen?«

»Du Narr!«

Er verzog den Mund. »Schon möglich. Aber nicht genug, um mich länger mit dir zu unterhalten.«

Die Gestalt vor ihm stand sekundenlang regungslos, dann wurde ihr Leuchten schwächer und schwächer, bis sie nur mehr aus ganz kleinen Lichtpünktchen zu bestehen schien, die langsam erloschen …

Pat hatte mit Mrs Simmons schon alle Spuren beseitigt, ihr von Blutspritzern beschmutztes Kleid gewaschen und saß nun, nur mit Nachthemd und Schlafrock bekleidet, in ihrem Zimmer, um auf Churtham zu warten. Das Erlebte war noch viel zu frisch und zu schrecklich in ihrer Erinnerung, um sie Ruhe finden zu lassen. Aber noch mehr wollte sie Churtham sehen, ihm erklären, weshalb sie diesen Mann erschlagen hatte.

Obwohl sie darauf gewartet oder sogar gehofft hatte, zuckte sie zusammen, als es an ihrer Tür klopfte.

Es war Simmons. »Miss Smith, Lord Churtham bittet Sie, in die Bibliothek zu kommen.«

»Ja, ich komme schon.« Pat raffte ihren Schlafrock zusammen und wollte an Simmons vorbei, aber der stand so in der Tür, dass sie nicht durchkonnte. Sein Blick war sehr besorgt.

»Was ist denn?«

»Ich würde Ihnen gerne raten, nicht hinunterzugehen«, sagte er vorsichtig, »aber das würde nichts nützen und Seine Lordschaft nur noch mehr aufbringen.«

»Ist er sehr verärgert?«, fragte Pat betroffen.

Simmons senkte den Blick. »Ja, so könnte man es nennen.«

»Das ist umso mehr Grund, dass ich mit ihm spreche.« Sie schob Simmons zur Seite.

»Seien Sie bitte vorsichtig, Miss Smith, und reizen Sie Seine Lordschaft nicht noch zusätzlich.«

Pat dachte kurz nach, dann huschte sie nochmals ins Zimmer und holte etwas aus ihrer Kommode, bevor sie den dunklen Gang entlanglief.

Als sie in die Bibliothek trat, stand Churtham am Kamin, hatte einen Fuß auf den Sockel gestützt und lehnte mit dem Ellbogen am Sims. »Ach ja, Miss Smith. Wie liebenswürdig, dass Sie meiner Bitte Folge geleistet haben.« Er deutete, ohne sich umzusehen, auf den Lehnsessel neben dem Kamin. »Nehmen Sie doch bitte Platz.«

Pat setzte sich folgsam hin und sah ihn zweifelnd an. Ein allzu höflicher Churtham schien ihr tatsächlich verdächtig.

»Und jetzt haben Sie die Güte, mir mitzuteilen, was vorgefallen ist. Und zwar die Wahrheit.«

Pat starrte ihn an. Die Wahrheit?

»Miss Smith, ich warte auf Antwort.« Maximilians Stimme klang ruhig. Zu ruhig, fand Pat. Sie bemerkte wieder dieses Glimmen in seinen Augen, das ihn ihrer Ansicht nach fast noch attraktiver machte als der gutsitzende Anzug, seine männlichen Gesichtszüge und das lange dunkle Haar. Sie zuckte mit den Schultern, dankbar, dass sie trotz ihrer Müdigkeit und des erlebten Schreckens die Geistesgegenwart besessen hatte, sich die Knoblauchkette umzulegen. »Er hat mich angegriffen.«

Churtham winkte ab. »Das ist Ihre Version, aber darum geht es jetzt nicht. Ich möchte wissen, was vorher war.«

»Vorher?« Sie sah unsicher zu ihm hinüber. Sollte sie

ihm tatsächlich von Pentwell erzählen? Sie dachte an die Warnung des Butlers. Wenn sie jetzt wirklich zugab, mit dem Vampirjäger Pentwell gesprochen zu haben, würde das Maximilian wohl nicht gerade besänftigen.

»Ob Sie Besuch hatten. Ein gewisser William Pentwell vielleicht, den Sie schon längere Zeit kennen? Den Sie auf der Reise und mehrmals im Dorf getroffen haben?« Seine Stimme war mit jedem Wort schneidender geworden, aber Pat sah nur zu Boden, ohne zu antworten. *Jetzt* war sie sich sogar völlig sicher, dass jedes weitere Wort ihn noch mehr aufbringen würde.

Es war eine Weile still zwischen ihnen, man hörte nur das immer lauter werdende Knacken der Holzscheite im Kamin, und als Pat vorsichtig hinüberschielte, bemerkte sie, dass das Feuer plötzlich noch viel heller brannte als zuvor. Die Flammen züngelten bis hoch hinauf und erreichten Maximilian, der furchtlos daneben lehnte und hineinstarrte. Sie schnupperte. Es ging ein leichter Brandgeruch von ihm aus, der sie irritierte.

»Hat *er* sie dazu angestiftet, mich anzugreifen?«

»Nein.« Pat krampfte ihre Finger ineinander, damit er nicht sah, wie sie zitterten. Er hatte mit dieser Anschuldigung einen wunden Punkt getroffen. Nicht, was Pentwell betraf, sondern weil sie vor Angst so außer sich gewesen war, dass sie einen Mann erschlagen hatte, den sie für Maximilian gehalten hatte. Und dass sie zuvor von ihm angegriffen worden war, schien Seine Lordschaft nicht zu interessieren. Aber wenn sie gerecht war, musste sie zugeben, dass sie an seiner Stelle wohl ähnlich empfunden hätte.

»Ich bedaure zutiefst, Sie mit meinen Fragen zu inkommodieren, Miss Smith«, sagte er mit beißendem Spott, »aber Sie werden hoffentlich Verständnis dafür aufbringen, dass ich wissen möchte, weshalb Sie mit dieser Entschlossenheit versucht haben, meinem Leben ein Ende zu setzen.« Er machte eine kurze Pause, bevor er weitersprach, während Pat mit hängendem Kopf dasaß. »Ich darf wohl davon ausgehen, dass diese Aversion Ihrerseits vielleicht doch vom Einfluss dieses gewissen Mr Pentwell herrührt?« Er wandte den Kopf, und als Pat aufsah, meinte sie, kleine Flämmchen in seinen Augen und an seinen Haarspitzen zu sehen. Sie fand, dass er ganz anders aussah als sonst: wilder, fremder, interessanter und dabei überaus anziehend.

Alles Eigenschaften, die es ihr ratsam erscheinen ließen, schnellstens ihr Zimmer aufzusuchen. Sie stand auf. »Gute Nacht oder besser: guten Morgen, Mylord. Ich werde mich jetzt zurückziehen. Vielleicht sollten wir morgen weitersprechen.« Churtham war jetzt offenbar in einer Stimmung, wo jedes weitere Wort sinnlos war.

Er kam auf sie zu, ihr den Weg zur Tür abschneidend.

Pat wich aus. »Bleiben Sie, wo Sie sind!«

»Wollen Sie mich etwa auch mit dem Schürhaken niederschlagen?« Er fragte das sehr sanft, aber das flackernde Feuer in seinen Augen war stärker geworden. »Dieses Mal würden Sie sogar den richtigen treffen, das kann ich Ihnen versichern.«

»Nein, das will ich auf keinen Fall! Und das wollte ich auch nicht!« Pat griff nach der Knoblauchkette, betend, dass der Knoblauch auch wirklich nutzte.

»Oder wollen Sie mich stattdessen gar mit Knoblauch bewerfen?«, fragte er noch sanfter. Er war jetzt schon ganz nahe, und ein verächtliches Lächeln zuckte kurz um seine Mundwinkel, bevor er nach der Kette griff, sie mit einem Ruck herunterriss und in das hell lodernde Kaminfeuer schleuderte. »Ich verabscheue diesen Geruch, Miss Smith, das sagte ich Ihnen ja schon. Aber das ist auch schon alles.« Er ging langsam um sie herum. »Aber jetzt interessiert es mich viel mehr, was zwischen Ihnen und diesem sauberen Mr Pentwell war.«

Pat schnappte nach Luft, als sie seinen Atem in ihrem Nacken fühlte, und machte einen schnellen Schritt nach vorn. »Es war nichts!« So ganz rein war ihr Gewissen dennoch nicht. Schließlich hatte sie sich lange genug Pentwells abfällige Reden über Churtham angehört, ohne diesem davon zu erzählen. Was er jetzt irgendwie herausgefunden hatte und ihr offensichtlich sehr übel nahm.

»So? Meinen Sie? Das sehe ich anders.« Er packte sie an den Schultern und drehte sie zu sich herum. »Ich denke doch, dass ich ein gewisses Recht darauf besitze zu erfahren, was war. Schließlich würde es mich doch zu sehr interessieren, ob Sie Ihre bisherige Harmlosigkeit und Unschuld nur vorgetäuscht haben. Oder ob Sie sogar gemeinsame Sache mit diesem Pentwell machen? Einem erklärten Feind von mir?«

»Lassen Sie mich! Ich will auf mein Zimmer.« Sie machte sich los, lief zur Tür, aber als sie diese erreicht hatte und öffnen wollte, stand Churtham schon dort und drückte sie wieder zu. Er presste Pat mit dem Rücken gegen die Wand, und sie atmete zitternd ein, als er sich vorbeugte, bis seine Lippen ihre Wange berührten, sie streichelten, über ihr Ohr abwärts glitten. »Natürlich ist etwas gewesen«, flüsterte er an ihrem Hals, dort, wo ihr Puls heftig pochte. Sein Atem strich dabei verführerisch über ihre Haut. »Du kannst es nicht abstreiten, meine falsche kleine Unschuld. Außerdem kenne ich seine Methoden, jemanden wie dich zu überzeugen, nur zu gut.«

»Sie haben versprochen, mir nichts zu tun«, hauchte sie. Sie hörte ihr Herz bis zum Hals hinauf schlagen, wusste jedoch selbst nicht, ob es aus Angst war oder aus Erregung, weil er ihr so nahe war und sie berührte. Die Hitze, die von ihm ausging, ließ ihre Haut glühen.

»Das habe ich niemals gesagt. Ich habe dich gebeten, mir zu vertrauen. Was du aber, wie es nun scheint, nicht getan, sondern im Gegenteil die erstbeste Gelegenheit ergriffen hast, dich gegen mich zu stellen.«

»Das war nicht so …«

»So? Dann sag mir, wie es war.« Seine Stimme klang dunkel, erotisch und ungemein anziehend. Pat wusste, dass sie versuchen sollte zu entkommen, fühlte sich im Moment aber nicht in der Lage, sich von ihm freizumachen. Sie fürchtete sich zwar, hatte aber, so sagte ihr der Verstand, noch viel zu wenig Angst vor ihm. Seine Lippen glitten noch weiter hinab, über ihr züchtig bedecktes Dekolleté, bis dorthin, wo ihre Brüste begannen. Sie fühlte die Wärme seiner Berührung bis auf die Haut und stöhnte leise, als er begann, ihre Brüste zu küssen, fest und eindringlich, dabei feuchte Stellen hinterlassend, die sie durch den Stoff hindurch spürte. Während er sie mit der rechten Hand weiterhin festhielt, wanderte seine linke hinab, streichelte über ihren Arm, glitt über ihre Taille, ihre Hüfte und dann nach hinten. Sie unterdrückte nur mit Mühe einen überraschten Schrei, als sie seine Hand spürte, die mit einem entschlossenen Griff ihren Unterkörper fest an seinen zog, so dass sie seine Schenkel fühlte und noch etwas anderes, Hartes, das sich in ihren Körper bohrte und eine so heftige, leidenschaftliche Gefühlsregung in ihr auslöste, dass sie glaubte, im Körper einer Fremden zu stecken.

Irgendetwas in ihrem Hinterkopf raunte ihr eindringlich zu, dass sie sich wehren sollte, bevor es zu spät war. Er war so unheimlich, ganz anders als der Maximilian Churtham, den sie in der letzten Zeit kennengelernt hatte. Fast so wie damals, als er sie durch die Gruft geschleppt und verhöhnt hatte. Sie hob die Arme und stieß ihn mit aller Kraft von sich weg. Er taumelte einen Schritt zurück, Pat nutzte ihre Freiheit, um die Tür aufzureißen und wie von wilden Tieren gejagt durch die Halle und hinauf in ihr Zimmer zu rennen.

Oben angekommen, schlüpfte sie durch die Tür, schloss hinter sich ab und schob dann noch ein kleines Tischchen vor, in der Hoffnung, Seine blutsaugende und im Moment etwas beängstigende Lordschaft würde nicht auf die Idee kommen, die Tür aufbrechen zu wollen. Sie blieb einige Schritte dahinter stehen und lauschte hinaus. Draußen war alles ruhig. Also war ihre Sorge unbegründet gewesen und er hatte nicht die Absicht, sie zu verfolgen und weiter zu bedrängen. Sie wollte sich soeben erleichtert aufs Bett setzen, als die Tür mit einem lauten Krachen aus den Angeln barst und mitsamt dem Tisch quer durch das Zimmer flog. Pat starrte zuerst fassungslos auf die Tür, dann auf Churtham, der wie aus dem Boden gewachsen knapp neben ihr stand.

»Ich mag es nicht, wenn man mich in meinem eigenen Haus aussperrt«, sagte er mit jener sanften Stimme, die das Höllenfeuer in seinen Augen Lügen strafte und Pat sofort kleine Kälteschauer der Angst über den Rücken jagte. Sie hob abwehrend die Hände, aber da hatte er sie auch schon in seine Arme gerissen und hielt sie so fest, dass sie sich nicht mehr aus seinem Griff befreien konnte.

»Nicht«, bat Pat erstickt. Sie fühlte, wie sich seine Brust bei jedem Atemzug hob, spürte seinen Atem auf ihrem Gesicht, die Hitze, die durch seine Nähe in ihr aufstieg, auch wenn das Gefühl fast übermächtiger Anziehung mit Furcht vermischt war.

»Es wird dir gefallen«, flüsterte er heiser an ihrer Haut. Seine Lippen glitten, eine glühende Spur hinterlassend, über ihren Hals, ihre Wangen. »Und mir gefällt es, wenn du dich wehrst, das macht die Sache sogar noch interessanter.«

Maximilian spürte deutlich ihr Zittern, ihre leise Furcht, die ihn noch mehr erregte. Hatte er sie nicht schon die längste Zeit haben wollen und nur in seiner unsäglichen Dummheit auf sie verzichtet? Jetzt war der Moment gekommen, wo er dieser in ihm brennenden Begierde endlich nachgeben würde. Und sie gleichzeitig für ihren Verrat bestrafen. Er hatte sie schon so lange begehrenswert gefunden, so sehr, dass ihn bisher nichts von der Vorstellung, sie zu besitzen, hatte befreien können, und nun gab es keinen Grund mehr, sie unangetastet zu lassen.

Seine rechte Hand öffnete ihren Schlafrock, während die andere sie unnachgiebig festhielt. Pat spürte, wie seine Finger in den Ausschnitt ihres Nachthemds glitten, ihre Brust suchten und sie umfassten. »Am Ende wirst du doch nachgeben. Wir haben viel Zeit, meine falsche kleine Unschuld. Unendlich viel Zeit«, sprach er weiter. Seine Stimme klang sehr dunkel und sanft, aber Pat hatte den Eindruck, durch seine Augen hindurch in ein Flammenmeer zu blicken.

Sie zuckte zusammen, als er zuerst den Schlafrock von ihren Schultern schob und gleich darauf das Nachthemd mit einem derben Ruck aufriss und den zerfetzten Stoff abstreifte. Jeder Gedanke an Gegenwehr war plötzlich verschwunden, und sie war wie hypnotisiert von seiner Stimme, seinen Berührungen und seinen Augen. Der Stoff fiel mit einem leisen Rascheln zu Boden, und sein Blick wanderte, gefolgt von seinen Händen, besitzergreifend minutenlang über ihren entblößten Körper, strich über ihre Brüste, ihren Bauch, ihre Hüften und Schenkel. Ihre Nacktheit löste bei ihr keineswegs jene zu erwartende jungfräuliche Schamhaftigkeit aus, und sie wehrte sich nicht, als er sie hochhob. Sie schauderte erst, als er sie, anstatt auf das Bett zu legen, auf den Gang hinaustrug und mit ihr die Treppe hinunterstieg. Jetzt würde er sie also dorthin bringen, wo auch die anderen gewesen waren. Wo er seine Opfer liebte, bevor er ihnen die Kehle durchbiss. Sie hatte nun keinen Zweifel mehr daran, dass die Hälfte der Särge unten in der Gruft mit diesen bedauernswerten Frauen gefüllt war.

Sie musste nachdenken, ihren in Scherben gebrochenen Verstand zusammenkratzen und sich von diesem gefährlichen Bann befreien, der sich über sie gelegt hatte. Sie musste mit ihm reden, ihn davon abhalten, sie dort hinunter zu bringen und sein grausiges Werk zu tun. Das Gefühl jedoch, nackt von ihm auf seinen Armen getragen zu werden, während er kaum auf den Weg zu achten schien, sondern sein Blick mit sichtlichem Wohlgefallen über ihren bei jedem Schritt leicht wippenden Busen glitt, war so überwältigend, dass sie im Gegenteil die Arme um ihn legte und sich etwas enger anschmiegte.

Zu ihrer Überraschung und unendlichen Erleichterung durchquerte er jedoch mit ihr die Halle und nahm den Weg, der zum Turm führte. Er stieg mit ihr die von Fackeln erhellte Wendeltreppe hinauf, eine Tür öffnete sich wie von selbst vor ihnen und schloss sich dann wieder wie von Zauberhand, während er sie auf ein weiches, mit roten Seidenlaken überzogenes Bett legte. Im selben Moment flammten alle Kerzen im Raum auf.

»Wie … wie haben Sie das gemacht?«, stotterte sie verblüfft.

»Mit Zauberei«, murmelte er an ihrem Ohr. »Du wolltest einen Vampir, mein neugieriges, vom Bösen fasziniertes Mädchen, und du bekommst einen. Und noch viel mehr dazu. Mehr als du dir in deinen ruchlosesten Träumen vorgestellt hast.« Eine Strähne seines langen Haares fiel ihm in die Stirn und gab ihm ein sehr romantisches Aussehen, als er sich über sie beugte.

»Ich bin nicht vom Bösen fasziniert«, erwiderte Pat atemlos, als seine Lippen ihren Hals entlangglitten, während seine Hand sich um ihre Brust schloss und sie sanft massierte.

»Sondern?« Seine Stimme war dunkel, samtweich und unendlich verführerisch. Aber Pat wusste zugleich auch, dass es jetzt tatsächlich zu spät war, ihm zu entkommen. Er würde sie nicht mehr gehen lassen. Nun, sie hatte nicht wirklich vor zu flüchten, überhaupt jetzt, wo sie statt im kalten Steinsarg in seinem weichen Bett gelandet war. Und verfallen war sie ihrem Vampir ohnehin schon. Welche andere Frau hätte sonst jeden vernünftigen Gedanken beiseitegeschoben, um sich in die Arme eines Mannes zu werfen, von dem sie wusste, dass er sie aussaugen würde, bis sie selbst zu einem Vampir wurde. Einem Geschöpf, das das Tageslicht scheuen musste, sich vom Blut seiner Opfer ernährte und eines Tages vermutlich mit einem geweihten Pfahl in der Brust aufwachen würde. Sie musste vor Liebe wirklich völlig den Verstand verloren haben.

Seine Hände hielten sie an den Schultern in die weichen Kissen gepresst, während seine Lippen über ihr Gesicht und ihren Hals wanderten, ihre Brüste streichelten. Seine Zunge spielte mit ihren Brustspitzen, und Pat spürte ein süßes Gefühl der Schwäche in sich hochsteigen. Mit nichts zu vergleichen, was sie jemals erlebt hatte. Schließlich brachte er seinen Mund nahe an ihr Ohr, seine Zunge glitt hinein, kitzelte und erregte zugleich. »Erzähl mir von ihm«, flüsterte er heiser.

Pat schwieg, weil ihr die Stimme versagte, und sie sah mit einem Anflug von Angst, dass sich die Flammen in Maximilians Augen zornig verstärkten. Sie wollte sich aus seinem Griff befreien, aber da hatte er auch schon grob ihre Handgelenke gepackt und hielt ihre Arme eisern mit seiner linken Hand über ihrem Kopf fest, während er seine Rechte über ihren Körper wandern ließ. Sie zappelte ein wenig, hielt dann jedoch still, überwältigt von seiner Berührung und ihren eigenen leidenschaftlichen Gefühlen für ihn.

»Wirst du mich jetzt töten?«, brachte sie heraus.

Er lächelte grausam, sich ihrer erregenden Hilflosigkeit und seiner vollkommenen Macht über sie bewusst. »Ich glaube nicht, dass ich dich gleich aussaugen werde. Vielleicht erst beim zweiten oder dritten Mal.« Seine Lippen lagen dicht an ihrem Mund, er hätte sie zu gerne geküsst, aber dann hätte er vermutlich völlig die Beherrschung verloren und sie mit seiner Leidenschaft getötet. Es machte ihm Spaß, sie in dem Glauben zu lassen, er würde sie aussaugen. Aber was er wirklich von ihr wollte, war viel mehr. Ihre Seele und ihren Geist wollte er in Besitz nehmen. Er würde ihre Haut küssen, bis sie nur noch nach ihm schmeckte, ihr Körper nach ihm roch und sie keinen anderen Gedanken mehr hatte als ihn. Und er mit ihr tun konnte, was ihm gefiel.

Irgendetwas flüsterte ihm zu, dass er ihr damit genau das nehmen würde, das er an ihr mochte und das ihn reizte. Nämlich ihren unabhängigen Verstand, ihre bemerkenswerte Neugier und ihre kleinen Eigenheiten. Aber die Gefahr, sie eben dadurch an einen anderen – und ausgerechnet diesen – zu verlieren, war zu groß. Er kannte die Methoden seines Gegners nur zu gut. Pentwell hatte versucht, sie zu beeinflussen, und sie war in seiner Hand bereits zu einem Werkzeug geworden, das versucht hatte, ihn zu vernichten. Wie Muran ihm erzählt hatte, war es nicht Pentwells erster Versuch gewesen, sie für ihn einzunehmen. Aber das würde er zu verhindern wissen. Wenn er sie bei Tagesanbruch verließ, so würde sie sein Geschöpf sein, solange sie lebte.

Was war es, das ihn so trieb? Er versuchte, dieser Empfindung nachzuspüren. Zum einen war da ein unbändiger, leidenschaftlicher Zorn, der ihn sie derber anfassen ließ, als er es bei ihr sonst getan hätte. Hass auf diese elende Kreatur, die es gewagt hatte, ihr Vertrauen zu erringen, und die sie so weit gebracht hatte, ihn oder jemanden, den sie für ihn hielt, töten zu wollen. Hass war ein Gefühl, das er kannte, aber es war noch etwas anderes da. Ein fremder, ziehender Schmerz, der in seinen Eingeweiden tobte und nach Erlösung suchte. Eine Erlösung, die ihre Unterwerfung und ihren Schmerz verlangte.

Er wollte ihre verlockend zarten Brustspitzen erregen und beißen, bis sie bluteten und sie vor Lust und Schmerz zugleich schrie. Er wollte sie leiden sehen, so wie sie ihn durch diesen Verrat hatte leiden lassen. Seine Hand suchte rücksichtslos den Weg zwischen ihre weichen Schenkel. Warm und überraschend feucht war sie dort, ungemein aufreizend, und es würde nicht lange dauern, bis das Feuer in ihm so hoch schlug, dass er sich auf sie stürzen und sie förmlich verschlingen würde, wie er dies schon so oft mit Frauen getan hatte.

Die heiße Leidenschaft in seinem Inneren stieg höher, er ließ sie los, setzte sich ungeduldig auf und riss sich seine Anzugjacke vom Körper, das Hemd, seine

Hose. Er wollte ihre nackten Brüste spüren, ihre weiche Haut auf seiner. Und dann würde er sie nehmen. Endlos lange. Die ganze Nacht hindurch, bis sie vor Erschöpfung halb bewusstlos war. Er wollte sie besitzen. Vollständig. Unzählige Nächte lang, bis er seine Lust völlig ausgekostet hatte und seine Leidenschaft ausgebrannt war. Aber wenn er sie ansah, ihren weichen biegsamen Leib spürte, dann wusste er, dass dies lange nicht der Fall sein würde.

Pat zitterte am ganzen Körper, als sie seinen Körper sah und fühlte. So war das also, wenn man von einem Vampir gebissen wurde. Man war nackt, wurde gestreichelt, liebkost und dann gebissen. Churtham sah so gut aus, mit seinen breiten Schultern, den schmalen Hüften und … sie schloss die Augen, als ihr Blick auf etwas fiel, das sie sich bisher immer nur vorgestellt hatte, dann blickte sie wieder hin. *So* also sah er aus. Größer als sie geglaubt hatte, geradezu erschreckend groß. Das Verlangen, ihn zu berühren, zu ertasten, wurde fast übermächtig, und sie legte die Arme um Maximilian, als er wieder über sie glitt, streichelte zaghaft über seinen Rücken und seine Schultern.

Maximilian war irritiert über die scheue Zärtlichkeit, die sie ihm entgegenbrachte. Das stimmte nicht, sie sollte Angst haben, ihn fürchten, wie die anderen ihn gefürchtet und zugleich begehrt hatten, und ihn nicht so unendlich zart streicheln, dass sich seine Haut unter ihrer Berührung zusammenzog und zu glühen schien.

»Jetzt rede endlich, erzähl mir«, sagte er fordernd, das weiche Gefühl, das für sie in ihm hochsteigen wollte, niederkämpfend. Er glitt besitzergreifend mit der Hand zwischen ihre Beine und ließ seine Finger so ungestüm in die feuchte Weichheit hineingleiten, dass Pat leise aufschrie. So war es richtig, sie sollte fühlen, dass sie in seiner Gewalt war. Er wusste, dass er ihr weh tat, und er tat es mit Bedacht, um sie für ihre Treulosigkeit zu strafen. Aber während er es sonst genossen hatte, sich Frauen durch Lust und Schmerz zugleich zu unterwerfen, fand er zum ersten Mal keinen Gefallen daran. »Erzähl mir davon. Was war mit ihm?«

»Es ... es war aber gar nichts«, stammelte Pat, die kaum wusste, was mit ihr geschah. Einerseits war es die Erfüllung ihrer Wünsche, in Maximilians Armen zu liegen, und andererseits war er jetzt so anders. Unheimlicher und gefährlich. Seine Hände und Berührungen erregten sie, machten ihr aber auch Angst und taten weh. Es war alles so plötzlich gegangen, viel zu schnell. Und er war zwar verführerisch, aber wesentlich weniger zärtlich, als sie sich erhofft und in ihren Träumen vorgestellt hatte. Sie hatte sich, seit ihr Interesse an Churtham geradezu schmerzhaft sehnsüchtig geworden war, zwar selbst dort gestreichelt, um dieses leise Pochen, das sie beim Gedanken an ihn fühlte, zu befriedigen, aber was er jetzt mit ihr tat, war etwas völlig anderes. Überwältigender und schmerzhafter zugleich. »Er hat mich immer wieder gewarnt, und heute war er da und wollte, dass ich mitgehe, aber ... ich ... wollte nicht ...«

Maximilian hielt inne, hob den Kopf und sah sie an. »Sprich weiter.« Er sagte das in einem harten Befehlston.

Pat holte tief Luft. »Er sagte, in diesem Schloss ginge

etwas nicht mit rechten Dingen zu, und du wärst schuld am Verschwinden vieler junger Mädchen. Und ich sollte mit ihm gehen, er würde mich in Sicherheit bringen. Aber ich wollte nicht. Ich hatte dir doch versprochen, dir zu vertrauen, und das tat ich auch. Aber …«, ihre Stimme wurde wieder zu einem Piepsen, als sie seinen durchdringenden Blick auf sich ruhen fühlte, »kaum war er weg, kam dieser Mann. Er sah genauso aus wie du, aber er hat mich bedroht … er hat mir solche Abscheu und Angst eingeflößt mit seinen Zähnen und seinen Reden, und ich … aber als ich dachte, ich hätte dich erschlagen … Es war furchtbar für mich … und wenn du dann nicht gekommen wärst …« Ihre Hände waren eiskalt, ihre Wangen bleich und ihre Augen groß und dunkel vor Angst.

Und diese Angst war es, die etwas in ihm veränderte. Pats Angst, die es ihm unmöglich machte, ihr weh zu tun. Er zog langsam seine Hand zurück und lag minutenlang völlig ruhig neben ihr. In diesem Moment wurde ihm klar, was wirklich geschehen war. Dieses Ungeheuer, das sich Pentwell nannte, hatte versucht, Pat auf seine Seite zu ziehen. Als er jedoch erkannt hatte, dass Pat sich nicht überzeugen ließ, hatte er Muran geschickt. Wie schon einmal im Wald, wie Muran zugegeben hatte, um Pentwell Gelegenheit zu bieten, sich als Retter aufzuspielen. Dieses Mal jedoch hatte Muran seine, Maximilians, Gestalt angenommen, um Pat anzugreifen, und sie hatte sich in ihrer Todesangst gewehrt. Pentwell hatte wohl nicht damit gerechnet, dass er seinen Gehilfen fassen und weitere Informationen aus ihm herauspressen würde. Muran hatte den Auftrag gehabt, sie aus dem Schloss zu verjagen. Und sobald Patricia diesen schützenden Bereich verlassen hätte, wäre Pentwell als Retter aufgetaucht und hätte nicht mehr lange gebraucht, um sie zu verführen. Er raubte seine Opfer nur sehr selten, sondern zog es vor, sie freiwillig in seine Arme laufen zu lassen. Und besonderen Genuss bereitete es ihm, Frauen an sich zu ziehen, die einem anderen gehörten.

Dieses Mal war es jedoch falsch gelaufen. Muran hatte in seiner Blutgier versucht Pat zu beißen, und diese hatte sich verteidigt.

»Weshalb hast du dich *jetzt* nicht mehr gewehrt?«, fragte er aus diesem Gedanken heraus. Sie hatte zwar zuerst davonlaufen wollen, war aber dann doch überraschend nachgiebig gewesen.

»Weil ... es anders war ... Er war so abstoßend, widerwärtig und böse. Ganz anders als du ...«

Maximilan verzog den Mund zu einem bitteren Lächeln, aber etwas veränderte sich an ihm, seine Augen wurden weicher, das rötliche Glitzern erlosch langsam. »... du hast ja keine Ahnung, wenn du annimmst, ich wäre nicht böse.«

»Aber da bin ich mir ganz sicher«, flüsterte sie. »Außerdem könnte ich niemals Angst vor jemandem haben, den ich liebe. Ein bisschen vielleicht vor dem, was du mit mir tun wirst, aber bestimmt nicht vor dir.«

Maximilian war bei ihren Worten zusammengezuckt, als hätte sie ihn geschlagen. »Wie war das soeben?« Sein Blick bohrte sich in ihren, und ganz tief in ihm, kaum fassbar, stieg etwas hoch. Eine Art Hoffnung, der ebenso schmerzhafte wie sehnsüchtige Wunsch, ihr zu glauben. Und die Angst davor, er könnte sich zum Narren machen.

»Ich habe mich verliebt«, wisperte Pat. Sie hob die Hand und strich über sein Gesicht, zog mit dem Finger scheu die Linie seiner Wange nach, sein Kinn. »Ich war fasziniert von dem Moment an, als ich das Bild sah, das dir so ähnlich ist. Und dann … habe ich mich in dich verliebt.« Sie redete immer schneller. Er konnte sie jeden Moment beißen, und sie wollte ihm zuvor noch alles sagen. »Ich wollte es gar nicht. Überhaupt nicht. Aber dann war da diese Art, wie du lächelst, deine Ironie, die Art, wie du finster dreinschaust, und ich dabei doch weiß, dass du nicht böse sein kannst. Du siehst natürlich auch gut aus«, fügte sie ehrlich hinzu, »möglich, dass mich das auch angezogen hat. Aber das tun ja, soviel ich weiß, alle Vampire.«

Ihre Augen waren jetzt ganz weich, groß und unschuldig. Und es lag etwas darin, das ihn bis ins Mark traf. Maximilian sah sie an, als erblicke er sie zum ersten Mal. »Pat …«, murmelte er. »Pat, mein Liebstes. Ist das die Wahrheit?« *Mein Liebstes*? Hatte er tatsächlich *mein Liebstes* zu ihr gesagt? Noch nie zuvor hatte er eine Frau so angesprochen. Nicht einmal die betörende und wunderbare Antoinette, die damals eine so große Zuneigung in ihm erweckt hatte.

»Natürlich. Im Angesicht des Todes ist das wohl auch nicht verkehrt«, erwiderte sie tapfer.

Maximilian starrte sie fassungslos an und schwieg endlos lange. Dann legte er geradezu erschüttert seine Wange an Pats weiche und zog sie eng an sich. Er war so verwirrt wie noch nie zuvor in seinem immerhin schon sehr langen Leben. Sie hatte ja keine Ahnung. Nicht den leisesten Schimmer einer Ahnung, was das für ihn bedeutete. Er hatte angenommen, dass sie aus

Neugier und Angst zugleich nachgegeben hatte. Aber plötzlich war es ihm unerträglich, dass sie tatsächlich Angst vor ihm haben oder um ihr Leben fürchten könnte. Ihr Leben, das für ihn noch weitaus kostbarer geworden war als sein eigenes.

Seine Stimme klang rau, als er sprach. »Meine süße Pat. Du musst keine Angst haben.« Er beugte sich über sie, küsste mit unterdrückter Leidenschaft die blauen Augen, die ihn einerseits so liebevoll und andererseits so ängstlich ansahen, ihre Wangen, ihren Hals, streichelte sie zärtlich und beruhigend. Er hatte niemals die geringste Absicht gehabt, sie zu töten. Sie sollte sich ihm nur völlig unterwerfen, und er wollte sie vollkommen besitzen. Er war zornig gewesen, weil er gedacht hatte, sie hätte ihn hintergangen. Und eifer… Maximilian versteinerte bei diesem Gedanken. *Eifersüchtig und gekränkt.* Er horchte in sich hinein, zutiefst verblüfft über diese Erkenntnis. Dieser Zorn, vermischt mit ziehenden Magenschmerzen, waren Eifersucht und Kränkung. Oder zumindest schien ihm diese Bezeichnung für etwas, das er bisher nicht gekannt hatte, richtig zu sein. ›*Was ist das?*‹, dachte er. ›*Was geht nur in mir vor?*‹

»Es ist kein Wunder, wenn du zornig warst, weil du dachtest, ich hätte dich erschlagen wollen«, flüsterte Pat. Der Augenblick dieser grauenvollen Angst vor diesem Vampir kam wieder in ihrer Erinnerung hoch und dieses Entsetzen, als sie gedacht hatte, dass sie Churtham erschlagen hätte.

»Du hast ihn nicht erschlagen«, sagte er nach einem kleinen Zögern. »*Ich* habe ihn getötet.«

Pats Augen wurden groß, und sie rückte ein Stückchen von ihm weg, um ihn besser ansehen zu können. »Du? Aber das ist völlig unmöglich! Ich habe ihn erschlagen! Mit dem Schürhaken. Du hast ihn selbst gesehen. Er war so tot, wie ein Mensch nur tot sein kann!«

»Möglich«, murmelte Maximilian, ihr Gesicht nicht aus den Augen lassend. »Nur, dieser Mann war kein Mensch. Du hattest jeden Grund, Angst vor ihm zu haben.«

»War er also tatsächlich …?«

»Ein Vampir. Die Wunde war weniger schlimm, als es den Anschein hatte. Ich habe noch nachgeholfen.« Er hatte ihn aus Zorn getötet, weil er es gewagt hatte, in sein Haus einzudringen. Muran hatte gegen ihn nicht die geringste Chance gehabt. Und dann hatte er ihn ins Moor geworfen und zufrieden zugesehen, wie der leblose Körper hinabgesunken war. »Manche Vampire haben die Fähigkeit, ihr Aussehen zu ändern, jede beliebige Gestalt anzunehmen.«

Pat erschauerte und krallte sich unwillkürlich in seinen Arm.

Maximilian küsste ihre Stirn. »Lass uns nicht mehr darüber sprechen. Es gibt Dinge, die mir jetzt weitaus wichtiger sind.« Das war auch die Wahrheit. Sein Zorn war völlig verflogen, und er wollte jetzt nur noch eines: Pat fühlen, sie auskosten, genießen, streicheln und lieben. Die Hitze, die ihr Körper, ihr Geruch in ihm ausgelöst hatte, war nicht vergangen, aber sie hatte sich verändert, war weniger zornig geworden, aber auf geheimnisvolle Weise intensiver. Fast unerträglich intensiv. Er hatte bis vor kurzem nicht gewusst, dass es schmerzhaft sein konnte, eine Frau zu begehren.

Er begann, ihr Gesicht mit Küssen zu bedecken, und Pat schloss die Augen, als er diese Zärtlichkeiten auch auf ihren Körper ausdehnte, sanfter, wenn auch nicht weniger leidenschaftlich als zuvor. Sie fühlte bei seinen Berührungen wieder diese ungewohnte Wärme in sich aufsteigen. Ihre Haut schien unter seinen Händen, die sich langsam und genießerisch über ihren Körper bewegten, zu prickeln, das Prickeln ging in ein Brennen über, das ihren ganzen Körper erfasste.

»Ich hatte gedacht, du schläfst im Keller, in einem Sarg«, flüsterte sie.

»Ich hoffe, du bist nicht enttäuscht. Ich finde Särge so unbequem.«

»Ja«, meinte Pat, »natürlich. Daran habe ich nicht gedacht. Sie sind zweifellos zu eng für zwei Personen.«

Es zuckte um Maximilians Lippen, als er sich über sie beugte. »Ich muss gestehen, ich habe noch nie eine Frau im Bett gehabt, die so praktisch veranlagt ist wie du.«

Unendlich sanft ließ er seine Lippen über ihr Gesicht gleiten, verharrte an ihrem Mundwinkel, koste ihre Wangen, ihre Stirn und kam wieder zurück. Es war ein Gefühl für sie in ihm, das ihm den Atem nahm. Es war schon vorher da gewesen, das war ihm nun klar, aber jetzt brach es mit einer Vehemenz durch, die ihn verwirrte. Nicht mehr die gefühllose Leidenschaft, die jede Rücksicht auslöschte und nur die eigene Befriedigung verlangte, zu welchem Preis auch immer, sondern Wärme. Freude daran, auch ihr Vergnügen zu bereiten, ihre Lust zu entfachen, sie mit ihr gemeinsam zu erreichen und dann in ihr zu vergehen.

Pat seufzte vor sich hin, räkelte sich genussvoll. Maximilians Hände schienen überall zu sein, streichelten sie, massierten ihre Brüste, ihren Bauch, ihre Schenkel, einmal fester, dann zart, bis sich ihre Haut zusammenzog und der zarte Flaum ihrer Härchen sich aufstellte. Seine Lippen zogen eine feuchte, warme Spur über ihren Leib, und als seine Hand abermals die Weichheit zwischen ihren Beinen suchte, wesentlich rücksichtsvoller als zuvor, seufzte sie glücklich auf. So war es richtig, so musste es sein, wenn der Mann, den man liebte, einen mit Liebkosungen beglückte. Er streichelte sie, fand mit seinen Fingern den Eingang in ihr Inneres, ließ seinen Daumen um ihren pochenden Punkt kreisen, bis sie kaum noch atmen konnte, sich wand, während heiße Wellen über ihren Körper rollten und ihr Denken vollkommen ausschalteten. Er ließ erst von ihr ab, als sich ihr Körper aufbäumte, sie ihre Fingernägel in seinen Arm krallte und vor Lust fast zu schreien begann.

Er streichelte sie sanft, als sie dann verblüfft in seinen Armen lag und kaum fassen konnte, was mit ihr geschehen war.

»Was w… war das?«

»Das war der erste Teil.« Seine Lippen spielten mit ihrem Ohrläppchen. »Aber es kommt noch viel mehr. Kann es dann weitergehen, mein süßes Vampirliebchen?«

»Noch mehr?« Sie löste langsam ihre Finger von seinem Arm. Ihre Nägel hatten tiefe Eindrücke hinterlassen. »Oh, es … tut mir leid. Habe ich dich gekratzt?«

»Genau so wie es mir gefällt«, erwiderte er lächelnd. Es war ein Lächeln, wie sie es noch nie zuvor an ihm gesehen hatte. Weich, zärtlich, verführerisch und einfach überwältigend. Sein Blick glitt über sie. »Du bist wunderschön«, flüsterte er zu ihrer Überraschung. »Ich habe noch nie so vollendet schöne Brüste und Brustspitzen gesehen. So rosig und so erregend.« Sie streichelte über sein Haar, als er sich herabbeugte, um abermals ihre Brüste zu küssen. Er hielt sich lange damit auf, ihre Brustspitzen mit der Zunge zu necken, bis sie noch härter emporstanden, und Pat grub unwillkürlich wieder ihre Nägel in seine Schulter, als er begann, abwechselnd daran zu saugen und sie zwischen seine Zähne zu ziehen.

»Du hältst mich tatsächlich für hübsch?«

»Hübsch?« Maximilian hielt inne und betrachtete ihr Gesicht. »Ich habe noch nie eine Frau gesehen, an der ich alles so unglaublich schön finde wie an dir, Patricia Smith.« Er sprach an ihren Lippen weiter. »Du ziehst mich so sehr an, dass ich mich nicht wiedererkenne. Alleine schon, wenn du den Raum betrittst, kann ich nicht mehr denken, ich sehe nur dich, will dich anfassen, dich in die Arme nehmen …«

»Liebst du mich denn?«, fragte sie schüchtern und voller Sehnsucht. Liebe war wichtig für sie. Sie gehörte zum Leben. Ihr Vater hatte ihre Mutter geliebt. Zumindest hatte sie das oftmals von ihm gehört.

»Liebe?« Sekundenlang war er betroffen von diesem Gedanken. »Pat, mein Liebling, ich begehre dich, du nimmst alle meine Sinne ein, aber ein Wesen wie ich kann nicht lieben.« Er streichelte ihre Wange. »Ich empfinde mehr für dich, als ich seit unendlich langer Zeit fühlen konnte, aber erwarte keine Liebe von mir, Pat. Niemals. Dessen bin ich nicht fähig.« Ihr enttäuschter Blick traf ihn bis ins Herz, aber er wollte jetzt keine sinnlosen Diskussionen über menschliche Gefühle führen, sondern sie und ihren Körper spüren und endlich dieses Verlangen löschen, das ihn verzehrte. Er nahm ihre Hand und legte sie auf seine Brust. »Aber jetzt komm, tu noch mehr für mich. Hab keine Scheu. Ich kann es schon nicht mehr erwarten.«

Das konnte Pat ebenfalls nicht. Ihre Hände glitten über seine Brust, die weichen dunklen Haare. »Ich dachte immer, Männer wären viel struppiger ...« Sie hob den Kopf, um sein Kinn zu küssen, seinen Hals, und seine Brust mit den Lippen zu berühren. Sie glitt mit ihren Fingern langsam an ihm entlang, liebkoste schüchtern seine Brustwarzen, zupfte ein wenig an dem dunklen Haar, bis sie seinen Bauch erreichte und jenen Teil seines Körpers, der sie im Moment besonders faszinierte.

Er zog scharf die Luft ein, als Pat ihn berührte, zuerst scheu und unter seinen Aufmunterungen dann immer mutiger zugriff, ihn streichelte. Sie hatte nicht gedacht, dass er so hart sein könnte, so überwältigend groß und heiß. Sein Glied pochte und zuckte zwischen ihren Händen, und sie fühlte ein ganz neues Gefühl der Macht, als sie Maximilian dazu bringen konnte, unterdrückt zu stöhnen. Sie ertastete die weiche Haut, fuhr mit den Fingerspitzen eine Ader nach, berührte dann neugierig die dunkelrote, feuchte Spitze, die unter ihren Fingern noch aufzuschwellen schien.

Ihre Liebkosungen waren lange nicht so erfahren und gekonnt wie die anderer Frauen, derer er sich bisher bedient hatte, aber aus einem ihm unerfindlichen Grund weitaus erregender, und Maximilian merkte zu seiner eigenen Verwunderung, wie er sich unter ihren Berührungen wand. Er hauchte Liebkosungen an ihrer Wange, ihren Lippen, deren Sinn ihm selbst nicht mehr ganz klar war, und als Pat dann schließlich dem sanften Druck seiner Hände nachgab und sich ihm öffnete, glitt er mit einem unbeschreiblichen Gefühl der Vorfreude zwischen ihre Beine.

Pat hörte und fühlte ihr Herz schlagen, als er sich endlich auf sie senkte. Sein Glied pochte so hart und groß an ihr, dass sie sekundenlang mit Panik und Angst kämpfte, aber dann überwand er die Enge mit einem raschen, glühenden und schmerzhaften Stoß, der ihr einen kleinen Schrei entlockte, und glitt tief, immer tiefer, bis ihre beiden Körper eng aneinanderlagen und ihre Schenkel seine Hüften umfassten. Sie schloss die Augen, gab sich völlig diesem Gefühl leidenschaftlicher Ohnmacht und Hilflosigkeit hin, als er sich in ihr zu bewegen begann, zuerst langsam und bedächtig, dann immer schneller, bis er einen heiseren Laut ausstieß, noch einmal tief in sie eindrang und dann über sie sank.

Pat legte ihre Arme um ihn, um ihn festzuhalten und zu streicheln. Sie genoss es, ihn in sich zu fühlen. Das ungewohnte und noch ein wenig schmerzhafte Gefühl der Dehnung, die Hitze seines Körpers, sein Gewicht, das ihr ein wenig den Atem nahm, sein Geruch, ein bisschen nach Schweiß und etwas anderem, dem sie keinen Namen geben konnte, das sie jedoch erregte. Er löste sich zu ihrer Genugtuung auch nicht von ihr, sondern blieb eine Weile in ihr liegen, sich von Zeit zu Zeit langsam in ihr bewegend, bis sein

Glied wieder härter zu werden schien. Seine Lippen wanderten über ihre Wange, ihren Hals, und als sie sich dort festsaugten, schloss sie die Augen. Und dann ging abermals alles in einem Rausch der Lust und Leidenschaft unter, der ihr fast die Sinne nahm.

Pat hielt es später für Einbildung, aber in dem Moment, als seine Lippen, sein Körper und sein Glied sie unaufhaltsam diesem unfassbaren Höhepunkt zutrieben, bis sie sich unter ihm aufbäumte, einen erstickten Schrei ausstieß und sich dem Tod näher fühlte als dem Leben und doch niemals so intensiv gelebt hatte wie in diesem Augenblick, in diesem Moment war ihr, als wären ihre beiden Körper von einem rötlichen Licht umgeben.

Maximilian lag im Bett und starrte zur dunklen Decke hinauf. Die Kerzen waren schon längst ausgegangen, und nur das Feuer im Kamin erhellte noch den Raum. Er wandte den Kopf und sah auf Pat, die eng an ihn geschmiegt dem Vergnügen und der Gnade des Schlafes frönte. Etwas, das ihm niemals zuteilwurde. Bezaubernd sah sie aus mit den braunen Locken, die ihr ins Gesicht fielen, dem zarten Näschen und dem kleinen, aber sehr sinnlichen Mund.

Welch ein Unterschied war diese Nacht gewesen zu allen anderen in seinem Leben. Die Freude am Spiel mit Lust und Schmerz hatte mit Antoinettes Tod geendet. Seitdem hatte er sich verändert, zurückgezogen gelebt und es vermieden, an den verworfenen Unterhaltungen seiner Freunde teilzunehmen. Nun, *Freunde* konnte man sie wohl kaum nennen, eher

Gleichgesinnte, die sich ebenso der Leidenschaft am Bösen hingegeben hatten wie er selbst.

Antoinette ... Noch jetzt, nach fast sechzig Jahren, verfolgte ihn ihr bleiches Gesicht, ihr Wimmern, ihr Flehen und der unmenschliche Schrei, als er sie getötet hatte. Die Erinnerung daran war er niemals wieder losgeworden, sie war zwar etwas verblasst, gewann jedoch gerade dann wieder an Deutlichkeit, wenn er am wenigsten damit rechnete.

Pat bewegte sich neben ihm. Er wandte sich ihr zu und strich hauchzart mit der Fingerspitze über ihre Wange, hin- und hergerissen zwischen dem Wunsch, sie im Schlaf zu betrachten, und dem Verlangen, sie wach neben sich zu haben. Wenn sie lächelte, hatte sie Grübchen in den Wangen. Nicht immer, nur wenn sie es auf eine ganz bestimmte, schelmische Art tat. Sie regte sich ein bisschen mehr, streckte sich, ihre Hand tastete über seine Brust. Er betrachtete sie. Oft schon hatte er diese Sterblichen um ihre Fähigkeit beneidet, einfach zu schlafen und sich selbst und die Welt drum herum vergessen zu können. Die Decke war ein wenig verrutscht und gab den Blick auf eine weiße runde Brust frei, deren rosige Spitze noch die Spuren seiner heftigen Liebkosungen trug. Der Duft ihres Körpers stieg ihm so unwiderstehlich in die Nase, dass er sich vorbeugte, seinen Mund auf ihre Brust legte und seine Zunge zwischen seine Lippen schob, um sie besser auskosten zu können. Endlich öffnete sie die Augen.

»Weißt du, wie reizend du aussiehst, wenn du schläfst und dann erwachst?« Er küsste sie auf die Augen, als sie blinzelte. Zuerst erschrocken, aber dann, als sie ihn erkannte, lächelte sie so zärtlich, dass er fühlte, wie eine Wärme in ihm hochstieg, die er bisher nie gekannt hatte. Sie immer so halten können, sie für immer besitzen und jeden Tag ihr Erwachen zu erleben. Diesen erstaunlichen Wunsch hatte er bisher noch bei keiner Frau verspürt.

»Ich sollte auf mein Zimmer gehen«, flüsterte sie, sich ein bisschen enger an ihn schmiegend. Die vergangenen Stunden waren unfassbar gewesen. Viel besser als alles, was sie sich bisher vorgestellt hatte. Maximilians überwältigende Kunstfertigkeit in diesen Dingen war nur noch durch seine Zärtlichkeit überboten worden, und sie hatte sich selbstvergessen und hemmungslos seinen Liebkosungen hingegeben, bis sie vor Erschöpfung eingeschlafen war.

»Bleib noch bei mir.«

»Es wird schon hell. Und was … was soll Simmons von mir denken, wenn er kommt und mich hier vorfindet.«

»Dann warte wenigstens so lange, bis die Sonne aufgeht.« Er lächelte, zog sie enger an sich und begann ihre Schläfe zu küssen. »Außerdem wird er dich hier nicht finden, ich werde dich einfach verstecken.«

»Musst du nicht …«

»In meinen Sarg?«, beendete er mit einem amüsierten Lächeln ihren Satz. »Nein, heute ausnahmsweise nicht. Heute bleibe ich hier. Und du bekommst einen Tag frei, den du mit mir in meinem Zimmer verbringen wirst.« Er wickelte sich eine Strähne ihres braunen Haares um den Finger und versank in ihren blauen Augen. »Hast du Hunger? Soll ich nach Simmons läuten, damit er dein Frühstück bringt?«

»Ist es nicht noch ein bisschen früh dafür?«

»Das macht nichts, Simmons ist daran gewöhnt.«

Pat sah ihm zu, wie er sich einen Schlafrock umlegte, bevor er die Bettvorhänge schloss. Sie erwartete, dass er an der Klingel zog und Simmons kam, aber nichts geschah. Als er ausblieb, schob sie den Vorhang ein wenig zur Seite und lugte hinaus.

Maximilian stand am Fenster. Noch war es draußen dunkel, auch wenn man den Tag schon ahnen konnte. Pat hüllte sich in die Decke, kroch aus dem Bett und tapste auf nackten Füßen zu Maximilian hinüber. Er wandte sich nicht um, als sie von hinten die Arme um ihn legte, sich an seinen Rücken schmiegte, der sich so gut auf ihrem Körper anfühlte, und über seine Schulter hinausblickte. Er ergriff ihre Hände und zog sie an seine Lippen.

»Die Dämmerung«, murmelte er. »Wie oft bin ich schon so gestanden und habe sie erwartet. Wenn es am Horizont heller wird und das Licht den Tag und das Leben ankündigt, bis die Dunkelheit der Sonne weicht. So wie ich ihr weichen muss.«

Pat, die seinen Schmerz mitfühlte, jedoch nicht wusste, was sie sagen sollte, presste sich enger an ihn. Von diesem Fenster aus konnte man über das Moor sehen, und der Blick verlor sich in der Weite. Sie standen dort, bis die ersten Strahlen des Tages die Landschaft berührten, dann erst schloss Maximilian die Fensterläden, zog die Vorhänge zu und nahm Pat ein weiteres Mal in die Arme.

Als Maximilian am Abend die tief und fest schlafende Pat verließ und hinunter in die Bibliothek ging, tat er das so gut gelaunt wie seit unzähligen Jahren nicht mehr.

»Ein Glas Rotwein, Mylord?« Simmons trat mit einem Tablett und einer Karaffe näher, in der dieser etwas herbe Rotwein schimmerte, den der Hausherr so gerne mochte.

»Ja, danke, Simmons.« Maximilian trat an die Bücherwand, wo die bisher von Pat schon katalogisierten Bücher in perfekter Ordnung standen. Die Arbeit war zügig vorangeschritten, bald würde sie beendet sein, und er konnte nur hoffen, dass Pat dann nicht auf die Idee kam, abzureisen. Sie hatte ihm erzählt, dass sie in weniger als einem Jahr Zugriff auf ihr Erbe erhalten und damit unabhängig sein würde. Wenn er sie dann nicht verlieren wollte, musste er wohl lernen, auf andere Überredungskünste als die übliche Gewalt zurückzugreifen – Pat war für zärtliche Überzeugung zweifellos empfänglicher. Aber falls alles schiefging, konnte er immer noch die Listen ins Feuer werfen und sie wieder von vorn beginnen lassen. Er lächelte bei dem Gedanken, ging die Reihe entlang, nahm gelegentlich ein Buch heraus, blätterte darin, stellte es wieder zurück. Bis er sich umdrehte und Simmons' unverwandten Blick auf sich ruhen sah. »Was gibt es noch, Simmons?«

»Mylord, darf ich offen sprechen?«

Maximilian sah ihn erstaunt an.

Der Butler schloss zuvor sorgfältig die Tür. Seine Stimme klang ruhig wie immer, aber es lag ein gewisser Unterton darin, der seinem Herrn nicht entging. »Mylord, ich weiß, es steht mir nicht zu, Ihnen …

ähem … Ratschläge zu erteilen, und ich habe in all den Jahren, die ich die Ehre hatte, für Eure Lordschaft tätig zu sein …«

»Sparen Sie sich das mit der Lordschaft«, unterbrach ihn Maximilian kurz, »und kommen Sie endlich zur Sache.«

»Jawohl, Mylord. Es geht um diese junge Dame, um Miss Smith.«

»So?« Maximilians Blick wurde wachsam.

»Wie schon gesagt, Mylord, und wie ich sagen wollte, bevor Sie mich zu unterbrechen geruhten, ich habe Ihnen immer treu gedient, Sie in allem unterstützt, keine Fragen gestellt und Ihnen keine *Ratschläge* erteilt. Sie konnten und können sich jederzeit auf meine Ergebenheit verlassen …«

»Ja, ja«, nickte Maximilian ungeduldig, »reden Sie schon weiter.«

»Sie können sich auf mich verlassen«, betonte Simmons nochmals etwas nervös, »aber dieses eine Mal möchte ich Sie bitten, über weitere Schritte nachzudenken und gegebenenfalls davon Abstand zu nehmen.« Er selbst hätte den Schlossherrn vermutlich nicht herauszufordern gewagt, aber Mrs Simmons war ihm so in den Ohren gelegen, dass er schließlich nachgegeben hatte. Und da Seine Lordschaft heute etwas besser gelaunt schien, konnte er sogar hoffen, zu überleben. »Selbst auf die Gefahr hin, Mylord, dass Sie mir jetzt den Kopf abreißen oder meine Kleidung anzünden – wozu Sie, wie ich sehr wohl weiß, mit Leichtigkeit imstande wären –, möchte ich Sie bitten, davon Abstand zu nehmen, Miss Smith zu Ihrem … Spielzeug zu machen.«

Maximilian starrte ihn fast eine Minute lang schweigend an, das bedrohliche Glimmen, das nach Simmons' ersten Worten in seine Augen getreten war, verstärkte sich. »Legen Sie es etwa darauf an, mich ernsthaft wütend zu machen, Simmons?« Seine Stimme klang gefährlich leise.

»Das kann gewiss nicht in meiner Absicht liegen, Mylord«, erklärte der Butler würdevoll, »ich bin weit davon entfernt, Selbstmordabsichten zu hegen. Aber auch Mrs Simmons ist der Meinung …«

Der Schlossherr hob abwehrend die Hand. »Drohen Sie mir nicht mit Ihrer Frau, Simmons.« Das gefährliche Licht aus seinen Augen war verschwunden, sie waren wieder von einem ruhigen, dunklen Blau, und es zuckte amüsiert um seine Lippen, als er sich abwandte, einen der Stühle vom Tisch wegzog und sich darauf fallen ließ. Die dunkle, lackierte Tischplatte glänzte und spiegelte im Schein der Kerzen, und Maximilian starrte sekundenlang auf das undeutliche Abbild von Simmons' Gesicht. »Und jetzt lassen Sie mich bitte allein. Ich habe Ihre Einmischung in meine Privatangelegenheiten schon langsam satt, Simmons.«

»Sehr wohl, Mylord.« Der Butler wandte sich mit einem abgrundtiefen Seufzen zum Gehen.

»Simmons?«

»Mylord?«

Maximilian lächelte ihn an. Etwas, das seinem Butler in all den langen Jahren, in denen er nun schon in Lord Churthams Diensten stand, noch niemals passiert war und ihn fast um die Fassung brachte. »Ich mag Miss Smith sehr, alter Freund. Sie können

Mrs Simmons ausrichten, dass Miss Smith nirgendwo besser aufgehoben ist als unter meinem Dach.«

Ihre Blicke trafen einander sekundenlang, dann nickte der Butler. Er musste sich zweimal räuspern. *Alter Freund?* »Jawohl, Mylord. Das wird sie sehr freuen.«

Als er gegangen war, starrte Maximilian selbstvergessen ins Feuer und lächelte dabei.

Als Pat einige Tage später von einem Ausflug ins Dorf zurückkehrte, den Maximilian ihr unter Andrews' Obhut erlaubt hatte, bat Simmons sie, sofort in Lord Churthams private Gemächer zu kommen. Sie nahm sich kaum Zeit, den Hut abzunehmen, warf ihn hinter sich auf den kleinen Empiretisch in der Halle, auch die Handschuhe, und dann lief sie auch schon die Wendeltreppe zum Turm hinauf, bis sie vor Maximilians Zimmer stand. Die Tür öffnete sich, ohne dass sie anklopfen musste, Maximilian zog sie herein und in seine Arme. Wie immer waren die Fensterläden fest verschlossen, die Vorhänge zugezogen, und der Raum wurde nur von Kerzen erhellt.

Maximilian sah in Pats Augen. Sie waren licht wie der Himmel, unter dem sie sich gerade aufgehalten hatte. »Du riechst so wunderbar«, flüsterte er, während seine Lippen den Weg von ihrem Hals über ihre Schultern und Arme nahmen. »Du duftest nach Licht und Sonne, unzähligen Pflanzen … und nach dem Leben.« Eine gewisse Sehnsucht klang aus seiner Stimme und Pat, die ahnte, was in ihm vorging, schmiegte sich eng an ihn.

Maximilian zog ihre Haarnadeln heraus, bis Pats braunes Haar voll und lockig über ihre Schultern fiel. Er grub seine Finger hinein, als er begann, ihr Gesicht zu küssen. Als er ihre Lippen erreichte, hielt er inne, viele Herzschläge lang.

»Warum küsst du mich nie?«, fragte Pat enttäuscht, als er auch diesmal wieder weiterglitt, ohne sie auf diese gewisse Art zu küssen, die ihr schon lange vorschwebte. Nämlich innig. Sie nicht nur den Hauch seiner Lippen fühlen ließ, sondern alles. Sie auskostete und auch ihr erlaubte, ihn auszukosten, seine Zunge mit der ihren zu streicheln. Bisher hatte er jedoch ihre schüchternen Versuche entweder ignoriert oder sie mit anderen Zärtlichkeiten abgelenkt. »Ich sehne mich so sehr danach.«

»Du hast doch in deinen klugen Büchern gelesen«, erwiderte er leichthin, als sie die Frage zum zweiten Mal gestellt hatte, »küsse niemals einen Vampir.«

»Ich glaube gar nicht mehr, dass du wirklich einer bist, Maximilian«, sagte Pat streng. »Und dass du nie in die Sonne gehen kannst, liegt an dieser elenden Krankheit.« Sie löste sich von ihm. »Ich war heute nicht ohne Grund im Dorf«, erklärte sie weiter. »Ich habe Bücher bestellt, die ich in einigen Wochen abholen kann. Du bist einfach nur krank, Maximilian. Ich weiß es jetzt genau. Es ist eine Blutkrankheit, die es dir unmöglich macht, dich dem Tageslicht auszusetzen, weil deine Haut und deine Augen zu empfindlich sind.« Jedenfalls hatte sie sich entschlossen, fest daran zu glauben.

»Und dass ich mich nicht spiegle …«, lächelte Maximilian bitter, »kommt das auch von der Krankheit? Oder sind etwa die Spiegel ebenfalls infiziert?«

»Ich habe dich noch nie vor einem richtigen Spiegel gesehen«, sagte Pat energisch. »Nur vor dem Fenster, und wer weiß, was ich da alles übersehen habe, vor lauter Aufregung, weil ich so sehr in dich verliebt war.«

»Warst du das tatsächlich?« Der bittere Zug war aus Maximilians Gesicht verschwunden, und er lächelte zärtlich. »Aufgeregt aus Liebe zu mir?« Er nahm sie wieder in die Arme. »Und jetzt? Bist du jetzt auch noch aufgeregt?«

»Nein … ja … natürlich! Aber jetzt sei bitte ernst, Maximilian!«

»Später, mein Liebling, später.«

Pat fühlte, wie Maximilians Finger über ihren Körper glitten, sich am Verschluss ihres Kleides zu schaffen machten. Es dauerte nicht lange, da fiel das dunkelgraue Gewand zu Boden. Für Sekunden erinnerte sie sich daran, dass sie es noch immer nicht geschafft hatte, sich ein anderes Kleid nähen zu lassen, aber dann ging dieser Gedanke unter seinen Liebkosungen verloren, und sie hielt still, als er mit Bedacht die Bänder ihres Mieders löste und jedes freie Stückchen ihrer warmen Haut küsste, ohne sie jedoch völlig auszuziehen. Sie wusste, dass es ihn reizte, den Moment, wo sie völlig nackt vor ihm stand, hinauszuzögern. Sie war schon wieder einmal nahe daran, wie ein Kätzchen zu schnurren, als er sich hinunterbeugte und mit seinen Lippen von ihrem Hals abwärts fuhr, bis er ihre Brüste erreichte.

Maximilians Sinne waren von seiner Geliebten gefangen. Er konnte ihren Mund nicht küssen, aber er konnte sich an ihrem ganzen restlichen Körper schadlos halten. An ihren zarten Brustspitzen, ihrer nach

Lust duftenden Haut, ihrer Scham. Noch nie zuvor hatte er eine Frau gekostet, die überall so köstlich schmeckte. Er hob ihre rechte Brust leicht aus dem Mieder, um sie mit Küssen zu bedecken, ohne jedoch die sich ihm bereits entgegenreckende Brustspitze zu berühren. Pat sehnte sich schon nach weit mehr und wusste kaum noch, wie sie es ertragen sollte, nicht endlich in seinen Armen zu liegen. »Maximilian …«

»Ein bisschen Geduld noch.« Er verfuhr mit ihrer zweiten Brust ebenso, während sie sich an seinen Schultern festhielt, weil sie sich nicht mehr ganz sicher auf den Beinen fühlte.

»Du bist grausam, Maximilian.« Pat sagte diese Worte, ohne sie wirklich so zu meinen. Die Tatsache, dass sie vor ihrem blutsaugenden Liebhaber stand, der seine Aufmerksamkeiten bald von ihren Brüsten auf ihren Bauch, ihren Rücken, ihre Arme und noch weitaus empfindsamere Körperteile ausdehnen würde, bis sie seine Zunge zwischen den weichen Lippen ihrer Scham fühlte, erregte sie in einem Ausmaß, das sie bisher noch nie gekannt hatte.

Als er jedoch weitermachen wollte, schob sie ihn, einer plötzlichen Eingebung folgend, weg. »Jetzt komme ich!«

Das bekannte blaue Glitzern war in seinen Augen, als sie seine Jacke öffnete, von seinen Schultern streifte, auf einen Sessel warf und dann langsam und fast bedächtig die elegant gebundene Halsschleife öffnete, sie provozierend aus ihrer hochgehobenen Hand zu Boden flattern ließ, und endlich begann, das Hemd zu öffnen, wobei sie die darunter zum Vorschein kommende Haut mit Küssen bedeckte. »Du machst das wunderbar«, sagte Maximilian heiser, »so erotisch ausgezogen worden bin ich noch nie.«

»Ich gebe mir auch alle Mühe«, erwiderte sie mit einem kleinen Lachen und machte weiter, bis sie das Hemd zur Seite werfen konnte. Ihre Hände glitten warm über seine Schultern und seine Brust. Sie ging um ihn herum, ihre Lippen folgten ihren Händen, und sie bemerkte, wie Maximilian die Augen schloss, um ihre Berührungen noch mehr genießen zu können. Sie selbst fühlte sich kaum noch in der Lage, das Verlangen nach ihm zu unterdrücken. Sie wollte ihren Liebsten nackt sehen und sank an seinem Körper zu Boden, bis sie vor ihm kniete und ihm ungeduldig die Hose von den Hüften zerrte. Er öffnete die Augen und sah sie erstaunt an. »Pat?«

Sie legte den Finger auf den Mund. »Pst.« Dann hockte sie sich auf die Fersen und betrachtete ihn, wobei sie mit nicht geringer Genugtuung sah, dass ihn alleine schon die bisherigen Zärtlichkeiten und ihre forschenden Blicke alles andere als ungerührt ließen.

Pat hatte – von Statuen und Gemälden abgesehen – keine Vergleichsmöglichkeiten, was nackte Männer betraf, aber sie fand, dass Maximilian einen wunderbaren Körper hatte. Ihr Blick glitt von seinen hellblau leuchtenden Augen über sein Gesicht, seine schmalen Lippen, die diesmal nicht das übliche spöttisch-arrogante Lächeln trugen, sondern belustigte Verwunderung, dann weiter an ihm herab, über seine Schultern, die angespannten Muskeln seiner Brust, die ihr zeigten, wie erregt er war. Er wollte nach ihr greifen, aber sie wich aus. »Bleib so stehen! Ich will dich ansehen.«

Sie bemerkte mit einem Lächeln, dass er nach Luft schnappte, als sie begann, auch mit ihren Fingern zu *sehen,* sie über seinen flachen Bauch, die schmalen Hüften und dann weiter zu dem dichten gekrausten Haar führte. Sie sah, wie er sich erwartungsvoll verspannte, als sie näher kam, wich jedoch seitlich aus und strich hinab über seine kräftigen Schenkel. Dann stand sie auf, legte beide Hände auf seine Brust und drängte ihn zurück, bis er mit dem Rücken an der Wand stand.

»Was …?«

»Sei still und bleib so stehen!«

»Pat, was tust du da?«

»Genau das, was du früher schon mit mir gemacht hast und jetzt wieder machen wolltest«, meinte sie, während sie sich vor ihm hinkniete. Sie hatte ihn zwar schon berührt, gestreichelt und ertastet, aber noch niemals aus dieser Perspektive gesehen. Und sie mochte diesen Anblick. Sein Glied war schon wunderbar hart, stand vielversprechend empor, und während die Haut zuvor noch weiß gewesen war, mit einer dunkelroten Spitze, zeichneten sich nun deutlich Adern ab, die unter der samtweichen Haut bläulich durchschimmerten. Sie hauchte Küsse darauf, die ihn erschauern ließen, und ihre Finger zogen Linien von der Spitze bis zu jenem Teil, der in dem dichten Haar verschwand, und wieder zurück.

Dann befühlte sie neugierig seine Hoden unter dem harten Schaft, der sich vor ihrem Gesicht emporreckte, streichelte sie mit ihren Fingerspitzen. Als sie spürte, dass er zusammenschauderte, wurde sie noch ein bisschen intensiver, nahm sie ohne lange zu überlegen in die Hand, küsste sie und ließ ihre Zunge darüber gleiten bis dorthin, wo sie mit seinem Glied verwachsen waren. Maximilians heftige Reaktion erstaunte sie. Sein Glied zuckte im Rhythmus seines Herzschlags, und ein tiefes, fast schmerzliches Stöhnen entrang sich ihm. Sie fand es interessant, erregend, spürte das leichte Pochen zwischen ihren Beinen und das noch weitaus stärkere und verführerische Zucken zwischen ihren Lippen, als sie die geschwollene Eichel damit umfasste. Sie ließ ihre Zunge darum tanzen, tastete sich unter die Vorhaut, saugte zart daran und kostete den ihr noch fremden Geschmack aus, bis sie endlich kurzentschlossen ihren Mund ganz darüber stülpte und ihn in sich einsaugte. An seiner Erschütterung sah sie, dass es genau das Richtige zu sein schien.

»Nicht, Pat …« Das klang sehr halbherzig, und Pat achtete nicht darauf, sondern machte einfach weiter.

Maximilian hatte die Hände auf ihren Kopf gelegt, um sie wegzuschieben, fand dann jedoch nicht die Kraft dazu, sondern streichelte darüber, wickelte sich Strähnen ihres weichen Haares um die Finger. Er wusste, dass es Zeit war, ihr Einhalt zu gebieten, sah sich jedoch außerstande, Pat von sich zu schieben, sondern gab sich dem Genuss, den ihre Lippen und ihre Zunge bei ihm auslösten, mit einer Befriedigung hin, die er bisher nie verspürt hatte. Es würde ihren Einfluss auf ihn noch stärken, jenes seltsame Gefühl intensivieren, das ihm von Zeit zu Zeit, alleine schon wenn er sie nur ansah oder auch nur an sie dachte, alles im Leib herumdrehte, sein Herz schneller schlagen, seine Hände zittern ließ und ihm den Atem nahm. Es war wie eine Krankheit, obwohl er niemals krank wurde. Ein körperliches Leiden, das er, der Unsterbliche, bisher niemals gekannt hatte. Es war ebenso schön wie gefährlich, aber daran wollte er im Moment nicht denken. Nicht bei Pat. Sie hatte ihm ihr Vertrauen geschenkt und besaß auch das seine.

Es war mehr als nur ein leises Stöhnen, das sich ihm entrang, als er – oder vielmehr Pat – den Punkt seiner letzten Befürchtungen überwunden hatte und sich völlig dem Gefühl der Lust und der zu erwartenden Befriedigung hingab. Er presste die Kiefer aufeinander und schloss die Augen, als sie den Arm um seinen Schenkel schlang, ihn festhielt, während ihre andere Hand auf seinem Gesäß lag und in kreisenden Bewegungen darüber streichelte.

Vor einer Frau zu stehen, die ihn festhielt und auf sanfte, aber doch unmissverständliche Art zwang, ihr zu Willen zu sein, und ihr auch noch nachzugeben, war etwas völlig Neues und äußerst Reizvolles für ihn. Allein schon die Erkenntnis, dass er völlig nackt vor ihr stand, während sie selbst noch halb bekleidet war, sie ihn festhielt, ließ Schweißperlen auf seine Stirn treten, jagte Lustschauer durch seinen Körper und ließ ihn hart wie Stein werden. Er hatte ähnliche Spiele schon mit Frauen getrieben, um sie zu unterwerfen, sie seine Macht spüren zu lassen, aber dieses Mal war er in Pats Hand.

In ihrer Hand … in ihrem Mund …

Sie bewegte ihre Lippen mit festem Druck auf und ab, die Enge ihres Leibes imitierend, und wenn er hinabblickte, sah er erregt, wie sein Glied zwischen ihren Lippen verschwand, sie ihn in sich aufsaugte. Dazwischen ließ sie ihn ihre Zunge spüren, die sich hart in seine pochende Spitze bohrte und dann wieder ihre Zähne, die sich aufreizend, aber voller Bedachtsamkeit und sehr vorsichtig in seine Haut gruben, gerade so viel, dass er nur einen Anflug von Schmerz spürte.

Er lehnte sich an die Wand, presste die Handflächen auf der Suche nach einem Halt dagegen und schloss wieder die Augen. Es war unfassbar, was ihre Lippen und ihre Zunge in ihm auslösten. Seine Erregung wurde quälend, sein Glied schmerzhaft hart. Aber in dem Moment, als er das Gefühl hatte, vor Lust schreien oder zerbersten zu müssen, zuckte ein Blitz durch seinen Körper, ließ ihn erbeben und sich mit einem heiseren Laut, der tief aus seinem Leib zu kommen schien, zusammenkrümmen. Und als er endlich mit mehreren, wilden Zuckungen die Erlösung in ihrem Mund fand, dabei trotz aller Heftigkeit verzweifelt darauf bedacht, nicht rücksichtslos zwischen Pats Lippen zu stoßen und ihr weh zu tun, glaubte er, Sterne explodieren zu sehen. Seine Knie wollten nachgeben, aber immer noch ließ Pat ihn nicht los, saugte weiter, als wollte sie ihm auch noch das letzte bisschen seines Samens entreißen.

Endlich zog sie sich fast widerwillig von ihm zurück, und er sank keuchend und überwältigt von den Gefühlen, die Pats Lippen, ihre Zunge, die feuchte, warme Höhle ihres Mundes in ihm ausgelöst hatten, vor ihr in die Knie. Er sah sie an, als sähe er sie zum ersten Mal. Was für eine Frau! Überwältigend, erotisch, hinreißend! Und zwar so überwältigend, dass seine Hände dunkle Brandspuren an der Wand hinterlassen hatten.

Es war erst so kurze Zeit her, dass sie völlig unschuldig in seinen Armen gelegen hatte, und jetzt das! Ein Ausbund an Verführung! Woher konnte sie das? Wurden Frauen wie sie schon mit dem Wissen geboren, wie man einen Mann am besten um den Verstand brachte?

Pat hockte da, wischte sich mit dem Zeigefinger über die Mundwinkel und fuhr sich mit der Zunge über die Lippen. »Schmeckt seltsam«, sagte sie endlich. »Ein bisschen bitter vielleicht, salzig. Aber sonst nicht übel. Ich hatte es mir schlimmer vorgestellt. Und ich glaube, ich möchte das sogar ziemlich bald wieder tun.«

»Pat …« Er legte die Arme um sie, zog sie an sich und lachte leise und sehr zärtlich.

Seit von Maximilian entschieden worden war, dass Pat mehr Zeit mit ihm zu verbringen hatte, nutzte er auch die Stunden des Tages, um mit ihr zusammen sein zu können. Und so kam es, dass die Vorhänge der Bibliothek und in allen anderen Räumen des Schlosses immer fest zugezogen blieben und Pat bei Kerzenlicht arbeitete, während Maximilian etwas abseits in seinem Lieblingslehnsessel saß, ein Bein lässig über das andere geschlagen, ein Glas mit seinem besten Rotwein in der Hand hielt und von Zeit zu Zeit davon nippte, Pat dabei über den Rand des Glases hinweg beobachtend. Da er im Halbschatten saß, lag sein Gesicht im Dunkeln und sie konnte, wenn sie hinüberblickte – was sehr häufig der Fall war – deutlich das blaue Leuchten seiner Augen sehen.

Sie kannte dieses Phänomen inzwischen schon sehr gut. Blau bedeutete – je nach Intensität – Amüsement, Zuneigung, unausgesprochene Erotik und der Wunsch, sie in den Armen zu halten. Begannen sie dagegen rötlich zu schimmern, so war Maximilian verärgert. Das rötliche Licht konnte sich natürlich auch zu einem heftigen Flackern steigern, bis Flammen aus seinen Augen zu lodern schienen und am Ende oft sogar rötliche Blitze hervorschossen. Aber dieses Stadium hatte sie nicht mehr gesehen, seit dieser abscheuliche Vampir versucht hatte, sie zu überfallen.

»Du solltest mich nicht so ansehen, Max«, sagte sie über die Schulter, während sie einen der schweren Folianten wieder zurück in den schön geschnitzten Bücherschrank stellte. »Das lenkt mich von meiner Arbeit ab.«

Maximilian hielt es nicht der Mühe wert, auf ihren Vorwurf einzugehen. »Ich mag es, wie du mich ›Max‹ nennst. Das ist bisher noch niemandem eingefallen.« Er lächelte lasziv, und seine dunkle Stimme troff vor Erotik. Sie blickte wieder hinüber, diesmal jedoch einen Augenblick zu lang. Eine Welle schier unwiderstehlicher Anziehungskraft wogte aus seinen Augen und seinem Lächeln zu ihr herüber und erfasste sie. Pat zögerte nicht länger, warf das Buch, das sie soeben aus dem Regal genommen hatte, auf den Tisch und saß eine Sekunde später auf Maximilians Knien.

»So ist es schon besser, mein Liebchen«, murmelte er, während er sich an ihrem Mieder zu schaffen machte.

»Und *ich* mag es, wie du mich ›Liebchen‹ nennst«, flüsterte Pat zurück, seine langen schlanken Finger genießend, die schon den richtigen Weg in ihren Ausschnitt gefunden hatten und dort ihre zarten Brustspitzen erfreuten. Sie kam sich wieder einmal so herrlich verworfen vor. Wenn sie darüber nachdachte – was sehr selten geschah –, so konnte sie es immer noch nicht fassen, dass aus der tugendhaften Miss Smith innerhalb einiger Wochen eine Frau geworden war, die ihre Lieblingsbeschäftigung darin sah, mit ihrem Geliebten zu turteln und noch weitaus interessantere Dinge zu tun.

Er hauchte unzählige Küsse auf ihren Hals, einer zarter und doch heißer als der andere, bis Pats Haut wieder einmal zu prickeln begann, ganz so, als würden unter seinen Berührungen kleine Funken sprühen. Diese in der Zwischenzeit schon wohlbekannte Wärme durchflutete sie und sammelte sich in ihren intimsten Körperstellen, als er begann, unendlich zart und erotisch an ihrem Ohrläppchen zu knabbern.

Sie war soeben dabei, sich an seinem Halstuch zu vergreifen, als ein dezentes Klopfen ertönte. Früher war Simmons einfach hereingekommen, aber seit einer gewissen Zeit hatte er es sich angewöhnt, vorher zu klopfen und dann noch eine Anstandsminute zu warten, bevor er die Tür öffnete. Als er diesmal eintrat, blickte er starr zur Decke hinauf. »Es ist Besuch für Sie gekommen, Mylord.«

»Besuch?« Maximilian schien hinauszuhorchen, dann verfinsterte sich sein Gesicht. »Führen Sie die Dame bitte in den Salon, ich komme sofort.«

»Sehr wohl, Mylord.« Simmons schloss die Tür wieder sehr sorgfältig hinter sich, und Maximilian erhob sich mit einem Seufzen, Pat mit sich hochziehend.

»Es tut mir leid, aber ich fürchte, ich muss diese Dame

empfangen.« Er brachte, während er sprach, seine Kleidung wieder in Ordnung, aber Pat konnte ihm deutlich ansehen, dass er es vorgezogen hätte, in einem noch weitaus derangierteren Zustand bei ihr zu bleiben.

»Was ist das denn für eine Dame?«

»Eine alte Freundin«, erwiderte er leichthin. Er beugte sich zu ihr und gab ihr einen schnellen Kuss auf die Wange. »Es dauert bestimmt nicht lange, Pat. Dann machen wir da weiter, wo wir jetzt aufgehört haben. Warte hier schön brav auf mich.«

Pat lächelte ihm nach, machte sich jedoch, nachdem die Tür hinter ihm zugefallen war, ebenfalls besucherfähig. Irgendwie würde sie es schon schaffen, wenigstens einen Blick auf diese geheimnisvolle Dame zu werfen.

»Welch eine unerwartete Überraschung«, sagte Maximilian, ohne sein Missvergnügen zu verbergen, als er in den Salon trat und sich Hagazussa gegenübersah. Dabei sah die schöne Hexe wieder geradezu umwerfend aus mit ihrem brandroten Haar, das sie in Locken hochgesteckt hatte, dem eleganten dunkelgrünen Reisekleid und den leuchtend grünen Augen, die eine Sinnlichkeit ausstrahlten, die einen weniger abgehärteten – und vor allem weniger verliebten – Mann als Maximilian vermutlich sofort zu ihren Füßen geworfen hätte, um ihre Gunst zu erflehen.

Ihr schöner Mund verzog sich zu einem strahlenden Lächeln, als sie mit ausgestreckten Händen auf ihn zuging, nein, *schwebte*. Pat dagegen schwebte niemals. Pat stapfte wohl eher. Er hatte, bis er Pat getroffen hatte, nicht einmal gewusst, wie überaus reizend er stapfende Frauen fand.

»Ach, Maximilian, mein Geliebter, ich konnte es einfach nicht mehr ohne dich aushalten, und da ich ganz in der Nähe war …« Sie bemerkte, dass er die junge Frau betrachtete, die etwas abseits stand und ihn neugierig ansah. »Das ist Venetia, meine süße kleine Succubi«, gurrte sie. »Sie begleitet mich, damit mir auf der Reise nicht langweilig wird. Und kommen musste ich, nachdem ich dich so lange nicht mehr gesehen hatte. Aber ich glaube, ihr kennt euch ja schon.«

»Flüchtig.« Seine Augen glitten desinteressiert von Hagazussas Lieblingsspielzeug wieder zu ihr zurück.

»Nun ja …« Sie trat etwas näher und senkte die Stimme zu einem Flüstern: »Es ist auch so, dass ich Neuigkeiten für dich habe, die dich ganz gewiss interessieren werden.«

»Tatsächlich?« Er klang völlig unverbindlich, hatte die Hände am Rücken verschränkt und musterte Hagazussa gleichmütig.

Die Hexe zog sich die Handschuhe aus. »Du könntest ruhig etwas zuvorkommender sein und uns zum Beispiel etwas zu trinken anbieten.«

»Ah ja, natürlich. Verzeihung.« Maximilian klang zwar höflich, aber unbeeindruckt, als er an der Klingel zog und dem auf sein Läuten erscheinenden Simmons Anweisung gab, Erfrischungen zu servieren.

Hagazussa winkte ihrer Begleiterin zu. »Am besten, mein Kindchen, du lässt uns jetzt alleine. Sieh dich einfach ein bisschen im Schloss um, Lord Churtham und ich haben einiges zu besprechen.« Wie immer, wenn sie sich im Rahmen des Lebens trafen, das sie in der Welt der Menschen führten, verwendete sie wie selbstverständlich seinen angenommenen Namen.

»Ja, Herrin.« Die Kleine knickste vor Maximilian und verließ das Zimmer. Hagazussa sah ihr wohlwollend nach. »Ein süßer Fratz. Und noch so verspielt.«

»Du bist gewiss nicht nur gekommen, um mir deine Bettgefährtin vorzustellen«, erwiderte Maximilian kühl. Er wollte die schöne Hexe so schnell wie möglich aus dem Haus haben, bevor Pat am Ende noch auf die Idee kam, sich diese Besucherin näher anzusehen. Er konnte Komplikationen dieser Art wahrlich nicht gebrauchen.

»Nein«, Hagazussa musterte ihn unter halbgesenkten Lidern. Es war ein sehr erotischer Blick, aber Maximilian war dank Pat gegen alles gewappnet. »Obwohl es mich gefreut hätte, dich ein wenig eifersüchtig zu sehen, mein kühler Freund.«

»Eifersucht?«, fragte er mit hochgezogenen Augenbrauen. »Seit wann hältst du mich derartig lächerlicher Gefühle für fähig?«

»Nein, natürlich nicht.« Hagazussa klang etwas verstimmt. Sie sah sich um und ging langsam im Zimmer auf und ab, dabei gereizt ihre Handschuhe in ihre flache Hand schlagend. »Hast du nicht früher schon einmal hier gelebt?«

»Vor vielen Jahren, das stimmt. Die Burg war damals herrenlos, der letzte Earl of Barlem war schon lange verstorben, und so nahm ich eben seinen Platz ein. Allerdings nur eine gewisse Zeit, dann hatte diese neue Art von Sesshaftigkeit ihren Reiz für mich verloren.«

»Aber es scheint dich wieder hierher zurückgezogen zu haben …«

Er zuckte mit den Schultern. »Es gab auf der Welt nichts mehr zu sehen, was sich gelohnt hätte. Und dieses Schloss stand immer noch leer. Es hatte seit meinem letzten Aufenthalt hier keinen besonders guten Ruf, also hat niemals jemand Anspruch darauf erhoben.«

»Und dann ist dir ja auch diese Frau über den Weg gelaufen.« Hagazussa blieb vor dem Kamin stehen. Wie in jedem Raum brannte auch im Salon ein Feuer, und sie sah nachdenklich in die Flammen. »Diese Antoinette. Ich kann mich gut an sie erinnern. Du warst so verrückt nach ihr, dass ich fast eifersüchtig geworden wäre, wenn ich dieser Absurdität überhaupt fähig wäre.«

Maximilian gab keine Antwort, sondern starrte ebenfalls ins Feuer, das zunehmend kräftiger wurde.

Die schöne Hexe sank anmutig in einen Sessel. »Sag mir, Maximilian, geht uns wirklich etwas verloren, wenn wir so leben?«

»Wir leben im Schatten ...«

»Aber ich kann mich im Gegensatz zu dir im Licht bewegen, mich tötet es nicht.« Sie wies dabei auf die fest geschlossenen Vorhänge und die Kerzen, die den Raum erhellten.

»Und dennoch lebst du in der Dunkelheit.« Maximilian sprach mehr zu sich selbst. »Das ist kein Licht, was du siehst, nur ein schaler Abglanz davon.«

»Hast du nicht selbst einmal gesagt, man müsse das Böse in der Welt verbreiten, damit endlich alles zugrunde geht?«, sprach sie weiter.

»Ich war ein zynischer Narr«, sagte Maximilian bitter. »Und ein wahrhaft *verdammter* noch dazu.«

Hagazussa zögerte, bevor sie die nächsten Worte aussprach. »Aber du hast dir vor gar nicht allzu langer

Zeit ein bisschen Licht ins Haus geholt, nicht wahr?« Sie lächelte bemüht, als er ihr seinen durchdringenden Blick zuwandte. »Eine Frau. Eine ganz normale Frau, die in der Sonne lebt, keinen bösen Gedanken hat und dir alles das gibt, was du sonst vermissen müsstest.« Sie betrachtete ihn sinnend. »Was ist es, das du bei ihr suchst? Zuneigung? Gefühle?«

»Schon möglich.« Haga wäre die Letzte gewesen, mit der er über dieses verwirrende Gefühl für Pat gesprochen hätte, das seinen ganzen Körper besaß, ihm schon bei ihrem Anblick vor Zuneigung förmlich alles im Leib herumzudrehen schien, und seine Hände zittern ließ. Außerdem war Pat mehr für ihn als nur Licht, sie war wie eine Sonne, die ihn wärmte.

»Nun, wenn es nur das ist«, sagte sie mit einem gezwungenen Auflachen, »das hättest du auch bei mir haben können. Ich … mochte dich auch immer … sehr gerne.«

»Das war etwas anderes, Haga. Etwas völlig anderes. Glaub mir, ich kenne den Unterschied.«

Hagazussa starrte ihn minutenlang schweigend an, dann erhob sie sich abrupt. »Ja, vermutlich. Ich glaube, es wird jetzt Zeit, dass ich gehe.« Ein spöttisches Lächeln glitt über ihr Gesicht. »Ich möchte das traute Glück nicht länger stören.«

»Das ist sehr aufmerksam von dir«, erwiderte Maximilian, ihrem Spott gegenüber völlig unempfindlich.

Die Hexe rauschte mit wehenden Röcken an ihm vorbei. Kurz vor der Tür drehte sie sich noch einmal um. »Ach, was ich noch sagen wollte: Angeblich wurde Muran vor kurzem hier in der Nähe gesichtet.«

»Tatsächlich?«

Hagazussa trat auf Maximilian zu, einen besorgten Ausdruck in den Augen. »Nimm diesen Vampir nicht zu leicht, Maximilian, mein Lieber. Er steht in Strigons Diensten und kann sehr gefährlich werden.«

Maximilian zog die Augenbrauen hoch. »Meinst du? Nun, er war tatsächlich schon hier, um sein Unwesen zu treiben, aber wie ich feststellen durfte, kann eine entschlossene Frau durchaus mit Hilfe eines Schürhakens mit ihm fertig werden.«

Sie sah ihn zuerst verständnislos an, dann begann sie zu lachen. »Du willst doch nicht wirklich ... Ach, du machst dich über mich lustig! Hat ...«, sie deutete zur Tür, »hat sie wirklich? Mit einem Schürhaken?«

»Es war ein bezaubernder Anblick, wie er da lag, mit dem Haken im Schädel, alles voller Blut. Ich habe es wirklich genossen. Allerdings hielt die Betäubung nicht lange an, und ich musste dann zu stärkeren Mitteln greifen, um ihn loszuwerden.« Maximilian grinste. Das war etwas, das Hagazussa noch nie an ihm gesehen hatte. Und er sah so jung, so unglaublich anziehend dabei aus, dass sie spürte, wie ihr Herz schneller schlug und es warm in ihre Wangen stieg.

Sie senkte die langen Wimpern, und ein boshaftes Lächeln spielte um ihren Mund. »Soll das heißen, dass wir vermutlich nie wieder etwas von ihm hören werden?«

»Das hoffe ich doch sehr.«

»Das hast du gut gemacht«, lächelte Hagazussa. »Sehr gut, ich konnte dieses miese Stück niemals leiden.« Sie trat aus der Tür, die Maximilian zuvorkommend für sie öffnete, und sah sich um. »Wo ist denn mein kleiner Liebling? Ach ja, dort!« Und noch ehe

Maximilian sie daran hindern konnte, war sie auch schon quer durch die Halle gerauscht und hatte die Bibliothek betreten.

Pat saß mit einer sehr hübschen jungen Frau zusammen, die sie, nachdem Maximilian seine Besucherin empfangen hatte, aufgesucht hatte. Sie sah ganz bezaubernd aus, ihr Kopf schien nur aus kleinen goldenen Löckchen zu bestehen, und das Gesicht war lieblreizend, mit großen, unschuldigen blauen Augen. Pat hatte sich schnell mit ihr angefreundet und lauschte nun mit steigender Verwunderung ihren Erzählungen.

»… und dann hat sie diesen Trank in unsere Becher geschöpft, und wir haben getrunken und schwebten plötzlich ganz oben an der Decke. Immer zwei zur gleichen Zeit, wo wir uns dann endlos lange liebten …« Sie seufzte sehnsüchtig bei der Erinnerung. »Ach, war das schön.« Als Pats verblüfftes Schweigen zu lange anhielt, sah sie sie fragend an. »Sie führen doch auch sexualmagische Praktiken durch, nicht wahr? Ich sage immer, es gibt nichts Aufreizenderes und Erbaulicheres. Aber vielleicht sehen wir uns ja bei der nächsten Messe. Sie müssen unbedingt kommen! Sie versäumen etwas!«

»Wirklich?«, fragte Pat staunend. »Aber üblicherweise stehen diese schwarzen Messen doch in einem eher schlechten Ruf. Erst kürzlich habe ich etwas darüber gelesen, wo …«

Die Kleine winkte ab. »Ach, das sind doch nur alles Leute, die keine Ahnung davon haben, was richtig

Spaß macht. Alles nur Spießer, die jeden Scherz verderben!« Sie beugte sich etwas näher. »Meine Herrin, Madame Hagazussa, mag diese Messen auch nicht, sie sagt, es treibe sich der ganze Pöbel dort herum. Aber ich finde …« Sie unterbrach sich und wandte sich um, als sie Pats Blick fest auf die Tür gehaftet sah.

Hagazussa stand darin, und Pat hielt sekundenlang die Luft an, geblendet von der Erscheinung der anderen. Noch nie zuvor hatte sie eine so schöne Frau gesehen. Im nächsten Moment stieg eine Welle der Eifersucht in ihr hoch, von der sie bisher nicht einmal geahnt hatte, dass sie dazu überhaupt fähig wäre. *Das* war also Maximilians Besucherin! Und so wie sie ihn ansah, sich nach ihm umdrehte, ihn anlächelte, nicht gerade eine oberflächliche Bekanntschaft. Sie kam näher, dicht gefolgt von Maximilian, dessen Augenbrauen sich bedenklich zusammengezogen hatten.

»Sie müssen also Maximilians guter Stern sein!« Die schöne Fremde trat mit ausgestreckten Händen auf sie zu. Pat erhob sich höflich, wollte eine der gepflegten weißen Hände ergreifen, aber die andere hatte sie schon an sich gezogen wie eine gute alte Freundin und küsste sie anmutig auf beide Wangen. Ein geradezu betäubender Duft stieg Pat in die Nase und machte sie schwindlig, dann war sie wieder frei, und der wohlwollende Blick der Besucherin glitt von ihr zu der Blonden. »Ihr beide habt euch wohl gut verstanden?«

»Ich habe Patricia eingeladen, mit mir das nächste Mal eine schwarze Messe zu besuchen«, sagte die Kleine eifrig.

Hagazussas Lächeln wurde zuckersüß. »Wirklich?

Was für eine reizende Idee!« Sie zuckte zusammen, als sie plötzlich Maximilians festen Griff um ihren wohlgeformten Oberarm fühlte.

»Schade, dass du schon gehen musst.«

»Aber …«

»Ich will dich nicht aufhalten.« Er zog sie zur Tür. »So, das reicht jetzt. Nimm dieses kleine höllische Luder«, zischte er Hagazussa so leise zu, dass nur sie ihn verstehen konnte, »und sorge dafür, dass es nie wieder in dieses Haus oder auch nur in Pats Nähe kommt! Sonst werdet ihr es beide bereuen!«

»Aber ja doch!« Hagazussa warf noch ein strahlendes Lächeln in Pats Richtung, bevor Maximilian sie energisch zur Tür hinaus durch die Halle schob und dafür sorgte, dass sowohl sie als auch die Kleine das Schloss verließen und in ihre Kutsche stiegen.

»Das soll ein Feuerdämon sein?«, fragte Venetia abfällig, als sie in der Kutsche saßen und die Pferde anzogen. Sie hatte, nach allem was ihr von ihm zu Ohren gekommen war, eine Attraktion erwartet und war schon nach seinem Besuch im »Chez Haga« von ihm enttäuscht gewesen. Und was fand sie hier vor? Einen zwar äußerst gutaussehenden, aber langweiligen Mann, der nicht im Geringsten ihrer Vorstellung eines wirklich verworfenen Dämons ähnelte.

Hagazussa lächelte leicht. »Ja, und was für einer.«

»Er sieht aber so bieder aus«, sprach die kleine Succubi weiter. »Und war noch langweiliger als zuletzt, als er dich im Bordell aufgesucht hat.«

»Er hat sich heute eben von seiner besten Seite gezeigt«, erwiderte Hagazussa mit spöttisch herabgezogenen Mundwinkeln. »Obgleich«, fügte sie dann schulterzuckend hinzu, »mir seine schlechteste immer wesentlich reizvoller erschienen ist.«

»Aber …«

Hagazussa lachte freudlos. »Reiz ihn nur, dann wirst du schon sehen, wie gefährlich er wirklich ist.« Hagazussas Augen sprühten nicht weniger Feuer als jene von Maximilian, wenn auch in einer weitaus harmloseren Art. Er hatte sie doch tatsächlich hinausgeworfen! Wegen dieser dummen, menschlichen Gans!

»Die junge Frau war sehr nett, die in der Bibliothek arbeitet«, fuhr ihre unbedarfte kleine Begleiterin fort. »Hast du gesehen, Herrin, wie sie ihn angesehen hat und er sie? Ich glaube fast, er fühlt sich zu ihr hingezogen.«

Hagazussas Antwort bestand in einer schallenden Ohrfeige. Die Kleine brach sofort in heftiges Schluchzen aus und hielt sich die Wange. »Warum denn? Was habe ich denn gesagt?«

»Unbeschreiblichen Unsinn, du hirnlose Gans!«, fuhr Hagazussa sie wütend an. »Halt endlich den Mund! Musst du ununterbrochen plappern?« Sie warf ihrer kleinen Freundin noch einen gereizten Blick zu und lehnte sich dann in die weichen Polster der Kutsche zurück.

Natürlich fühlte er sich zu dieser Frau – diesem Nichts – hingezogen! *Mehr* als hingezogen sogar, wenn ihr für Schwächen anderer geschultes Auge sie nicht im Stich gelassen hatte. Jeden anderen Mann hätte sie schon längst in ihrem Bann gehabt. Und wenn nicht freiwillig, dann eben mit Hilfe ihrer unfehlbaren Beschwörungsformeln oder gewisser Liebestränke, die sie zuzubereiten verstand wie niemand sonst. Maximilian war jedoch gegen alles immun gewesen. Nicht allerdings gegen dieses unscheinbare Gänschen, das ebenfalls bis über beide Ohren in ihn verliebt war.

Und sie stand mit leeren Händen da.

»Ich würde gerne einmal zu einer schwarzen Messe gehen«, erklärte Pat, als sie am Abend in Maximilians Schlafzimmer waren. Sie war bereits ausgekleidet und hatte nur noch der Form halber ihren Schlafrock umgeworfen.

Maximilian drehte sich so schnell nach ihr um, dass sie zusammenzuckte. Zum ersten Mal seit langer Zeit war wieder dieses rötliche Funkeln in seinen Augen, ein Zeichen, dass er wütend war. »Sag so etwas nie wieder, hörst du?!«

»Warum denn nicht?«, fragte sie erstaunt. »Du warst doch auch immer dort. Zumindest hat das dieses Mädchen behauptet.«

»Dieses Mädchen«, erwiderte Maximilian mit vor Ärger bebender Stimme, »ist eines der albernsten Geschöpfe, die mir jemals untergekommen sind. Ich wünsche auf gar keinen Fall, dass du mit diesem verkommenen Subjekt in Zukunft auch nur den geringsten Kontakt hast!« Er sah Pat scharf an. »Weißt du überhaupt, was eine schwarze Messe ist?«

»Es klingt sehr verworfen, so wie sie es geschildert hat«, antwortete Pat mit einem wohligen Schaudern.

»So?! Nun, ich hoffe doch nicht, dass dir so etwas gefällt! Alle tanzen nackt herum …«

»Aber das haben wir doch auch schon gemacht«, kicherte Pat unverbesserlich. »Und ich fand es *sehr* schön.«

Maximilian rang sichtlich nach Worten. »Du bist das Unverfrorenste, das mir jemals untergekommen ist. Außerdem«, belehrte er sie zu ihrer größten Verblüffung wie ein Schullehrer mit mahnend erhobenem Zeigefinger, »sind das dort keine normalen Menschen, sondern ein Haufen von Hexen und Dämonen …«

»Dämonen?« Pat bekam große Augen. »Von Dämonen habe ich gelesen, aber ich habe nicht dran geglaubt.« Sie blinzelte ihm übermütig zu. »Eher noch an Vampire.«

Maximilian atmete tief durch. Vielleicht wäre es jetzt an der Zeit gewesen, Pat über einiges aufzuklären, aber er hatte eine unbestimmte Scheu davor, ihr zu sagen, wer oder was er wirklich war. »Und doch gibt es sie, Pat. Und sie können schlechter sein als alles, was du dir vorstellen kannst. Schlimmer als dein schlimmster Albtraum.«

»Aber wenn du mitgehst …«

»Nein! Das ist kein Spaß, Pat! Du würdest schnell die Flucht ergreifen, wenn du zusiehst, wie sie sich völlig hemmungslos übereinander und untereinander wälzen, jeder treibt es mit jedem, Männer mit Frauen, Männer mit Männern, Frauen mit Frauen …«

»Es treiben? Männer mit Männern? Frauen mit Frauen?« Pat hatte rosige Wangen bekommen. Sie hatte zwar schon viel von ihrer früheren Sittsamkeit abgelegt, seit sie das erste Mal die Leidenschaft in Maximilians Armen kennengelernt hatte, aber diese Vorstellung fand sie doch etwas lose.

»Du wirst ja schon rot, wenn ich es nur ausspreche«, sagte Maximilian wütend. »Aber die Orgien wären noch das Harmloseste. Schlimmer wird es dann, wenn Blut fließt und am Ende sogar unschuldige Menschen dafür sterben müssen. Kinder, deren Blut von diesen Geschöpfen getrunken wird!«

Es war still.

»Und solche Leute kennst du?«, fragte Pat nach einigen Minuten schockierten Schweigens. Ein Vampir, der nicht verhungern wollte, war eine Sache, aber aus purem Spaß Menschenblut zu trinken war furchtbar.

»Ja. Und ich bin wahrhaftig nicht stolz darauf. Aber wenn du mir noch ein einziges Mal mit der Idee kommst, zu so etwas gehen zu wollen, dann lege ich dich über das Knie, mein verderbtes Früchtchen, und prügle dich windelweich!«

In Pats Augen blitzte es schalkhaft auf, sie setzte sich aufs Bett, zog die Knie an und verschränkte die Arme darum. »Wenn du mir drohst, sollte ich wohl besser abreisen. Ich lasse mich nämlich nicht gerne verprügeln.« Sie kannte ihren Maximilian inzwischen schon gut genug, um zu wissen, dass er sie nicht einmal mit dem Finger anstupsen würde.

»Zu spät«, brummte Maximilian, sie schon wieder wesentlich sanfter anblickend, da er sich außerstande sah, den reizenden Grübchen auf ihren Wangen lange Widerstand zu leisten, »du kannst jetzt nicht mehr weg.«

Pat sprang auf und stemmte herausfordernd die Hände in die Hüften. »Ach und weshalb nicht?«

»Weil ich besessen von dir bin«, erwiderte er grinsend. Es war die Wahrheit und es erstaunte ihn selbst jedes Mal wieder. Er hatte sie besitzen, sie sich zu eigen machen wollen, und dann hatte sich plötzlich etwas verändert. Er konnte jetzt noch weniger auf sie verzichten als zuvor, aber er würde niemals mehr Gewalt anwenden, um sie zum Bleiben zu zwingen. Wenn er auch sonst gewissenlos jede andere Möglichkeit der Überredung ausnutzen würde.

»So«, sagte Pat, »wenn du wirklich so versessen auf mich bist, dann beweise es!« Sie stieß ihn zum Bett hin, riss sein Hemd mit einem Ruck auf und gab ihm einen Schubs, dass er auf den Rücken fiel, bevor sie sich auf ihn warf und sich mit gespreizten Beinen auf seine Oberschenkel setzte. »Und jetzt will ich wissen, was es mit diesen sexualmagischen Praktiken auf sich hat, von denen dieses Mädchen gesprochen hat.«

»So lange habt ihr euch doch gar nicht unterhalten«, sagte Maximilian mit hochgezogenen Augenbrauen. Er hatte sich auf die Ellbogen gestützt und sah sie mit diesem berüchtigten lasziven Lächeln an. »Ihr habt die kurze Zeit tatsächlich zu nützen gewusst.«

»Wir konnten aber nicht ins Detail gehen«, erwiderte Pat. »Deshalb will ich jetzt alles von *dir* wissen.«

Maximilian grinste. »Hast du keine Angst, dass wir dann beide morgen in der Hölle aufwachen, mein Engel?« Noch während er sprach, wusste er, dass er mit sämtlichen Dämonen der Hölle und aller Welten kämpfen würde, um das zu verhindern.

»Und wenn schon. Ich kauf uns wieder frei. Angeblich soll der Teufel für Geschäfte ja recht empfänglich sein«, meinte Pat ungerührt. »Und ich will es jetzt jedenfalls *magisch* und *dämonisch*! Ich will wissen, was dahinter ist!«

»Das ist zwar sehr schmeichelhaft, aber ich glaube nicht, dass du das wirklich wissen willst.«

»O doch!«

»Du wirst danach entsetzt sein, meine Süße«, sagte er halb abwehrend, während Pat sah, dass in seine Augen langsam wieder dieses hellblaue Flackern trat.

»Versuchen wir's doch einfach«, gab sie mit einem Lächeln zurück, das sofort die Wärme in seine empfindlichsten Körperteile trieb.

»Na schön«, brummte er, »aber beschwer dich dann nicht bei mir.«

Pat schnappte überrascht nach Luft, als er sie mit einem blitzschnellen Griff neben sich auf das Bett zog und sie zurückdrückte, bis sie auf dem Rücken lag. Dann kniete er sich zwischen ihre Schenkel, hob sie an den Hüften hoch und legte sich ihre Beine so über die Schultern, dass ihre Knie rechts und links neben seinem Kopf lagen.

»Das wird jetzt dämonisch?«, fragte Pat aufgeregt. Ihre geöffnete Scham lag knapp vor seinem Gesicht und allein schon der Gedanke, was er alles aus nächster Nähe sehen konnte, ließ sie vor Erregung feucht werden.

Maximilian grinste nur. Das hellblaue Licht in seinen Augen strahlte stärker als die Kerzen auf dem Tisch, als er einen Arm um ihren Leib schlang und sich langsam erhob.

»Was tust du denn da?«, fragte Pat verblüfft, als sie mit ihrem Rücken an seinem Körper liegend hinunterhing und nur mit Kopf und Schultern auf den seidigen Laken auflag.

»Ich liebe dich dämonisch, das wolltest du doch. Eigentlich solltest du dabei nicht so bequem liegen, sondern kopfüber hängen und gerade noch mit den Fingerspitzen den Boden berühren, aber das können wir uns ja für ein anderes Mal aufheben.«

»Ja, aber …«

»Psst …«

Pat gab ein kleines, genussvolles Stöhnen von sich, als er seinen Kopf vorbeugte und seine Zunge und Lippen begannen, geduldig die empfindlichsten Stellen zwischen ihren Schenkeln zu suchen. Maximilian war ein wahrer Meister darin, sie durch gezielte Berührungen, wie das Streicheln seiner Zunge, das Saugen seiner Lippen und mit seinen Händen, die unaufhörlich über ihren Körper glitten, in einen Zustand zu versetzen, der wahrhaftig dämonische Ausmaße annahm. Zuerst zappelte sie ein wenig, dann, als sie sein hartes Glied spürte, das sich in ihren Rücken bohrte, wand sie sich bereits, und nach einer endlos langen Zeit, in der er sich trotz ihres Keuchens und ihrer eindringlicher werdenden Bitten geweigert hatte, von ihr abzulassen, stieß sie kleine Schreie der Verzückung aus und klammerte sich mit ihren Beinen so fest an seinen Hals und seine Schultern, dass ein weniger kräftiger Mann als er vermutlich schon längst halb erwürgt worden wäre.

»Diese Stellung hat mir ein alter Venezianer empfohlen«, murmelte Maximilian, als er ihr einige wenige Sekunden Ruhe gönnte, bevor er wieder mit seinen heftigen Liebkosungen fortfuhr, die Pat fast um den Verstand brachten. Sie hatte es geschafft, ein Kissen heranzuziehen, klammerte sich nun daran fest und krallte ihre Finger so hinein, dass beinahe ihre Nägel abbrachen.

Kleine Flammen züngelten aus Maximilians Fingern, krochen auf Pat hinab, bis ihr Körper glühte, ihr ganzer Leib im Rhythmus schnell aufeinanderfolgender Orgasmen pulsierte, die sogar ihre Haarspitzen zu erfassen schienen, während alles an ihr, völlig losgelöst von jedem Gedanken, zuckte und vibrierte.

»Dieser Venezianer war ein Könner in der Kunst der Liebe«, sprach er weiter, als er sie endlich sanft zurück auf die Matratze gleiten ließ, wo sie vor Erschöpfung so liegen blieb, wie er sie hingelegt hatte, Arme und Beine weit von sich gestreckt.

»Ich möchte nicht wissen«, stöhnte Pat, halb bewusstlos vor überstandener Lust, »was er im Gegenzug von dir gelernt hat.«

Maximilian lachte leise, aber in seinen Augen brannte ein leidenschaftliches Begehren. »Leider«, flüsterte er heiser, »kann ich dir jetzt noch keine Ruhe gönnen, mein neugieriges Dämonenliebchen, weil ich sonst vor Sehnsucht nach dir sterbe.« Sein ungeduldiges Glied streifte ihren Schenkel, als er über sie glitt und ihre Beine noch etwas weiter öffnete.

Pat fühlte auf der Stelle neue Kräfte in sich erwachen und rekelte sich wohlig unter ihm, als er mit einem schnellen, ungeduldigen Stoß Besitz von ihr ergriff, sich kreisend in ihr bewegte und ihren Körper abermals so erhitzte, dass sie nach Atem rang, als er schneller und schneller zustieß, bis sie sich unter einem weiteren Höhepunkt ihrer Lust wild aufbäumte. Und obwohl sie hätte schwören können, dass er selbst auch jene Gefilde erreicht hatte, die – zumindest kurzzeitig – Befriedigung und Erlösung brachten, fand sie sich zu ihrer größten Überraschung fast unmittelbar darauf mit gespreizten Beinen auf ihm sitzend, während er ihre Hüften festhielt und sie sich so heftig auf ihm auf und ab bewegte, dass sie kaum noch Luft zum Stöhnen hatte.

»Du hattest recht«, sagte Pat einige Stunden später, in denen sie in seinen Armen und unter seinen Händen von einer Ekstase in die andere getaumelt war, ihren eigenen Willen dabei mit jeder Liebkosung mehr verlierend, bis sie, ohne nachzudenken, jedem seiner Winke, Blicke und Berührungen Folge geleistet hatte. So lange, bis von Patricia Smith nur mehr ein zitterndes, leidenschaftliches Etwas übriggeblieben war, das lediglich aus erfüllter, unerfüllter und ständig neu zu befriedigender Wollust bestanden hatte. Nun lag sie erschöpft, aber glücklich und geborgen in seinen Armen, und er küsste zart ihr Gesicht. Das Glühen in seinen Augen war wieder diesem zärtlichen Blick gewichen, mit dem er alles von ihr haben konnte. »Du hattest recht«, wiederholte sie, »ich *bin* entsetzt. Und«, fügte sie hinzu, als er den Kopf hob, um sie eingehend zu mustern, »ich möchte nicht eine einzige Sekunde davon missen ... Bin ich jetzt eigentlich reif für die Hölle?«, fragte sie eine schläfrige Minute später gedankenverloren.

Maximilian grinste. »Ich glaube nicht, mein Unschuldslämmchen.«

»Und wenn ich nicht genug bekomme? Und zu einer Männerverführerin werde? Du selbst hast mir geraten, einen unmoralischen Lebenswandel zu führen.«

Er runzelte die Stirn. »Ich? Wann wäre das gewesen?«

»Damals in der Nacht, als die Fledermaus sich in meinem Haar verfing.«

Zu ihrer Verwunderung lachte Maximilian plötzlich los. Sie hatte ihn noch nie lachen gesehen, höchstens grinsen, fand jedoch, dass er hinreißend dabei aussah.

»Was ist denn so lustig?«

»Dein Anblick damals, als du herumgesprungen bist, als wärst du in einen Ameisenhaufen getreten, und ebenso geschrien hast. Ich glaube, ich habe noch nie zuvor etwas so Komisches gesehen.«

»Würdest du auch noch lachen, wenn ich es wahr machte?«, fragte sie beleidigt.

Maximilian konnte sich vor Heiterkeit kaum fassen. »Nur zu, aber dann ausschließlich mit mir. Andernfalls bekommst du einen Keuschheitsgürtel.«

Pat kicherte und schmiegte sich enger an ihn, wobei sie schon halb im Schlaf der Erschöpfung bemerkte, dass er sie ganz an sich zog.

»Ich hätte das doch nicht tun sollen«, sagte Maximilian, als er am nächsten Tag an Pats Bewegungen bemerkte, wie wund sie war. Aber es hatte ihn dann doch überwältigt: ihre Neugier, ihre Bereitwilligkeit und seine eigene Leidenschaft. Es hatte ihn mitgerissen, und er hatte sie in Stellungen geliebt, die er ihr sonst nicht zuzumuten gewagt hätte.

Sie hob die Schultern. »Nun, ein bisschen wild war es vielleicht schon. Und vor allem so lange und ausdauernd.« Sie blickte ihn prüfend an. Er lag nackt auf dem Bett, hatte die Hände unter den Kopf geschoben und beobachtete sie mit jenem Lächeln, das ihr sofort wieder die Hitze in die Wangen und … andere Körperteile trieb. Sie ließ ihren Blick unauffällig, aber genussvoll über seinen Körper gleiten. »Bist du nicht ebenfalls wund?«

Er grinste. »Nur ein bisschen. Dort, wo du deine Zahn- und Nagelabdrücke hinterlassen hast, mein Liebling. Aber ich mag das ja.«

Pat bückte sich nach ihrem Schlafrock und stöhnte leicht auf. »Mein Rücken tut weh. Was um alles in der Welt hast du nur mit meinem Rücken gemacht?! Das muss gewesen sein, als du mich über den Hocker gelegt und dann …« Sie brach mit einem leichten Erröten ab. Ein bisschen seltsam war sie sich schon vorgekommen, als Maximilian sie auf dem Bauch liegend mit dem Kopf nach unten über den weichen Hocker gelegt und sich lustvoll von hinten zwischen ihren Beinen getummelt hatte. Und das nicht nur einmal. Aber wie auch immer, in jedem Fall hatte die vergangene Nacht ihren Horizont, was hemmungslose Liebesstellungen betraf, um ein Beträchtliches erweitert.

Maximilian erhob sich schwungvoll, trat mit seinem ebenso überwältigenden wie unwiderstehlichen Körper auf sie zu, nahm ihr den Schlafrock aus der Hand und warf ihn hinter sich, bevor er sie auf seine Arme hob. »Wenn ich es mir recht überlege, dann wolltest du es ja so«, sagte er mitleidslos, aber sehr zärtlich. »*Dämonisch.*« Er trug sie durch seinen Ankleideraum hindurch bis in diesen kleinen Raum, der ihm als Badezimmer diente. Pat sah mit wohliger Vorfreude, dass die Wanne dank Mrs Simmons gefüllt war, und seufzte zufrieden auf, als Maximilian sie vorsichtig hineinlegte.

Sie tauchte in dem warmen Wasser unter, ihre nicht sehr großen Brüste stiegen empor, und die Spitzen sahen neckisch heraus. Maximilian musste dies ebenfalls bemerkt haben, denn er beugte sich zu ihr hinunter. Pat hielt sich am Rand der Wanne fest, als er eine der dunklen harten Warzen zwischen seine Lippen nahm und zu sich emporsaugte, aus dem Wasser heraus. Als sie jedoch zusammenzuckte, ließ er sofort los, die ein wenig wunden Spitzen betrachtend.

»Es tut mir leid. Es war wohl doch alles zu viel.«

Pat lächelte. »Es ist nie zu viel. Und es tut kaum weh. Wenn du willst, mach nur weiter.« Es war die Wahrheit, sie konnte wirklich nicht genug von ihm bekommen. Auch wenn sie sich schon überall wund fühlte, so war da immer noch das Verlangen nach seinen Berührungen und Liebkosungen. Sie strich ihm zart über die Wange, ergriff seine Hand und zog sie sanft in das warme Wasser hinein bis zwischen ihre Beine. Etwas, das ihm sofort das Blut in die Stirn trieb. »Ich mag immer alles, was du mit mir machst.«

Maximilian schloss die Augen. Das Verlangen, sie zu besitzen, wurde mit keinem der Male, in denen er in ihr lag, schwächer, sondern noch stärker. Auch jetzt stieg es wieder in ihm hoch, und er fühlte nur zu deutlich das Anschwellen seiner Männlichkeit und den unwiderstehlichen Drang, Pat einfach aus dem Bad zu heben, sie gleich hier auf den Boden zu legen und sich in ihr zu vergraben. Und es erregte ihn noch mehr, dass sie alles guthieß, was er tat, gewillt war, sich ihm einfach hinzugeben, gleichgültig wie müde und wund sie sein mochte. Zum ersten Mal stieg in ihm das Bewusstsein empor, dass er sie tatsächlich völlig besaß. So wie er das gewollt hatte. Aber es war nicht ihr gewaltsamer Besitz, sondern ihre freiwillige Hingabe, die ihn zutiefst befriedigte und zugleich seine Leidenschaft noch heftiger entfachte. Er öffnete die Augen, als er ihr Flüstern hörte.

»Hatten wir eigentlich schon die Sache mit der Sexualmagie? Wo man an der Decke schwebt und sich dort liebt?«

Er schüttelte den Kopf und musste plötzlich grinsen. Der Gedanke, mit Pat ganz oben an der Decke zu schweben, hatte durchaus etwas Reizvolles. Aber … »Das ist leider etwas, das ich dir nicht bieten kann, meine Liebe.« Jedenfalls nicht tagsüber, wenn er fast ausschließlich auf seine rein menschlichen Fähigkeiten beschränkt war.

Sie wirkte enttäuscht. »Weshalb denn nicht?«

»Weil es nur eine Illusion ist, meine Liebste.«

»Aber rein hypothetisch«, ließ sie nicht nach, »wie würde es funktionieren?«

Jetzt war es endgültig mit seiner Beherrschung vorbei. Er hob sie einfach tropfnass aus dem Bad und drückte sie mit gespreizten Schenkeln an seinen nackten Körper. Ihr Körper war heiß, und er hätte schwören können, dass die Feuchtigkeit auf ihrer rosigen Scham nicht alleine vom Wasser stammte. Sein Glied war allein schon von dem Gedanken an sie und ihre samtene Scheide hart, pochte schmerzhaft und sehnte sich wohl nicht weniger nach Pats warmer Umarmung als er selbst. Sie legte die Arme um seine Schultern, klammerte sich fest und hielt den Atem an, als er ihre Hüften ein wenig von sich weghob und dann langsam und vorsichtig, um ihr nicht weh zu tun, in sie eindrang. »Bequem so?«, murmelte er an ihrem Ohr. Seine Hände lagen warm unter ihrem Gesäß, hielten sie fest.

Sie nickte nur und flüsterte: »Sexualmagie …«

Er musste lachen. »Warte, gleich. Wir werden zwar nicht an der Decke schweben, aber ich denke, es wird dir trotzdem gefallen.«

Seine Umarmung wurde fester, wärmer. Pat vermeinte, kleine Flammen aus seiner Haut kriechen zu sehen und zu spüren, wie sie auf sie übergriffen. Er hielt sie ganz ruhig, bewegte sich nicht, aber sein Glied pochte in ihrem Leib, ihr Körper wurde heißer, und Wellen unaussprechlicher Lust durchrasten sie, ließen ihr Inneres zusammenziehen, pressten ihn. Sie klammerte sich stärker an Max, während ihr Leib zuckte, ihr nicht mehr gehorchte, bis sie in endlosen Spiralen bis an die Decke zu schweben und sich endlich in einer Wolke aus Flammen und Lust aufzulösen schien.

Minuten später hob sie das Gesicht von seiner Schulter und sah sich verständnislos um. Maximilian kniete mit ihr am Boden. Er war ebenso schweißnass und hatte vermutlich den gleichen Ausdruck von erschöpfter Zufriedenheit im Gesicht wie sie. »Du hast mich angeschwindelt«, hauchte sie, immer noch atemlos. Ihr Körper glühte, der Raum drehte sich um sie, und sie konnte kaum einen zusammenhängenden Satz herausbringen. »Wir waren doch an der Decke … Und es war … großartig … Und jetzt noch einmal, bitte …«

Das Ende eines Dämons

»Vielleicht sollte Sie Sam doch ein Stück begleiten«, sagte Mr Denvers, der alte Gastwirt, als er Pat das schwere Paket mit den Büchern übergab. »Ist viel zu schwer für 'ne zarte Lady wie Sie, Miss Smith.«

»Aber nein, das schaffe ich schon, vielen Dank, Mr Denvers.« Pat lächelte ihn an. Mr Denvers war einer der wenigen in Barlem Village, der ihr nicht auswich, sondern sogar mit Freundlichkeit begegnete, wenn sie ins Dorf kam. Nicht, dass sie sich oft hier blicken ließ, vor allem nun, da sie das Schloss mitsamt seinem Herrn wesentlich anziehender fand als das kleine Dorf, aber dieses Mal hatte sie einen guten Grund gehabt, herzukommen. Sie hatte an einen großen Buchhändler in London geschrieben, mit dem auch schon ihr Großvater laufend korrespondiert hatte, und ihn gebeten, ihr Bücher zuzusenden, in denen sie die neuesten wissenschaftlichen Erkenntnisse über Vampire zu finden hoffte. Sie sah sich außerstande, sich damit abzufinden, dass Maximilian bis zum Jüngsten Tag dazu verdammt war, im Dunkeln zu leben und Leute auszusaugen, um nicht zu verhungern.

Pat nahm das schwere Paket mit den Büchern unter den linken Arm, reichte dem Gastwirt die Hand und blieb wie angewurzelt stehen, als sie sich plötzlich Pentwell gegenübersah, der im Dunkel der Treppe auf sie wartete. Sie erschrak. Ihn hatte sie in ihrer Zuneigung zu Maximilian völlig vergessen gehabt.

Sie wollte mit einem scheuen Gruß an ihm vorbei, aber er trat ihr in den Weg. »Miss Smith, Patricia, bitte weichen Sie mir nicht aus.« Seine Stimme klang leise, aber eindringlich. »Ich muss Sie sprechen, es ist sehr wichtig.« Als er seinen Worten noch ein dringendes *Bitte* hinzufügte, gab Pat nach und ließ sich von ihm in ein kleines Extrazimmer führen, das vom Schein einiger Kerzen erleuchtet war.

»Ich dachte, Sie hätten das Dorf schon längst verlassen«, sagte sie abweisend, als er nach ihrer Hand greifen wollte.

»Ich war auch tatsächlich für einige Zeit verreist, bin aber gestern Abend wieder angekommen.« Er bemerkte ihren befremdeten Blick auf die zugezogenen Vorhänge. »Angesichts meiner Aufgabe wage ich es nicht, Gefahr zu laufen, gesehen zu werden. Ich kann es nicht riskieren, dass man mich beobachtet und Churtham zu früh von meiner Anwesenheit erfährt. Das ist auch der Grund, weshalb ich das Haus nur nachts verlasse.«

Pat hatte schon den Mund aufgemacht, um zu sagen, dass Maximilian nur zu gut über ihn Bescheid wusste, besann sich dann jedoch eines Besseren. »Wenn Sie mir wieder solchen Unsinn über Lord Churtham erzählen wollen wie das letzte Mal, Mr Pentwell, dann …«, setzte sie entschieden an, wurde jedoch unterbrochen.

»Unsinn?« Pentwells Gesicht verzog sich zu einem bitteren Lächeln, als er auf das Paket unter ihrem Arm wies. »Weshalb haben Sie dann diese Bücher bestellt, wenn Sie meine Worte tatsächlich für Unsinn gehalten haben?«

Pat wurde zuerst bleich und dann rot. »Sie … Sie haben in das Paket gesehen?! Dazu hatten Sie kein Recht!«

»Vielleicht nicht«, erwiderte er achselzuckend. »In meinem speziellen Fall allerdings …«

»Ihr *spezieller Fall* geht mich nichts an!«, fuhr Pat ihn an. »Ich glaube Ihnen ohnehin kein Wort! Und habe Ihnen nie geglaubt! Allein schon die Tatsache, Lord Churtham als Vampir zu bezeichnen, ist lächerlich!«

»Ich weiß zu gut, wer Churtham in Wirklichkeit ist«, antwortete Pentwell heftig. »Mich kann seine Maske nicht täuschen! Aber«, fuhr er fort, wobei ein unruhiges, zorniges Licht in seine Augen trat, »wenn Sie mir nicht glauben, Patricia, dann fragen Sie ihn doch selbst! Fragen Sie ihn nach Antoinette! Und ob er sie getötet hat! Er wird nicht imstande sein, es zu leugnen!«

Pat warf ihm einen wütenden Blick zu, wandte sich um und lief hinaus. Als sie den Gasthof verließ, sah sie auf der anderen Seite die Alte stehen, die sie offenbar beobachtete. Pat sah, wie sie ihre schlanke, wohlgeformte Hand zum Gruß hob, dann zog sie das Tuch vor ihr Gesicht, wandte sich um und humpelte davon.

Pat starrte ihr sekundenlang nach, bevor sie sich energisch auf den Heimweg machte. Es war schon spät, sie hatte sich wieder länger aufgehalten, als sie gedacht hatte, und sollte sich beeilen, wenn sie nicht in die Dämmerung kommen wollte. Sie lief los, traf jedoch zu ihrer Erleichterung bereits nach wenigen

Minuten auf Simmons und Andrews, die ihr mit missbilligenden Blicken und stummen Vorwürfen das schwere Paket abnahmen und sie heimbegleiteten. Als sie das Schloss erreichten und Mrs Simmons ihr nicht minder vorwurfsvoll die eisenbeschlagene Tür öffnete, sah sie im Hintergrund der Halle schon Maximilians vertraute Gestalt. Seine Lippen waren fest zusammengepresst, als er, das letzte Tageslicht vermeidend, mit einigen raschen Schritten auf sie zukam, sie energisch am Arm packte und in die Bibliothek zog, deren Fenster wie immer von den dichten Vorhängen geschützt waren.

»Wo zum Teufel warst du?« Sie war ihm heimlich und ohne Begleitung entwischt und über drei Stunden ausgeblieben, während er durch das Tageslicht ans Schloss gefesselt gewesen war, voller Sorge, es könnte ihr etwas zustoßen. Wäre er ein Sterblicher gewesen, hätten ihn diese drei Stunden vermutlich Jahre seines Lebens gekostet.

»Ich war im Dorf. Ein Paket abholen«, erwiderte Pat, verblüfft über die ganze Aufregung.

»Hast du den Verstand verloren, alleine dort draußen herumzulaufen?«, fragte er aufgebracht. Er hatte ihr, in der Annahme sie wäre spazieren gegangen, sofort Simmons und Andrews nachgeschickt, die zuerst die Umgebung des Schlosses und dann den halben Wald vergeblich nach ihr abgesucht hatten.

»Hör auf, mich so anzuschreien!«, sagte Pat empört, obwohl Maximilian weit davon entfernt war zu schreien, wenn seine Stimme auch entschieden schärfer geklungen hatte als sonst.

»Das nächste Mal schicke Simmons«, fuhr er erzürnt

fort, ohne auf ihren Einwand zu achten. »Ich habe dir doch gesagt, du sollst das Schloss nicht alleine verlassen!«

»Es war aber heller Tag!«, wehrte sich Pat verärgert. Sie machte sich los und trat einige Schritte zurück. Wenn sie ihm zu nahe war, sah sie sich außerstande, mit ihm zu streiten.

»Das ist gleichgültig!«, kam es entschieden zurück. »Ich habe dir gesagt, was ich wünsche, und das sollte reichen.«

»Bin ich hier etwa eine Gefangene?!«

»Natürlich nicht!« Maximilian musterte sie durchdringend. »Es geht nicht darum, dass ich dir verbieten will das Schloss zu verlassen, sondern darum, dass du in Gefahr bist!«

»Wer sollte mir schon etwas tun?«, fragte sie spitz. »Soviel ich weiß, bist du der einzige Vampir in der Umgebung.«

»Hör auf damit, Patricia«, kam es drohend zurück.

»Und wenn nicht?«, entgegnete sie heftig.

Maximilian sah sie zornig an, und sie konnte deutlich das gefährliche Flackern in seinen Augen erkennen. Es war vielleicht keine gute Gelegenheit, ihn ausgerechnet jetzt zu fragen, aber wenn sie schon bei einem Streit waren, konnte es wohl nicht viel schlimmer werden. Außerdem hatte sie nicht die geringste Angst vor ihm, auch wenn das Feuer im Kamin jedes Mal, wenn er zornig wurde, zu lodern begann und der Raum um ihn herum heißer wurde. Es war ein Phänomen, mit dem sie sich abgefunden hatte.

»Was war mit Antoinette?«

Sekundenlang starrte er sie fassungslos an, dann

kam er langsam näher, die kleinen roten Flämmchen in seinen Augen hatten sich zu einem ausgewachsenen Brand entwickelt.

»Wer zur Hölle hat dir von Antoinette erzählt?«

Als Pat schwieg, fasste er sie fast grob an den Schultern. »Los, sprich schon! Wer war es?!«

»Mr Pentwell«, gab Pat trotzig zu.

Der Druck von Maximilans Händen verstärkte sich, so dass Pat einen kleinen Schmerzenslaut unterdrücken musste. »Pentwell? Wann?«

»Jetzt im Dorf. Er hat mich im Gasthof getroffen.«

Maximilian gab keine Antwort, aber der Brand in seinen Augen wurde zu einem lodernden Höllenfeuer. Wenn Pat ihn nicht so sehr geliebt hätte, wäre sie jetzt wohl doch ängstlich geworden. »Dieser verfluchte …« Er atmete tief durch. »Er hat es also wieder gewagt, sich dir zu nähern«, sagte er dann überraschend ruhig. »Dafür wird er bezahlen. Dafür und für alles andere.« Er hatte in den Stunden der Nacht, in denen Pat geschlafen hatte, die Gegend auf der Suche nach dem Feind durchstreift, ihn aber nicht aufspüren können.

»Was *andere*?«, fragte Pat. Als sie keine Antwort erhielt, griff sie nach Maximilians Jackenaufschlägen und zog heftig daran. »Was war mit dieser Antoinette? War sie seine Verlobte?«

»Hat er dir das erzählt?«

»Ja. Und stimmt es?«

»Nein. Sie war meine Geliebte …«

Pat schluckte. »Hast du sie getötet?«

Mit einem Schlag erlosch das Flackern in Maximilians Augen und sein Blick wurde dunkel und schmerzlich. »Ja«, erwiderte er nach einem fast unmerklichen Zögern.

»We… weshalb?«

Er schloss sekundenlang die Augen, bevor er antwortete. »Weil es notwendig war. Ich konnte sie nicht leben lassen.«

Er löste den festen Griff um ihre Schultern und strich zärtlich über Pats bleiche Wangen, bevor er sie in die Arme schloss und eng an sich zog. »Meine süße Pat, vertrau mir. Ich werde dir alles erklären, aber erst später. Zuerst muss ich fort, um diesem sauberen Mr Pentwell das Handwerk zu legen.«

»Er ist deinetwegen hier«, flüsterte Pat in seine blütenweiße Hemdbrust hinein. »Er hat es mir gesagt, bald nachdem ich hierher auf das Schloss kam.« Sie schlang die Arme um ihn. »Ich dachte, er wäre schon lange fort, aber heute bin ich ihm wieder begegnet, als ich die Bücher vom Gasthof holte.«

»Die Bücher über die Heilung von Vampiren?«, fragte Maximilian. Sie konnte ein ganz leichtes amüsiertes Zittern in seiner Stimme hören und wusste, dass er ihr nicht mehr böse war.

»Ja …«

Er schob sie ein wenig von sich weg, aber nur so weit, dass er ihr Gesicht zu sich emporheben konnte, um es zu küssen. »Dummes Ding«, flüsterte er dabei sehr zärtlich.

Pat fühlte die vertraute Erregung in sich hochsteigen, das Verlangen, noch enger und fester in seinen Armen zu liegen. Sie wollte seinen warmen Körper fühlen, über seine nackte, weiche Haut streicheln und unter seinen Liebkosungen vergehen. Immerhin war sie über drei Stunden von ihm getrennt gewesen. »Ich würde jetzt gerne hinaufgehen, auf mein Zimmer«, flüsterte sie, als seine rechte Hand sich in ihr Haar grub, ihre Frisur zerstörte, und seine linke Hand weiter hinabrutschte, bis er ihre Hüften eng an seinen Körper presste, wo sie schon eine vielversprechende Ausbuchtung spürte.

Sie bereute ihre Worte jedoch schon im nächsten Moment, denn Maximilian lockerte seinen Griff und hörte auf, mit seinen Lippen an ihrem Ohrläppchen Dinge zu tun, die ihre Knie weich und ihre Schenkel heiß werden ließen.

»Das würde ich auch gerne«, erwiderte er rau, »aber es geht nicht. Zuvor muss ich etwas erledigen.«

Pat war auf der Stelle ernüchtert. »Pentwell?«, fragte sie entsetzt. »Du willst doch nicht etwa gar Mr Pentwell aufsuchen!?«

»Jetzt weiß ich, dass er in der Nähe ist. Und je eher ich es hinter mich bringe, desto eher bist du in Sicherheit«, sagte er ruhig, aber mit einer Stimme, die keinen Widerspruch duldete. »Dieser Mann ist sehr gefährlich, Pat. Du musst mir versprechen, während ich fort bin, nicht aus dem Haus zu gehen. Unter keinen Umständen, hörst du?«

»Aber …«

»Unter keinen Umständen!«

Pat saß ebenso missgelaunt wie besorgt in der Bibliothek und starrte ins Feuer. Maximilian war schon seit Stunden fort, und ihre Angst um ihn war mit jeder

Minute gewachsen. Sie wusste nicht, wie gefährlich Pentwell werden konnte, aber in ihrer von Schreckensbildern geplagten Fantasie wandte er gerade alle jene Maßnahmen gegen Maximilian an, die einem Vampir angeblich das Leben kosten konnten.

Sie fröstelte und sah auf, als plötzlich ein kalter Luftzug durch den Raum ging. Da! Geräusche, die hinter der Geheimtür zu vernehmen waren! Ein Poltern, das lange nachhallte. Das konnte niemand anderer als Maximilian sein, der durch die Tür an der hinteren Seite des Schlosses hereingekommen war.

Sie trat zu der Bücherwand hin und lauschte. Jemand rief sie. Es war eindeutig Maximilians Stimme, aber er hörte sich sehr schwach an.

»Bist du das, Maximilian?«

»Ja«, die Stimme klang ersterbend. »Komm zu mir, Patricia. Bitte, hilf mir ...«

Er hatte kaum ausgesprochen, als Pat auch schon einen der Kerzenleuchter an sich riss, mit zittrigen Fingern das Buch herauszog, das den Mechanismus der Geheimtür in Gang setzte, und kaum, dass die Tür auch nur halb aufgeschwungen war, schon die dunkle und enge Treppe hinabstürmte. Er musste verletzt sein, hatte sich wohl nur mit letzter Kraft durch die unheimlichen Katakomben schleppen können und schaffte es nun nicht mehr, alleine hochzusteigen. Vor ihrem geistigen Auge sah sie ihn am Fuß der Treppe liegen, einen geweihten Pfahl im Leib, den Pentwell, dieser verteufelte Vampirjäger, ihm hineingestoßen hatte.

Sie blieb auf der untersten Stufe stehen, um mit der Kerze in die Runde zu leuchten. »Max! Wo bist du?!«

In diesem Moment legten sich zwei kräftige Hände um ihren Hals.

Pat versuchte, den Angreifer mit dem Kerzenleuchter abzuwehren, hörte auch einen unterdrückten Schmerzenslaut, das Zischen einer Flamme, die auf Fleisch oder Haare traf, und einen bösartigen Fluch, aber dann legten sich die Hände umso fester um ihre Kehle, und sie verlor das Bewusstsein.

Als Pat wieder erwachte, fand sie sich in einer äußerst unbequemen Lage wieder. Noch im Halbdämmer versuchte sie, sich zu bewegen, fand sich dazu jedoch außerstande und war mit einem Schlag munter, obwohl es in ihren Ohren dröhnte und ihr Kopf schmerzte. Sie gab einen erstickten Laut von sich, als sie bemerkte, dass sie festgebunden war, ihr Kopf hinten überhing und sich eine kalte Kante schmerzhaft in ihr Genick grub. Langsam kam die Erinnerung zurück. Maximilian hatte sie gerufen, sie hatte die Geheimtür geöffnet und war die Treppe hinuntergelaufen. Jemand hatte sie überfallen, gewürgt und dann … setzte ihre Erinnerung aus.

Sie hob mühsam den Kopf und versuchte sich umzusehen. Sie befand sich in einer Höhle … nein, nicht Höhle, der Raum hatte halb zerfallene Steinwände, über die dank einiger mächtiger Kerzenleuchter lebendige Schatten zuckten. Über ihr konnte sie den sternenübersäten Himmel sehen. Als sie vorsichtig ihren schmerzenden Kopf wandte, sah sie zu ihrem Entsetzen überall steinerne Särge stehen. Obwohl sie sich kaum rühren konnte, drehte sie den Kopf so weit, bis sie erkannte, dass sie auf einer Art Altar lag, der sich in einem kleinen Alkoven befand.

Ein Altar, auf dem man das Opfer festgebunden hat, schoss es ihr durch den Kopf. Sie versuchte sich zu bewegen, aber die Stricke, die man ihr um die Hand- und Fußgelenke gewunden hatte, waren mit dem Tisch verbunden und so festgezurrt, dass sie sie nicht einmal einen Fingerbreit bewegen konnte. Sie war bis auf die dünne Baumwollspitzenhose und ihr Mieder nackt, zitterte vor Angst und Kälte und verwünschte ihre Idee, so ahnungslos diese Geheimtreppe hinuntergelaufen zu sein. An der Wand ihr gegenüber war das beunruhigende Relief einer Frau mit Flügeln. Neben ihr waren ähnliche, wenn auch kleinere Geschöpfe abgebildet und unter ihr eine Art Drache.

Sie zuckte zusammen, als sie gewahr wurde, dass noch andere Leute anwesend waren. Allerdings standen diese weiter entfernt im Schatten, wohin das Licht der Kerzen und der Sterne nicht reichte, sie fühlte ihre bedrohliche Gegenwart jedoch fast körperlich. »Was wollen Sie von mir? Binden Sie mich los!«

Sie riss den Kopf herum, als jemand sie berührte. »Mr Pentwell?!« Was machte Pentwell hier? Und wenn er hier war, wo war dann Maximilian?

Pentwell stand regungslos neben ihr und sah auf sie hinab. Seine Augen waren gerötet, blutunterlaufen. »Hatte ich Ihnen nicht gesagt, Sie würden es bereuen, nicht mit mir gekommen zu sein?«, sagte er mit einem kalten Lächeln. »Aber Sie wollten ja nicht auf mich hören. Es wäre dann alles viel einfacher für Sie gewesen.«

»Wieso? Was hat das damit zu tun? Man hat mich niedergeschlagen und hier gefesselt. Bitte lösen Sie meine Fesseln!«

»Das kann ich nicht. Dazu ist es noch zu früh.«

»Zu früh?« Pat zerrte an den Stricken.

»Sie würden davonlaufen. *Noch* würden Sie davonlaufen.« Sein Lächeln verstärkte sich. »Später, wenn alles vorbei ist, lasse ich Sie frei.«

»Vorbei ...« Pat sah sich gehetzt um. Diese vermummten Gestalten machten ihr Angst. »Was denn vorbei?« Ihre Angst um Maximilian stieg. Wo war er nur? Hatte Pentwell ihn ebenso gefangen genommen wie sie selbst?

Pentwells Stimme klang sanft, als er sich über sie beugte und seine Fingerspitzen über ihren Körper wandern ließ. Sie waren wie Eis auf ihrer Haut. »Wenn Sie dann eine von uns sind.«

Pat machte einen hilflosen Versuch, seiner Hand auszuweichen. »Eine von Ihnen?«

Er lächelte, und Pat bemerkte mit Entsetzen die beiden langen und spitzen Eckzähne, die dabei zum Vorschein kamen. »Ein Vampir, meine liebe Patricia. Wir sind so alt wie die Gottheiten, als sie sich in Gute und Böse schieden. Unendlich alt und mächtig.«

»Ich will sofort von hier weg!« Pats Stimme dröhnte ihr selbst in den Ohren. Sie hatte nicht nur Angst, sondern war geradezu panisch vor Furcht. Pentwell war ein Vampir. Er hatte sie vor Maximilian gewarnt und war dabei selbst noch etwas viel Schlimmeres. Sie hätte schreien können bei dem Gedanken, dass er tatsächlich versucht hatte, sie gegen Maximilian einzunehmen, und sie einmal nahe daran gewesen war, ihm zu glauben. »Lassen Sie mich gehen, Sie Scheusal!«

»Scheusal? So nennst du deinen zukünftigen Herren?« Er schüttelte den Kopf. »Das waren noch Zeiten«, sagte er melancholisch, »als wir tun und lassen konnten, was wir wollten. Wo es das Volk nicht wagte, sich gegen uns aufzulehnen, wir die absoluten Herren waren und gefürchtet. Aber diese unleidige Revolution, diese Aufklärung hat uns alles verdorben. Keiner hat mehr den Respekt vor uns, der uns zusteht.«

»Ich bestimmt nicht!«, fauchte Pat, die verzweifelt versuchte, die Fesseln zu lösen, die sie auf dem Altar festhielten. »Lord Churtham wird mich hier finden.« Zumindest hoffte sie das. Und vor allem hoffte sie, dass er überhaupt noch lebte und in Freiheit war.

»Wir sind aber viele Meilen vom Schloss entfernt.« Pentwell beugte sich näher. »Und dein Geliebter wird lange brauchen, um dich hier zu finden. Zu lange.« Er kam noch näher. »Du hast mit ihm gesündigt, nicht wahr?« Seine Stimme war eindringlich, sogar verführerisch ... und entsetzlich abstoßend. »Du warst unzüchtig. Und ohne dass Blut vergossen wird, gibt es keine Vergebung. So will es das Gesetz. Du gibst mir dein Blut zur Sühne und mir gibt es Kraft zum Leben. Und dann werde ich dich zu meiner Gefährtin machen.« Er lachte böse. »Ich möchte doch zu gerne sein Gesicht sehen, wenn er erkennt, dass seine Geliebte nun mir gehört und selbst zu einem Vampir geworden ist. Einem Wesen, das mir hörig ist.«

»Hörig?!« Pat schnaubte verächtlich, um nicht zu zeigen, dass sie vor Angst fast ohnmächtig war. Wie sehr sehnte sie jetzt Maximilian herbei! Sie wusste nicht, woher sie diese Sicherheit hatte, glaubte jedoch fest daran, dass er der Einzige war, der sie vor diesem Ungeheuer retten konnte. Wie recht hatte er doch mit seiner Warnung vor Pentwell gehabt!

»Du bildest dir wohl ein, ihn zu lieben, nicht wahr? Er hat dich verzaubert, dich in seinen Bann geschlagen, aber du wirst ihn in dem Moment vergessen, in dem ich dich beiße, meine Hübsche. Jeder Gedanke wird von diesem Moment an nur mir gelten. Du wirst mir verfallen sein. Genauso war es auch mit dieser Antoinette, die er so eifersüchtig bewacht hat und die mir dann so völlig ergeben war, dass er sie im Zorn getötet hat.«

»Antoinette war nicht Ihre Verlobte«, sagte Pat, bebend vor Zorn und Angst. »Aber das war nicht der einzige Punkt, in dem Sie mich belogen haben. Gehen Sie fort, Sie abscheuliches Ungeheuer! Lassen Sie mich in Ruhe!«

»Ungeheuer?« Pentwell lachte hässlich. »Der Unterschied zwischen deinem Maximilian und mir ist geringer, als du meinst.«

»O nein!«, rief Pat leidenschaftlich. »Maximilian hat nicht die geringste Ähnlichkeit mit Ihnen!«

»Das mag schon stimmen. In Wahrheit ist er nicht mehr als ein böser, verführerischer Gedanke.«

Sie drehte den Kopf zur Seite, als sein Gesicht ihrem nahe kam. »Er wird kommen und Sie dafür zur Rechenschaft ziehen!«

»Er wird kommen, um zu sterben.«

Pat kroch in sich zusammen, als seine Finger, die sich in lange Krallen verwandelt hatten, über ihr Gesicht strichen. Sie wandte sich an die anderen, die näher gekommen waren, sichtlich gierig, das Schauspiel, das sie erwartete, zu genießen. »Bitte! Sie müssen mir helfen! Dieser Mann will mich umbringen!« Ihr Blick fiel auf eine Gestalt, die ganz in der Nähe stand. Sie hatte den Umhang etwas von ihrem Gesicht zurückgezogen, und Pat erkannte die alte Frau, die sie vor Vampiren gewarnt und ihr die Knoblauchkette umgelegt hatte. *Sie* hätte sie hier zuletzt erwartet. Pat sah sie flehend an. »Bitte, helfen Sie mir. Sie können es, ich weiß es.«

Die Alte stand nur ruhig da und lächelte sie aus klaren Augen an. Pat vermeinte ihre Stimme zu hören, obwohl sie die Lippen nicht bewegte. »Hab keine Angst«, sagte sie. »Es wird jetzt alles gut.«

»Wer sind Sie?«, flüsterte Pat. »Bitte …«

Pentwell lachte. »Sie werden dir ganz gewiss nicht helfen. Du wirst bald eine von ihnen sein.« Seine Lippen glitten über ihren Hals. Sein Atem stank nach Verwesung, und Pat fühlte, wie Übelkeit in ihr hochstieg. Seine krallenartigen, kalten Finger fuhren die Linie ihres Halses entlang, schoben den Stoff ihres Mieders zur Seite und erreichten ihre Brüste. »Du wirst für immer leben. Der Tod, der größte Schrecken der Menschen, wird für dich auf ewig gebannt sein. Du wirst mein Geschöpf werden, an dem ich meinen Durst stille, bevor es sich mir wollüstig hingibt!«

Zu Pats Entsetzen glitt er auf den Altar und legte sich über sie. Sein Glied war hart zwischen ihren Beinen, und es schüttelte sie vor Ekel, wenn sie daran dachte, dass er vielleicht in sie eindringen könnte. Sie wand sich, versuchte ihn abzuwerfen, aber selbst wenn sie nicht gefesselt gewesen wäre, so war er zu schwer und zu stark für sie. »Nein, hab keine Sorge«, lächelte er böse, »nicht vor all den Leuten. Das tue ich später, wenn wir alleine sind und du mich anflehst, dich in Entzücken zu versetzen.«

Er beugte sich näher, immer näher, Pat schrie auf, aber seine Finger legten sich über ihren Mund, während er mit der anderen Hand ihren Kopf weiter zurückbog, bis ihre weiße Kehle ihm hilflos dargeboten war. Zuerst fühlte sie seine kalten Lippen auf ihrer Haut, dann seine Zunge, die über ihren Puls leckte, und am Ende einen scharfen, fast unerträglichen Schmerz, als er seine Zähne in ihr weiches Fleisch grub.

Pat würgte und spürte ein unsägliches Grauen. Sie dachte daran, was Maximilian ihr gesagt hatte über den Kuss des Vampirs, der unangenehm sein sollte, wenn sich die Frau dagegen wehrte. Aber jetzt fand sie, dass er maßlos untertrieben hatte. Es war nicht nur unangenehm, es war grauenvoll, schmerzhaft und ganz entsetzlich. Ebenso abstoßend wie die Vorstellung, diesem Unwesen zu verfallen.

Der Schmerz ließ nicht nach, wurde heftiger, als er an ihr zu saugen begann. Zuerst verschwamm alles vor ihren Augen, und sie glaubte, in Ohnmacht zu fallen, aber dann wurden die Konturen wieder schärfer. Sie lag völlig regungslos da, ihr Kopf hing hinunter, und sie bemerkte mit erschreckender Klarheit, dass sich hinter ihr dasselbe Abbild dieser furchtbaren Göttin befand. Sie starrte auf das Bild, der Urmutter aller Dämonen und Vampire, das von ihrem Blickwinkel aus auf dem Kopf stand. Es schien vor ihren Augen zu tanzen, die Gestalt bewegte sich. Pentwell saugte immer noch an ihrem Hals. Sie spürte den Druck und den Schmerz seiner Zähne, fühlte, wie sich etwas in ihr veränderte, als er ihr Blut und ihr Leben aussaugte, bis die Kälte des Todes durch ihre Glieder kroch. Die Welt um sie herum schien anders zu werden. Langsam verschwand ihre Angst, und ein Durst stieg in ihr auf … Ein grauenvoller Durst.

Pentwell ließ von ihr ab, betrachtete sie zufrieden und strich mit seinen klauenartigen Fingern über ihren Hals. »Es ist vorbei … War es so schlimm?« Ein kleines Rinnsal aus Blut, ihrem Blut, floss aus seinem Mundwinkel über sein Kinn und tropfte auf ihre weiße Brust.

Pat merkte, wie ihre Fesseln gelöst wurden. Sie war zu schwach, um sich aufzusetzen oder gar zu fliehen, aber mehrere der dunklen Gestalten näherten sich, hoben sie von dem Altar herab. Jetzt erst begriff sie, dass dieses monotone Geräusch, das den Raum erfüllt hatte, das Flüstern der Leute war, die ständig ein und denselben Satz wiederholten, in einer Sprache, die sie nicht verstand.

Jemand zerrte ein halb bewusstloses junges Mädchen in ihr Blickfeld. »Hier, meine Liebe, hier kommt deine erste Nahrung …«

Sie schüttelte den Kopf, kroch rückwärts, bis sie mit dem Rücken an der Wand lehnte. »Nein, das würde ich niemals tun. Niemals … Das ist grauenhaft.«

»Wirklich?« Pentwell legte das Mädchen auf den Steintisch, bog seinen Kopf zurück, bis Pat den leisen Puls an ihrem Hals sehen konnte. Er strich langsam und genießerisch darüber, beugte sich über sie, und Pat sah mit Ekel, wie er mit seiner Zunge über die weiße Haut leckte. »Siehst du, hier ist die Stelle. Hier ist der Puls ihres Lebens, das dir gehören könnte. Du musst es gleich tun. Es wird dich stärken, dich schnell zu einer von uns machen.«

»Nein!« Sie presste sich an die bröckelige Wand. Das Murmeln der Leute wurde lauter, immer dieselbe Wiederholung von Worten, die sie nicht verstand. Sie presste die Hände auf die Ohren und schloss die Augen. »Nicht! Aufhören! Sofort aufhören!«

Die Stimmen wurden eindringlicher, dröhnender, und Pat glaubte, fast schon den Verstand zu verlieren, als plötzlich ein scharfer Windstoß durch die Ruine ging, der Sand und kleine Steinchen aufwirbelte. Das Murmeln war mit einem Schlag verstummt, und in der darauffolgenden Stille hätte man eine Nadel zu Boden fallen hören.

Pat nahm die Hände von den Ohren und öffnete die Augen. Alle standen still, keiner regte sich, aber sie hatten sich umgewandt und sahen zum Eingang des zerfallenen Gebäudes.

Pentwell hatte sich neben ihr aufgerichtet und blickte ebenfalls in diese Richtung. Er lachte hämisch. »Sieh da, unser letzter Gast! Seid mir in meinem Reich gegrüßt, Lord Gharmond!«

Die anderen wichen zurück und gaben den Blick auf einen Mann frei, der langsam näher kam. Er wirkte ganz ruhig, fast kühl. Und dennoch ging etwas Gefährliches von ihm aus, das jeden, den sein Blick traf, veranlasste, sich schnell von ihm zurückzuziehen. Die Leute bildeten eine Gasse, durch die er ohne jede Hast hindurchschritt, auf Pentwell zu. Er schien die anderen um ihn herum gar nicht zu beachten, als würde es sich nicht lohnen, sie auch nur zur Kenntnis zu nehmen.

Eine zierliche Gestalt in einem roten Umhang trippelte an ihn heran. Es war eine hübsche blonde Frau mit kleinen Löckchen, die jetzt die Kapuze abstreifte und ihn anlächelte. »Lord Gharmond! Wie schön, dass Sie …« Sie zuckte zurück, als sie ein Blick traf, der imstande war, ihre bezaubernden Löckchen zu versengen.

»Verschwinde von hier, du törichtes Geschöpf, bevor ich auf die Idee komme, Hagazussas Lieblingsspielzeug auf der Stelle in Flammen aufgehen zu lassen.«

»Aber …«

Ein kurzes Aufglühen in den unheimlichen Augen, und die Kleine drehte auf der Stelle um und rannte hinaus.

»Du solltest nicht so angeben, Gharmond«, ließ sich Pentwell vernehmen. »Du magst dir vielleicht stark und mächtig vorkommen, aber gegen uns wirst du unterliegen.«

»Du hast etwas, das mir gehört«, erwiderte der andere kalt. Sein Blick blieb an Pat haften, die bei seinem Anblick ein leises Schluchzen ausgestoßen hatte.

»Jetzt gehört es aber mir«, entgegnete Pentwell höhnisch. »Daran kannst du nichts mehr ändern. Du bist zu spät gekommen. Es war ein Fehler von dir, überhaupt hier einzudringen. Du bist hier in meinem Herrschaftsgebiet! Und wir sind so viele und du bist nur einer.«

Ein verächtliches Lächeln glitt über die Züge des anderen. »Diese armseligen Kreaturen, die nur stark werden, wenn sie sich an der Angst anderer aufrichten können?« Er blickte in die Runde. »Alles elende Geschöpfe. Einige verkommene Hexen, die nicht einmal mehr ihresgleichen zu nahe kommen dürfen, menschlicher Abschaum und ein paar halb verrottete Vampire. Damit willst du mir drohen?«

»Los!«, schrie Pentwell, »tötet ihn!«

»Nein!!!« Pats Schrei gellte durch die Luft, hallte von den zerfallenen Wänden wider und veranlasste diese schrecklichen Gestalten, wie angewurzelt stehen zu bleiben. Sie raffte sich auf und stolperte auf den Neuankömmling zu. Im nächsten Moment schlossen sich seine Arme um sie, und sie barg ihr Gesicht an seiner Brust. Obwohl sie alle Anstalten machte, sich in seiner Anzugjacke zu verkriechen, bog er sanft ihren Kopf zur Seite und schob ihr langes Haar weg, so dass die beiden blutigen, von den Zähnen des Vampirs stammenden Male sichtbar wurden. Pat spürte, wie sich seine Muskeln anspannten und er scharf den Atem einzog.

»Es ist zu spät. Ich habe sie schon gebissen. Nicht lange und sie wird sich verändern«, sagte Pentwell höhnisch. »Und du wirst in der Gewissheit sterben, dass sie mein Geschöpf und mir hörig sein wird. Du erinnerst dich doch an Antoinette, nicht wahr? Die schöne Antoinette – welch eine Verschwendung! Es wird dir auch hier nichts nützen. Du weißt genau, dass es nur eine Möglichkeit gibt, einen Vampir zu heilen – indem man ihn tötet. Was willst du tun? Ihr einen geweihten Pfahl ins Herz treiben, wie du es damals bei Antoinette getan hast? Ihr dann vielleicht auch noch den Kopf abschneiden?«

»An deiner Stelle würde ich hoffen, dass ich das nicht tun muss«, sagte Maximilian, in dessen Augen Flammen züngelten. »Denn in diesem Fall wirst *du* am Leben bleiben. Und es bereuen. Und das sehr lange.«

Pentwell verzog höhnisch den Mund. »Drohungen? Es gibt nichts, was einem Vampir geschehen könnte.«

»Das weiß ich besser. Glaub mir. Viel besser.« Maximilians Stimme klang gefährlich sanft. »Du würdest dich wundern, *was* zu tun ich mit einem Vampir imstande bin.«

Die schwarzen Gestalten um sie herum setzten sich auf Pentwells Wink in Bewegung, kamen näher, bedrohlich, unheimlich und tödlich. Pat klammerte sich enger an Maximilian. Sie war einerseits unendlich glücklich, dass er hier war, und andererseits entsetzt darüber, dass er ihretwegen in Gefahr schwebte. Es waren zu viele. »Max, wir müssen hier weg, aber …«

»Schon gut, meine Liebste. Bleib ganz ruhig bei mir, dir wird nichts geschehen.« Er zog seinen schweren Mantel schützend um sie, so dass sie völlig versteckt und von der Außenwelt abgeschirmt war, und legte fest die Arme um sie.

Nur einen Augenblick später schien um sie herum die Hölle entfesselt zu sein. Ein unglaublicher Tumult brach aus. Sie hörte lautes Kreischen, vermeinte das Prasseln von Feuer zu hören, vernahm das Geräusch schneller Schritte, das Stampfen und Fluchen von Menschen, die alle gleichzeitig um einen Fluchtweg kämpften und sich dabei niederstießen, die durchdringenden Schreie von Lebewesen in Todesangst.

Und dann wurde es ganz still um sie.

Totenstill.

Als sie es wieder wagte, das Gesicht aus der sicheren Zuflucht von Maximilians Anzugjacke zu heben, war der Raum leer. Leer bis auf sie, Maximilian und Pentwell, der wie angewurzelt dastand. Sie blickte sich um. Es lag ein unangenehmer Geruch verbrannter Kleider und angesengten Fleisches in der Luft, einige glimmende Stoffreste lagen am Boden, und die Steinwände zeigten deutliche Spuren von Ruß. Aber auf dem Altar lag immer noch das junge Mädchen. Sie war völlig unversehrt, atmete schwer. An ihrem Hals pochte ihr Puls, ihr Leben …

Pat wandte sich nur mit Mühe ab, legte den Kopf in den Nacken und sah zu Maximilian empor. Aber der ließ keinen Blick von Pentwell.

»Wenn du auch nur eine Bewegung Richtung Ausgang machst«, sagte er mit dieser gefährlichen Sanftheit in der Stimme, »dann sorge ich dafür, dass du die Tür nur noch als Fackel erreichst.«

Pentwell wich Schritt um Schritt zurück, bis er mit dem Rücken an die Wand anstieß. »Ich habe dich tatsächlich unterschätzt, Gharmond. Ich hätte dir niemals zugetraut, dass du zu so etwas fähig bist.«

»Das war ein Fehler«, erwiderte Maximilian kalt. »Einer von vielen.«

Jetzt, wo die Angst und die Aufregung nachließen, fühlte Pat sich plötzlich schwindlig. Eine unbekannte, beängstigende Kälte hatte sie erfasst, und sie hörte die Stimme des Vampirs wie aus weiter Ferne. Und da war immer noch dieser Durst … Sie konnte kaum den Blick von dem jungen Mädchen lösen. Der sichtbare Puls an ihrem Hals faszinierte sie.

Von draußen hörten sie Hufschlag. Schnelle

Schritte. Dann stürzte Simmons herein. Hinter ihm trat zu Pats Überraschung die schöne Frau ein, die sie vor kurzem in Maximilians Schloss gesehen hatte. Sie hielt sich ein kleines Tüchlein vor die Nase und verzog das Gesicht. »Gharmond, mein feuriger Freund, du hast wieder deine üblichen Feuerspielchen abgehalten! Das ist ja fast wie in alten Zeiten!« Sie sah sich um. »Und da ist ja auch unser Graf Strigon.« Sie musterte Pentwell mit offenem Abscheu. »Weshalb bin ich eigentlich nicht überrascht?«

»Ich weiß zwar nicht, was dich oder Simmons hierher führt, Haga, aber ihr kommt genau richtig.«

»Jemand ist in die Gruft eingedrungen, Mylord«, erklärte Simmons, »es war mir jedoch zu meinem größten Bedauern unmöglich, die Entführung von Miss Smith zu verhindern. Und als dann Madame Hagazussa ins Schloss kam und von einer schwarzen Messe sprach, wuchs in mir ein Verdacht, und ich bat sie, mich mitzunehmen.«

Maximilian nahm seinen Mantel ab und legte ihn um Pat. Sie fühlte sich so schwach, dass sie zusammensank, aber er griff schnell zu und hob sie in seine Arme.

»Was geschieht mit mir, Maximilian?«, fragte sie zitternd. »Ist es wahr? Werde ich jetzt zu einem Vampir?«

»Nicht, wenn ich es abwenden kann.«

Das heisere Lachen des Vampirs ließ Pat zusammenzucken. »Der Kuss der Liebe? Glaubst du etwa an Märchen, Gharmond? Spätestens bei der Sache mit Antoinette hättest du wissen müssen, dass es nicht funktioniert!«

Maximilian wandte sich der schönen Hexe zu.

»Wärst du wohl so liebenswürdig, dich ein wenig um dieses Ungeheuer zu kümmern, während ich Pat hinausbringe?«

»Deshalb bin ich ja wohl da«, entgegnete Hagazussa pikiert. »Und bestimmt nicht wegen dieser geheimnisvollen Einladung zur schwarzen Messe, die an uns alle ergangen ist.« Sie nahm mit spitzen Fingern ein Kreuz entgegen, das Simmons ihr schweigend hinhielt, und richtete es auf Pentwell, der ängstlich zurückwich. »Geh nur, ich kann dir versichern, dass ich viel zu wütend auf dieses Geschöpf hier bin, als dass ich es entkommen lassen würde.«

»Deine kleine Freundin war übrigens auch hier«, sagte Maximilian beim Hinausgehen über die Schulter.

»Eben«, sagte sie mit einem wütenden Aufblitzen in den schönen grünen Augen. »Und das obwohl ich es ihr streng verboten hatte! Aber sie darf sich schon auf die Strafe freuen«, setzte sie mit einem genussvollen Lächeln hinzu.

Maximilian spürte Pats Erleichterung, als er sie aus der dumpfen Gruft hinaustrug, weg von Strigon und diesem grauenvollen Ort. Die Luft hatte sich bereits verändert, sie war feuchter geworden. Bald schon würde der Tau des Morgens auf Blättern und Gräsern liegen, und kurz darauf die Sonne aufgehen. Er musste sich beeilen und die letzten Minuten der Nacht nützen, um Pat mit seiner Kraft retten zu können. In seinen Gedanken hatte nichts anderes Platz als die Angst um sie. Er erinnerte sich nur zu gut an den Tag vor etwa sechzig Jahren, als der Vampir Antoinette, Maximilians bezaubernde Geliebte, entführt und mit seiner Seuche infiziert hatte. Sie war eine schöne Frau gewesen, so voller Leben, aber als er sie endlich wiedergefunden hatte, in Strigons Schloss, nur mehr ein Schatten ihrer selbst. Ein Wesen, das des Nachts Menschen das Blut aussaugte und am Tag mit dem abstoßenden Vampir in einem Sarg schlief. Sie hatte sich, völlig diesem Geschöpf der Nacht verfallen, geweigert, mit ihm zu kommen. Und am Ende war sie durch seine eigene Hand gestorben. Er hatte es nicht ertragen, dass seine ehemalige Geliebte für alle Zeiten als Vampir umherging, sondern hatte sie getötet, ihr einen geweihten Pfahl durch das Herz gerammt.

Jetzt noch konnte er ihr Flehen hören, die Angst in ihren Augen sehen, als er mit dem Pfahl in der Hand vor ihr gestanden hatte. Und dann hatte er mit einem einzigen kräftigen Stoß ihr Herz durchbohrt. Antoinette hatte sich gewunden, sich aufgebäumt, geschrien, roter Schaum war aus ihrem Mund gequollen, bis sie endlich still gelegen hatte. Und im Sterben hatte sie sich verändert. Aus dem Vampir war wieder eine Frau geworden, eine Sterbliche, deren erloschene Augen er geküsst hatte. Danach hatte er sich auf das leerstehende Barlem Castle zurückgezogen. Weder im Guten noch im Bösen gelebt, nur ein Scheinwesen, das manchmal des Nachts alte *Freunde* besuchte.

Bis Patricia Smith in sein dunkles Leben getreten war.

Strigon, der sich jetzt Pentwell nannte, war ihm damals entkommen. Er hatte ihn gesucht, der Vampir hatte sich jedoch irgendwo verkrochen. Aber nun war er wieder aufgetaucht und hatte es sogar gewagt, Pat zu entführen.

Pat würde er niemals töten können, dessen war er sich gewiss, auch wenn Strigon sie gebissen und zu einem blutsaugenden Unwesen, wie er selbst eines war, gemacht hatte. Wenn er Strigon jetzt vernichtete, würde sie das nicht mehr davor retten, selbst ein Vampir zu werden, auch wenn damit zumindest seinem Einfluss auf sie ein Ende gesetzt war.

»Bitte, ich möchte kein Vampir werden ... Nicht von dem da drinnen. Wenn schon, dann nur von dir«, schluchzte Pat.

»Schon gut, mein Liebstes. Hab keine Angst, es wird alles gut.«

Er setzte sie vorsichtig auf dem weichen Gras ab, breitete seine Jacke aus und legte sie dann darauf.

Pat schmiegte sich schutzsuchend an ihn. »War es so?«, fragte sie zitternd, »war es so bei Antoinette? Hast du sie deshalb getötet?«

»Ja.«

Pat fröstelte. »Wirst du es auch mit mir machen? Mir einen Pfahl ins Herz stechen und mir den Kopf abschneiden?«

»Mach dir darüber keine Gedanken, Pat«, murmelte er an ihrem Haar. »Das werde ich niemals tun. Nichts dergleichen.« Wenn es ihm nicht gelang, ihr zu helfen, dann würde er sie bei sich auf dem Schloss einschließen, damit sie nicht diesem unheilvollen Drang nachgeben konnte. Er würde sie lieben, umhegen und sie eher mit seinem eigenen Blut versorgen, als ihr einen Pfahl durch ihr Herz zu stoßen. Oder mit ihr gemeinsam sterben.

Pat nickte, aber plötzlich dachte sie an das junge Mädchen, das Strigon ihr angeboten hatte, und erschauderte. Alleine schon die Vorstellung, diese Frau in den Hals zu beißen, war grauenvoll. Sie drängte sich enger an Maximilian, fühlte die Wärme seines Körpers. Sie roch seine Haut, den ihm eigenen, männlichen Geruch, und legte zart ihre Lippen auf seinen Hals, genau dort, wo sie das Pochen seines Pulses fühlte. Seine Haut schmeckte so köstlich, sie wollte noch mehr davon kosten, und nun mischte sich auch ein Durst in dieses Verlangen nach ihm, nach seiner Haut und … seinem Blut. Der Druck ihrer Lippen wurde stärker, sie öffnete den Mund, strich mit der Zungenspitze über das Pochen, immer und immer wieder, saugte an der Haut und begann zart zu knabbern.

»Pat …« Seine Stimme klang ganz sanft, obwohl er schon ihre Zähne spürte. Er hielt sie ruhig im Arm, machte keine Bewegung, um sie abzuwehren. »Pat, mein Liebstes, du musst dich dagegen wehren. Du darfst es nicht zulassen.«

Der Druck ihrer Zähne verstärkte sich. Pat befand sich in einem Zustand der Unwirklichkeit, des Rausches. Seine Stimme klang wie aus weiter Ferne an ihre Ohren. Das Verlangen wurde stärker, wurde zur Gier. Sie fühlte die liebkosende Berührung seiner Hand auf ihrem Rücken, ihrem Kopf, fühlte, wie seine Finger zärtlich durch ihr Haar fuhren, während er sie, anstatt sie angeekelt von sich zu stoßen, eng an sich gepresst hielt.

»Pat, tu es nicht. Du kannst mich nicht infizieren, dieses Laster ist von allen das einzige, gegen das ich immun bin. Aber du musst dich dennoch wehren. Du darfst dich nicht in die Dunkelheit hinabziehen lassen. Tu es nicht, mein Liebstes. Tu es nicht …«

Etwas in seiner Stimme durchbrach den Rausch, die Schwärze, den Durst nach Blut. Zitternd schloss Pat die Augen und vergrub ihr Gesicht an seiner Schulter. »Maximilian, hilf mir … Bitte …«, flüsterte sie erstickt. »Es ist so stark, ich weiß nicht, wie lange ich mich zurückhalten kann. Es wird immer mächtiger in mir.«

Seine Stimme war seidenweich. »Ganz ruhig, Pat. Ich werde alles tun, um dir zu helfen.« Er löste sich etwas von ihr und brachte seine Lippen an die beiden blutigen Male an ihrem Hals, wo Strigon seine Zähne in ihr Fleisch geschlagen hatte. Sie zuckte zurück.

»Halt still …«

Pat gab nach, bog den Kopf zur Seite und schmiegte sich in seinen Arm, der sie warm umfangen hielt. Sie spürte, wie seine Lippen über ihren Hals strichen, dort, wo die Wunden brannten und pochten, fühlte die Feuchtigkeit seines Mundes, sein zartes Saugen, und ganz langsam hörte der Schmerz auf, wurde leichter, genauso wie damals, als sie sich am Finger verletzt und Maximilian sie dort geküsst hatte. Ein Gefühl der Wärme, Sicherheit und unendlicher Zuneigung erfüllte sie. »Maximilian …« Ihre Stimme war nur ein Hauch, sie lächelte, legte ihre Hand auf sein Haar und schmiegte sich enger an ihn. So, genau so, hatte sie es sich immer vorgestellt, von Maximilian zur Vampirin gemacht zu werden. Mit Zärtlichkeit, Leidenschaft. Der Kuss des Vampirs löste bei der Frau, die sich nicht wehrte, höchste Lust aus, hatte Maximilian ihr einmal erklärt, und jetzt hatte sie den Beweis dafür, auch wenn sie keine Lust empfand, sondern nur Geborgenheit und Liebe. Alles andere trat zurück. Seine Gegenwart war das Einzige, das sie in der Dunkelheit, die sie umgab, noch erkennen konnte. Eine Dunkelheit, die trotz seiner Nähe tiefer, bedrohlicher wurde.

»Es wird immer dunkler … und kälter. Mir ist so kalt … so furchtb…«

Maximilian erstarrte, als ihr Kopf haltlos zurückfiel. »Pat? Pat!!« Er drückte sie an sich, hielt sein Ohr an ihre Brust, brachte seine Lippen an die ihren, aber es war nichts mehr da. Kein Atemzug, kein Klopfen des Herzens, das ihm sagte, dass sie noch lebte. Fassungslos sah er auf die beiden Male an ihrem Hals. Sie wurden zunehmend schwächer, kleiner, und dann waren sie ganz verschwunden. Nur zarte weiße Haut ohne jede Verletzung. Ihr Körper hatte sich bereits verändert, und sie war im Tod zu einem Vampir geworden. Wenn sie mit dem nächsten Sonnenuntergang wieder erwachte, würde sie sein wie Strigon.

Er dachte an die alte Sage. Der Kuss eines Dämons kann das Leben bringen, hieß es, er hatte zwar niemals wirklich daran geglaubt, es nur für ein Märchen, sinnloses Gerede gehalten, aber nun legte er seine Lippen auf ihre kalten, presste sie darauf, als könnte er ihr damit wieder das Leben einhauchen, das Gift, mit dem dieser Vampir sie verseucht hatte, entfernen.

Nichts.

Kein Widerhall. Nur die Kälte des Todes antwortete ihm.

Bei Antoinette hatte er es damals nicht einmal versucht. Es hatte ihm gegraut vor den scharfen spitzen Zähnen, dem Geruch der Verwesung, dem Ausdruck der Bösartigkeit in ihrem schönen Gesicht. Ganz anders als bei Pat. Weil er in Antoinette nur verliebt gewesen war. Pat dagegen liebte er. Mit seinem ganzen

Körper und seiner ganzen verdorbenen Seele. Und dennoch hatte er sie nicht mehr retten können. Er zuckte zusammen, als er eine Hand auf seiner Schulter spürte. Es war Simmons. Seine Stimme klang wie immer völlig beherrscht. »Mylord, was geschieht mit diesem Vampir?«

Maximilian hatte das Gefühl, aus einem bodenlosen schwarzen Loch emporsteigen zu müssen. »Zuerst werde ich ihm einen Pfahl durch sein verrottetes Herz stoßen, und falls das nicht genügen sollte, werden wir ihn an einen Baum binden, damit er in der aufgehenden Sonne zu Staub verfällt«, erwiderte er hasserfüllt. Er legte Pat unendlich vorsichtig zurück auf die Jacke und hüllte sie fest in den Mantel ein. Dann stand er, wie von Zentnerlast zu Boden gezogen, auf und ging die Stufen zu der zerfallenen Krypta hinunter. Strigon starrte ihm hasserfüllt entgegen. Simmons war kein Risiko eingegangen, sondern hatte dem Vampir auch noch eine Knoblauchkette umgehängt, während Hagazussa dabeistand und zufrieden zusah, wie er sich wand.

»Das wird dir alles nichts nützen, Churtham«, spuckte er Gift und Galle, als er Maximilians ansichtig wurde. »Du kannst sie nicht retten, und wenn du nicht schnell von hier verschwindest, dich selbst auch nicht mehr. Ich kann sie schon spüren, die Sonne. Bald wird sie aufgehen, und ihre Strahlen werden dich verbrennen. Sollte ich sterben müssen, so wenigstens in der Genugtuung, dass auch du zu Asche zerfällst!«

Maximilian gab ihm keine Antwort, sondern packte ihn am Kragen seines staubigen Anzuges und zerrte ihn wie einen leeren Sack hinter sich hinaus ins Freie.

Der Vampir heulte vor Zorn auf, wehrte sich, aber noch war Maximilian durch den nahenden Tag nicht geschwächt.

Simmons reichte seinem Herrn einen fast zwei Ellen langen Pfahl. »Esche, Mylord«, sagte er würdevoll, »die Spitze ist im Feuer gehärtet und mit dem besten Weihwasser benetzt, das in Barlem Village zu haben war.«

Maximilian nickte. »Gut, halte ihn fest.«

Strigon fing an zu zetern, zu brüllen und zu wimmern. Er versuchte sich wegzurollen, aber Simmons ergriff ihn am Gewand und zerrte ihn zurück, bevor er sich hinter seinen Kopf kniete und ihn an den Schultern festhielt.

In diesem Moment waren deutlich Rufe zu hören, die sich schnell näherten. Hagazussa, die mit einem erwartungsvollen Lächeln dabeigestanden war, hob den Kopf.

»Da kommt jemand, Gharmond.«

»Das sind Leute aus dem Dorf«, sagte Simmons. »Mit Waffen. Wir haben sie zuvor überholt. Sie müssen gehen und sich in Sicherheit bringen, Mylord. Bevor es zu spät für Sie ist!«

Die Rufe wurden lauter, bedrohlicher, und Maximilian starrte aus schmalen Augen den Weg entlang, dann blickte er zu Pat hinüber. Sie durfte ihnen nicht in die Hände fallen. Er musste mit ihr fliehen. Strigon konnte ihm nicht mehr entgehen, die Sonne ging bald auf und würde ihn töten. Der Butler band den Vampir an einen Baum, während Maximilian die leblose Pat aufhob, um zu Simmons' Pferd zu laufen. Er hatte bereits zu lange gewartet, konnte nun seine Kräfte nicht mehr ausspielen, die ihn mit dem ersten Schimmer der Dämmerung verließen. Er war jetzt nicht mehr als ein Mensch. Allerdings einer, den die Sonne töten würde.

Der Vampir heulte wie ein Wolf, als er sah, wie das Licht des Tages schon die Baumwipfel erreichte, und er die Stimmen der aufgebrachten Dorfbewohner hörte. »Jetzt werdet ihr beide genauso krepieren wie ich! Vermutlich werden sie dieses Weib als Hexe verbrennen, wenn ihnen nicht schon die Sonne die Arbeit abnimmt!« Sein Hohnlachen ging in dem Lärm unter, den die Dorfbewohner machten. Das Pferd scheute, riss sich los und galoppierte davon.

Maximilians Augen blitzten wütend auf, dann lief er mit Pat in den Armen los. Er musste Hagazussa finden, die wie vom Erdboden verschluckt war. Zweifellos war sie wieder mit ihrer Kutsche gekommen, wo er einen gewissen Schutz vor dem Tageslicht finden konnte. Sich in der Ruine oder im Wald zu verbergen war sinnlos. Er versuchte, auf die andere Seite der Ruine zu kommen, aber da waren schon die Leute und schnitten ihm den Weg ab. Er wandte sich um, bereit, Pat bis zum Letzten zu verteidigen. Als er auf die Zinken einer Mistgabel blickte, gab er jedoch auf.

»Fasst das Weibsstück auch gleich!«, hörte er Strigon kreischen. »Sie ist eine Hexe! Besessen von ihm! Und sie wird euch alle verhexen, wenn ihr sie nicht tötet!«

»Wollt ihr etwa auf dieses Geschöpf hören?!«, donnerte Maximilian den Männern entgegen, die nach Pat greifen wollten. Er drehte sich so, dass er zwischen Pat und den Gabelzinken war.

»Seid vernünftig, Leute«, hörten sie plötzlich die ruhige Stimme des Pastors. Er drängte sich zwischen den aufgebrachten Leuten vorbei, gefolgt vom Constabler des Dorfes, einem gemütlichen, etwas rundlichen Mann, der sonst nur Streitigkeiten zwischen Betrunkenen schlichten musste und nun sichtlich erschrocken war. »Das geht so nicht. Hört auf damit. Das ist Aberglaube.«

»Das ist ein Vampir«, ließ sich einer der Männer vernehmen. »Ich weiß es genau. Ich habe ihn in der Nacht herumstreichen sehen, und dann war am Morgen wieder eines der Mädchen verschwunden.«

Der Pfarrer trat näher und betrachtete Pat, die leblos in Maximilians Armen hing, bevor er sanft über ihr bleiches Gesicht strich. Er schüttelte traurig den Kopf. »Armes, armes Kind. Haben Sie die junge Frau getötet?«

»Nein, natürlich nicht.« Maximilians Stimme wollte ihm vor Zorn kaum gehorchen. »Sie nicht und keine der anderen, die in der letzten Zeit starben.«

»Dieser dort war es!« Simmons, der sich bisher im Hintergrund gehalten hatte, fand es an der Zeit, einzugreifen. »Dieses Ungeheuer dort! Er hat Miss Smith entführt und verletzt, und Lord Churtham wollte sie retten.«

»Weshalb wollten Sie dann fliehen?«, fragte der Constabler.

»Ich wollte nicht fliehen, nur meine Verlobte heimbringen«, erwiderte Maximilian so ruhig wie möglich. »Meine Kutsche steht hinter der Ruine.« Es war nur eine Vermutung, eine vage Hoffnung, aber die Sonne stieg gefährlich höher, nicht mehr lange und sie würde das kleine Wäldchen erreichen, in dem sie sich nun befanden.

»Beim Tageslicht zerfallen Vampire zu Staub«, erklärte einer der Männer, ein weißhaariger Alter, mit einem zerfurchten Gesicht. »Ich weiß das von meinem Großvater, der einmal mit einem Vampirjäger in Transsylvanien unterwegs war. Wir müssen nur abwarten, bis das Licht diese Männer erreicht. Wenn sie dann sterben …«

»So ein gottloser Unfug!«, rief der Pastor erbost. Er wandte sich an den Constabler, der Strigon misstrauisch beäugte. »Bitte sorgen Sie dafür, dass diese Leute in Gewahrsam genommen werden. Sollte sich herausstellen, dass dieser Fremde dort«, er wies auf Strigon, »oder Lord Churtham mit dem Verschwinden der Mädchen zu tun hatten, dann werden wir das durch Verhöre herausfinden.«

»Nein! Ich sage euch, wir binden sie an und warten, bis die Sonne sie erreicht!« Mehrere Stimmen wurden laut.

Pastor Soames wurde überstimmt, und der Constabler, der seine Mitbürger nicht gegen sich aufbringen wollte, gab lediglich Anweisung, darauf zu achten, dass niemand verletzt wurde.

»Sie müssen mich nicht binden. Ich werde Ihnen nicht davonlaufen.« Maximilian lächelte nur spöttisch, als sie ihn aufforderten, sich auf die kleine Lichtung zu begeben. Es war jetzt ohnehin zu spät, die Kutsche zu erreichen. Nur noch wenige Augenblicke und die aufgehende Sonne würde über die niedrigen Büsche strahlen. Zuerst würde sie Strigon treffen und dieser zu Staub zerfallen. Und dann würde sie ihn erreichen. Dämonen wie er zerfielen nicht zu Staub. Sie brannten lichterloh. Er würde in Flammen aufgehen und in Sekunden zu nichts verbrannt sein.

Und Pat mit ihm. Sein Blick ruhte auf Pats blassem Gesicht, und er fühlte zugleich mit dem Schmerz auch Wärme und Zärtlichkeit für sie hochsteigen. Pat. Seine Pat. Die einzige Frau, für die er jemals Gefühle gehabt hatte, die ihm das Herz im Leib herumgedreht hatten. Sie würde mit ihm sterben, aber das war besser für sie, als ohne seinen Schutz und seine Liebe ihre Nächte auf der Suche nach Blut zu verbringen oder von den anderen getötet zu werden. Sie würde in seinen Armen sterben, in den Armen des Mannes, den sie geliebt hatte, und der sie liebte. Die Stimmen der anderen drangen wie aus weiter Ferne zu ihm. Er konnte kaum seinen Blick von Pats Gesicht lassen. Er hatte sie niemals geküsst, und wie sehr sehnte er sich nun danach, das zu tun. Seine Lippen auf den ihren liegen zu haben, die Feuchtigkeit ihres Mundes zu spüren. Es musste köstlich sein, sie zu schmecken und zu küssen, bis ihnen beiden die Luft ausging.

Er blickte auf, als sich plötzlich eine alte Frau durch die anderen drängte und dicht zu ihm hintrat. Sie hatte ein großes schwarzes Tuch um sich geschlungen, das ihre gebeugte Gestalt halb verdeckte. Sie musste schon sehr alt sein, aber ihre Finger, die durch Pats Haar und über ihre Wange fuhren, waren zart und fein wie die eines jungen Mädchens. Maximilian hatte die Frau schon zuvor gesehen, unter den anderen. Und er kannte sie gut, wenn auch nicht in dieser Gestalt.

»Es ist nicht lange her, dass wir uns zuletzt getroffen haben, Gharmond«, sagte sie mit ihrer weichen, wohltönenden Stimme. »Und wie ich sehe, hast du meinen Rat befolgt.« Mitleidig sah sie auf Pat. »Armes

Kind, ich hatte sie vor diesem Untier gewarnt, das sich hier unter den Menschen eingenistet hatte. Es war nicht nötig, dass dies geschieht.«

»Bist du hier, um deinen Triumph auszukosten?«, fragte er bitter.

Sie hob den Blick und sah ihn ernst an. »Triumph? Aber nein! Und noch ist nicht alles zu Ende. Es liegt an dir, sie zu retten … und auch dich selbst. Sie ist deine Chance, ganz wie ich es dir sagte.«

»Das kann ich nicht! Es ist gleichgültig, was mit mir geschieht, aber ihr kann ich nicht helfen! Ich habe es versucht, aber es hat nicht … Warte!«

»Es wird Zeit für mich, zu gehen.« Sie hatte sich umgewandt. Ihre Gestalt schien sich im Gehen zu verwandeln, und ihre Füße schienen kaum den Boden zu berühren, als sie davonschritt, leichtfüßig und anmutig wie eine junge Frau.

Maximilian spürte eine wilde Verzweiflung in sich hochsteigen, die ihm die Kehle zusammenkrampfte. Er stieß einen Mann beiseite, der sich ihm in den Weg stellen wollte, und stolperte ihr mit Pat im Arm nach. »Warte! Bleib hier! Du musst ihr helfen!«

Sie blieb stehen und sah zurück. Das Tuch war verrutscht, und einige Strähnen ihres Haares blitzten hervor. Es war hell, fast weiß, und leuchtete wie die Sonne. »Das kann ich nicht, das kannst nur du. Die Liebe ist stärker als die Dunkelheit«, erwiderte sie. »Denk daran, Gharmond. Denk daran, wann der Kuss eines Dämons das Leben bringen kann.« Sie lächelte und zeigte zwei Reihen blendend weißer Zähne, dann wandte sie sich um. Er wollte sie zurückrufen, sie anflehen, hierzubleiben und Pat zu retten, aber da war sie schon verschwunden, aufgelöst in einem Schimmer weißglühender Lichtfunken.

In diesem Moment erreichte der erste Sonnenstrahl den Vampir. Ein unmenschliches Aufheulen durchbrach das gespannte Schweigen der Leute. Strigon versuchte sich mit aller Macht loszureißen, aber die geweihten Stricke, mit denen Simmons ihn festgebunden hatte, hielten. Rauch stieg von seinem Arm auf, dort, wo der erste Lichtstrahl ihn getroffen hatte. Er wand sich, kreischend, schreiend, während andere Teile seines Körpers zu rauchen begannen. Die Leute starrten entsetzt auf das schreckliche Schauspiel. Einige machten ein Kreuzzeichen, andere knieten hin und beteten. Die Lippen des Pastors bewegten sich ebenfalls tonlos. Er hatte sein Kreuz unter seinem Rock hervorgeholt und hielt es gegen Strigon. Dieser löste sich Stück für Stück in Staub auf. Sein Heulen aber dröhnte den Menschen noch in den Ohren, als er schon längst völlig zerfallen war. Schaudernd blickten sie auf das Häufchen Schmutz, das von ihm zurückgeblieben war. Ein leichter Wind blies hindurch, vertrieb die Reste des Vampirs.

Maximilian sah ebenfalls hin, aber mit Genugtuung. Strigon – endlich war er tot. Er hatte Antoinette auf dem Gewissen gehabt, viele, viele unzählige mehr, und am Ende hatte er es gewagt, Pat zu entführen und zu seinem Geschöpf zu machen. Er würde niemandem mehr das Blut aussaugen oder mit seinem dunklen Schattendasein infizieren. Er war tot. Für immer vernichtet.

Ebenso tot und vernichtet wie er bald sein würde. Nun, im Grunde durfte er sich nicht beklagen. Er hatte wahrhaftig ein langes Leben gehabt. Eines, das sehr viele Menschenleben lang vom Bösen beherrscht gewesen war. Von Grausamkeit, Herzlosigkeit, Kälte und Dunkelheit. Aber das Schicksal hatte es gut mit ihm gemeint, er hatte noch etwas anderes kennenlernen dürfen. Etwas, das das Böse in seinem Leben fast ausgelöscht und ihn hatte vergessen lassen. Richtiges Leben. Wärme, Zuneigung und das Licht in Pats Augen. Und Liebe, die stärker war als die Dunkelheit.

In wenigen Augenblicken war es so weit. »Pat, mein Liebstes«, flüsterte er in ihr Haar, obwohl sie ihn nicht hören konnte. Sie war tot und wäre erst wieder mit dem Einbruch der Dämmerung erwacht. »Es dauert nicht lange, es ist gleich vorbei. Ich liebe dich …«

In dem Moment, als der erste Lichtstrahl ihn erreichte, sank er mit Pat in den Armen auf die Knie und legte seinen Mund auf ihren. Diesen blassen Mund, der noch vor kurzem so rot und lebendig gewesen war. Den er niemals geküsst hatte, weil er ihr damit hätte schaden können. Sie würden jetzt beide verbrennen, aber er wollte diesen ersten und letzten Kuss noch auskosten. Den einzigen, den er ihr jemals gegeben hatte. Er streichelte über die kalten Lippen, liebkoste sie mit seinen. So weich waren sie, so anziehend, trotz der Kälte des Todes. Er presste seinen Mund auf ihren, als könnte er ihr seinen Atem einhauchen und sie zum Leben erwecken. Aber das war eine Kraft, die er nicht besaß. Wesen wie er waren nur imstande, den Tod oder die Verdammnis zu bringen.

Bildete er es sich nur ein oder gaben ihre Lippen tatsächlich nach? Waren sie nicht wärmer als noch zuvor? Die Sonne stieg höher, durchbrach die Schatten der Bäume und erfasste sie beide. Und er küsste Pat. Küsste warme Lippen, die den Kuss erwiderten. Ein endloser Kuss, ihre Arme lagen wie durch ein Wunder um seinen Hals, er spürte ihren warmen Atem, den Schlag ihres Herzens. Sie schmiegte sich eng an ihn, küsste ihn wieder, als gäbe es nichts außer ihnen beiden. Maximilian hatte jedes Zeitgefühl verloren, es war, als wären sie die einzigen Lebewesen in einer Unendlichkeit von Licht und Wärme. Wenn das eine Illusion im Moment des Todes sein sollte, dann war sie ihm willkommen.

Irgendwann, nach einer Ewigkeit, lösten sie sich voneinander. Pat lag in seinen Armen und lächelte ihn an. Er starrte sie minutenlang, ohne etwas zu begreifen, an und sah dann hoch. Die Leute waren immer noch da. Es war alles unverändert. Er wandte den Kopf. Dort, wo Strigon festgebunden gewesen war, befand sich nur mehr ein kleiner Rest von Staub.

Die Sonne stand am Himmel, beleuchtete die Dorfbewohner, ließ Pats dunkelbraunes Haar rötlich schimmern und lag warm auf seiner Haut. »Pat?«

Ihre Augen waren die eines Menschen. Warm und zärtlich, auch wenn sie müde und erschöpft aussah und sehr blass war. »Ich bin froh, dass du da bist, bei mir, Max …«

Er presste sie an sich, blickte hinauf in den Himmel und schloss die Augen. Licht. Er hatte vollkommen vergessen gehabt, wie wunderbar dieses Gefühl war. Zum ersten Mal seit undenklichen Zeiten war er wieder im Licht. Und Pat lebte.

Die Menge löste sich langsam auf, und die Leute gingen fort, wieder dem Dorf zu, dabei scheue Blicke auf Maximilian und Pat zurückwerfend. Simmons stand daneben, hatte seinen Hut abgenommen und starrte sie beide fassungslos an.

»Sind sie weg?«, fragte Pat, die keinen Blick von Maximilians Gesicht gelassen hatte. Er nickte, zog sie enger an sich und legte seine Wange auf ihr Haar. Er konnte nicht fassen, was geschehen war. Er war von diesem unglaublichen Glücksgefühl durchströmt gewesen, das alles Denken ausgeschaltet hatte. Es war wie eine leuchtende Erinnerung an längst vergangene Zeiten gewesen, und er hatte sich tatsächlich dem Himmel näher gefühlt als der Hölle.

Sein Blick fiel auf Hagazussa, die aus ihrem Versteck hervorgekommen war und sich zögernd näherte. Sie war sehr blass, und der Blick, mit dem sie ihn ansah, war unsicher und ängstlich.

»Hagazussa, meine Liebe, du bist ja immer noch da.«

Sie starrte ihn nur wortlos an.

Er stand mit Pat in den Armen auf. »Wo ist deine Kutsche?«

»Kutsche …?«

»Du wirst wohl kaum auf einem Besen hierher geflogen sein«, erwiderte er mit leichter Ungeduld. Er wollte diesen Ort endlich verlassen und Pat nach Hause bringen. Sie war erschöpft und musste ruhen, wieder Kräfte sammeln. Und er selbst sah auch keinen Grund, noch länger hier zu verweilen.

Hagazussa deutete zur Straße hin, wo man das Nahen einer Kutsche hörte. Sie rollte, von vier prächtigen Rappen gezogen, unter den Bäumen hervor und blieb genau vor ihnen stehen. Ein Lakai sprang herab und öffnete die Tür.

Maximilian hob Pat hinein, während Simmons, zum ersten Mal seit er ihn kannte, von einem Ohr bis zum anderen grinsend, sich auf sein Pferd schwang, das von einem der Dorfbewohner zurückgebracht worden war. Als Maximilian neben der offenen Tür stehen blieb und der schönen Hexe die Hand hinhielt, um ihr beim Einsteigen behilflich zu sein, zuckte sie zurück, als hätte er eine ansteckende Krankheit.

Er hob die Augenbrauen. »Was ist denn mit dir los?«

Hagazussa vermied seinen Blick. »Nichts.«

»Dann steig bitte ein. Ich möchte Pat so schnell wie möglich von hier wegbringen.«

Hagazussa huschte an ihm vorbei, sehr darauf bedacht, ihn nicht zu berühren, und sprang in die Kutsche, wobei sie sich in die andere Ecke drückte.

Maximilian stieg kopfschüttelnd ebenfalls ein, der Lakai schlug die Tür zu, und die Kutsche setzte sich in Bewegung. Pat kuschelte sich an Maximilian, der den Arm um sie legte und sie an sich zog.

Hagazussa zog langsam ihre Handschuhe aus, dabei immer wieder scheue Blicke zu Maximilian hinüberwerfend. Sie empfand eine ungewohnte Unsicherheit, Verblüffung und ein bisschen Furcht. Vielleicht sogar etwas wie leichten Ekel. Sie hatte es nicht ertragen können, von einer gerade nur durchschnittlich hübschen und todlangweiligen Sterblichen ausgestochen zu werden, und war in der Absicht zum Schloss gekommen, alles zu tun, um die andere zu vertreiben und Gharmond für sich zu gewinnen. Aber wenn sie sich die Sache nun überlegte, dann wollte sie Gharmond gar nicht mehr und die andere konnte ihn ruhig haben.

»Darf ich fragen, was an mir dir solche Angst einjagt?«, fragte Maximilian ironisch.

»Du bist so anders …«

»Anders?« Maximilian fühlte sich nicht anders. Glücklich, ja, das schon. Weil Pat hier in seinem Arm lag, lebte und gerettet war. Und freier vielleicht, leichter, wärmer. Aber sonst war er ganz der Alte.

»Ich hätte geschworen, dass du in Flammen aufgehst und stirbst wie Strigon«, murmelte Hagazussa.

»Er ist aber nicht wie Strigon!«, mischte sich Pat ein. Sie war zwar noch müde, fühlte sich jedoch so erleichtert wie nie zuvor in ihrem Leben. »Hier!« Sie deutete auf die Stelle an ihrem Hals, wo Strigon sie gebissen gehabt hatte. »Da hat er mich gebissen – dieser widerliche Kerl, meine ich –, und ich dachte schon, ich würde ebenfalls zum Vampir werden. Aber dann hat Maximilian mich hier geküsst. Und sehen Sie …« Sie tastete über die glatte, unversehrte Haut.

Hagazussa lehnte sich vor und betrachtete Pats zarten Hals. »Tatsächlich. Ein bisschen schmutzig vielleicht, aber ganz unversehrt.« Ihr Blick glitt zu Maximilian hin. »… dem Himmel näher als der Verdammnis …«, sagte sie leise.

»Wie meinen Sie das?«, fragte Pat. Sie glaubte diesen Satz schon einmal gehört zu haben. Oder gelesen, in einem der Bücher über Vampire und Dämonen.

Hagazussa wandte sich ihr zu. »Wissen Sie, Kindchen, diese schöne Welt ist nämlich nicht nur von Vampiren, Menschen und allerlei ähnlichem anderen

Getier bevölkert, sondern auch von ganz anderen Geschöpfen, die so alt sind wie die Welt. Ehemalige Lichtwesen, denen es in ihrem schattenlosen Dasein zu langweilig war und die es nicht lassen konnten, ein wenig an der Sünde zu naschen. Dann ein bisschen mehr und mehr und noch mehr, und am Ende wurden sie von der Dunkelheit angezogen und in ihr festgehalten.«

»Ehemalige Lichtwesen? Ja, das habe ich gelesen. Dämonen …«

»Wenn man *sehr* freundlich sein wollte, könnte man sie auch als *gefallene Engel* bezeichnen«, fuhr Hagazussa mit einem Seitenblick auf Maximilian fort. »Oder als Engel der Finsternis …«

Pat blickte prüfend auf Maximilian, der Hagazussa nachdenklich betrachtete.

»Und was sind Sie dann?«, fragte sie schließlich, an Hagazussa gewandt.

»Nun, eine schöne Verführerin, ein verführerischer Engel … eine …«

»… eine Hexe«, erklärte Maximilian mit einem amüsierten Lächeln.

»Aber wenn ich es Ihnen doch sage!«, rief Mr Beadweather, der Ladenbesitzer von Barlem Village, aufgebracht, weil sein Gesprächspartner ihm nicht glauben wollte. »Der Kerl ist einfach zu Staub zerfallen. Zuerst hat er gekreischt, geflucht, geschrien. Und dann ist er zerfallen. Wenn Sie mir nicht glauben, fragen Sie die anderen!«

Der Wirt kam mit einer Flasche seines besten Whiskeys, stellte sie vor die Männer, Gläser dazu, und ließ sich schwer neben dem Gast auf die Bank fallen. »Genau so war's. Bei meiner unsterblichen Seele. Zerfallen ist er. In nichts. Gar nichts. Den Staub hat dann der Wind verweht.« Er schenkte allen dreien ein und hatte es sehr eilig, den ersten Schluck zu nehmen.

»Und der andere?«, fragte der Gast ungläubig.

Mr Beadweather starrte in das großzügig gefüllte Whiskeyglas. »Ja, der andere. Wir dachten zuerst, er sei auch so einer. Das heißt, ich habe das nicht gedacht, aber die Leute.« Er lächelte entschuldigend. »Sie wissen ja, wie die Leute sind. Abergläubisch und so ... Und denken von jedem gleich das Schlechteste. Dabei hat er den Vampir gefangen und gefesselt, weil er sein Mädchen verschleppt und offenbar getötet hat. Aber was dann geschah, das war noch viel wunderbarer ...«

»Also, was geschah denn nun mit dem anderen?«, ließ sich der Gast ungeduldig vernehmen. »Ist er auch zerfallen? Oder sonst was?«

Mr Beadweather schüttelte den Kopf, und auf den Lippen des Wirts spielte ein entrücktes Lächeln. »Nein, gar nichts dergleichen. Als ihn nämlich die Sonne erreichte, da kniete er mit dem toten Mädchen im Arm und küsste es.« Mr Beadweather sprach jetzt ganz andächtig weiter: »Und da – ich schwör, so war's – fragen Sie die anderen – war plötzlich alles ganz hell. Wie pures Licht war er. Durchsichtig und hell wie der Himmel an einem schönen Tag, und gestrahlt hat er, so dass wir geblendet waren ... Ich weiß nicht, was oder wer er ist, aber bestimmt kein Teufel und kein

Vampir. Und dann hat sie die Augen aufgemacht und ihn angelächelt.« Er nahm einen tiefen Schluck aus dem Glas und nickte. »Ja, genau so war das.«

Epilog

Pat lag in ihrem Zimmer auf dem Bett. Neben ihr lag Maximilian, hatte seinen Arm unter ihren Kopf geschoben und blickte durch das weit geöffnete Fenster in den nachtschwarzen Himmel hinaus. Es war ein milder Abend, wohl einer der letzten in diesem Jahr.

»Das Bild in der Bibliothek …«, fing Pat an, weil ihr die Ähnlichkeit nicht aus dem Kopf gehen wollte.

Maximilian grinste schief. »Das bin ich selbst. Ich hatte es vor vielen Jahren malen lassen, weil es mir unangenehm war, nicht einmal zu wissen, wie ich aussehe. Wie du ja selbst sehr richtig festgestellt hast, spiegle ich mich nirgendwo. Es ist irritierend. Also habe ich einen Künstler beauftragt, mich zu malen.«

Pat rollte sich in seinem Arm herum, so dass sie ihn ansehen konnte, ihre Fingerspitzen glitten über sein Gesicht, seine Züge, die so zeitlos waren wie jene des Gemäldes. »Er hat seine Arbeit verstanden und wirklich dein Wesen eingefangen. Ich habe mich vom ersten Moment an von diesem Bild angezogen gefühlt.«

Maximilian lächelte sie amüsiert an. »Dann war es ja gut, dass ich es hängen ließ. Ich wollte es nämlich schon, kurz bevor du kamst, abnehmen lassen, damit mein neuer Sekretär nicht auf die Idee kommt, über eine gewisse Ähnlichkeit nachzudenken.«

Pat dehnte ihre zärtlichen Berührungen von seinem Gesicht auf seine Brust aus, die hellroten Spitzen gedankenvoll umrundend. »Bist du wirklich so alt wie die Welt?«, fragte sie schließlich.

Maximilian zuckte mit den Schultern. »Ich weiß es nicht. Meine Erinnerung setzt mit dem Moment ein, wo ich einen Körper erhielt, wo mein Geist sich in Materie manifestierte, und ich in die Dunkelheit gezogen wurde. Was vorher war, weiß ich nicht mehr. Nur ganz selten kommt eine Erinnerung an Licht und Unendlichkeit empor und an unvorstellbare Weiten und Freiheit. Aber das sind nur Blitze in der Dunkelheit. Sekunden der Helligkeit und dann ist alles wieder fort.«

»*Das* bist du also«, sagte sie leise, »ein ehemaliges Lichtwesen und kein Vampir, wie ich dachte. Ich war wohl sehr dumm, nicht wahr?«

Er drückte sie an sich. »Es bestehen schon gewisse Unterschiede, auf die ich größten Wert lege, meine Liebe. Aber im Grunde«, fuhr er ernst fort, »sind Vampire wohl die unschuldigeren Lebewesen von uns. Es sind zum Großteil Menschen, die von dieser Seuche infiziert wurden und dann im Banne des Bösen leben. Aber Dämonen haben sich irgendwann einmal dem Bösen zugewandt … aus eigenem Entschluss.«

»Was hast du eigentlich dort in dieser Ruine mit den Leuten gemacht?«, fragte sie nachdenklich. »Ich habe nichts davon gesehen, weil du den Mantel um mich geschlungen hattest.«

»Feuer gemacht«, erwiderte er trocken.

Sie setzte sich auf. »Hast du … die Leute verbrannt?«

»Nein, nein, das war gar nicht nötig, nur ein bisschen angesengt.« Er sah sie prüfend an. »Bist du entsetzt, mein Liebstes?«

»Nein«, erwiderte Pat aufrichtig. »Nur beeindruckt.«

»So?« Maximilian musste grinsen. Diese Patricia Smith war wirklich die beste Geliebte, die ein Dämon sich nur wünschen konnte.

Er zog sie an sich, und Pat schmiegte sich noch ein wenig enger an ihn. Sie hatten sich den ganzen Tag über an einem verschwiegenen Ort geliebt. Im hellen Tageslicht, in der Sonne, mitten auf einer Wiese. Langsam, sinnlich und sehr, sehr gründlich. Es war bezaubernd gewesen, wunderbar und innig, anders als früher, bevor Strigon sie entführt hatte, denn zum ersten Mal hatte Pat nicht nur den Eindruck gehabt, ihren Leib mit dem Maximilians zu verschmelzen, sondern auch ihre Seele mit der seinen.

Maximilian schien ähnliche Gedanken zu haben, denn er beugte sich über sie, um mit ihren Lippen zu spielen. Das hatte er schon früher getan, aber nur scheu und sehnsüchtig, bevor er sich anderen Stellen an ihrem Gesicht und Körper zugewandt hatte, aber dieses Mal kam Pat ebenso auf ihre Kosten wie er selbst. Er hielt ihren Kopf fest, während er seinen Mund auf ihren legte, verlangend seine Zunge über ihre Lippen gleiten ließ, bis sie sich ihm öffnete und ihn weiter vordringen ließ. Sie schlang ihre Arme um seinen Hals, um ihn festzuhalten, als er seinen Kuss intensivierte, ihre Zunge suchte, streichelte. Sie hatte bisher ja keine Ahnung gehabt, wie überwältigend Gefühle sein konnten, die davon ausgelöst wurden, dass ein Mann an ihren Lippen und ihrer Zunge saugte, sie zart seine Zähne darauf spüren ließ und sie so völlig mit seinem Geschmack und seinem Wesen erfüllte, dass sie dahinzuschmelzen meinte.

Als er sich nach einer Ewigkeit von ihr löste, waren sie beide atemlos. Er bedeckte ihr Gesicht, ihren Hals, den Ansatz ihrer Brüste mit Küssen, beschäftigte sich wieder mit ihren Lippen, während seine Hände unaufhörlich über ihren Körper strichen, so lange, bis sie schließlich derart leidenschaftlich darauf bestand, ihn in sich zu spüren, dass Maximilian sich nicht imstande fühlte, ihr diesen Wunsch abzuschlagen. Ihre zarten Brustspitzen schmerzten schon von seinen immer heftiger werdenden Liebkosungen, dem Saugen, dem leichten Knabbern, als er sich wieder ihrem Mund zuwandte, mit seinem in Besitz nahm, bevor er dasselbe auch mit ihrem restlichen Körper tat. Seine Hände schienen überall zu sein, seine Haut brannte auf ihrer, als sie seinem Druck willig nachgab, ihre Schenkel weiter für ihn öffnete, um dann ihre Beine um ihn zu schlingen und ihn ungeduldig in sich zu ziehen, bis er sie so vollständig ausfüllte, dass sie ein aus den Tiefen ihrer Seele kommendes, zitterndes Seufzen von sich gab.

»Wenn ich in dir liege, habe ich immer das Gefühl nicht mehr zu wissen, wo ich aufhöre und du anfängst«, flüsterte Maximilian an ihrem Mund. »Es ist nicht so, als würde ich von dir Besitz ergreifen, sondern gleichzeitig auch du von mir, als könnte ich dich bis in die letzte Faser meines Körpers fühlen.«

»Genauso habe ich jetzt ebenfalls gedacht«, hauchte sie zurück, ihn auch mit den Armen umschlingend, um dieses Gefühl auszukosten, das sich bald in seiner Intensität steigern würde, bis es gleichzeitig mit ihnen beiden seinen Höhepunkt erreichte. »Es ist, als wäre ich erst vollständig, wenn du ganz bei mir und in mir bist.«

Maximilian ließ ihnen beiden Zeit, dehnte dieses Erleben aus, bewegte sich nur langsam in ihr, dazwischen immer wieder quälend lange Pausen machend, in denen er sie küsste, liebkoste, ihre Leidenschaft damit jedoch unaufhaltsam hochtrieb, bis Pat glaubte, es nicht mehr aushalten zu können, und nahe daran war, ihn anzuflehen, ihr endlich jenes Gefühl der Befriedigung zu verschaffen, das sie kaum noch erwarten konnte. Endlich löste er sich von ihr, um dann wieder umso heftiger in sie zurückzukehren in einem immer schneller werdenden Rhythmus, der sie dazu brachte sich zu winden, bevor ihr Inneres sich pulsierend um ihn presste, ihn weiter in sich hineinziehen wollte und sie sich in seinen Armen aufbäumte, sich an ihn klammerte, während seine Lippen auf den ihren lagen und gierig jeden Laut der Lust aufsogen.

»Glaubst du, ich werde irgendwann ohne Spiegelbild aufwachen, wenn ich so weitermache?«, fragte sie, als sie später zufrieden in seinen Armen lag.

Maximilian lachte zärtlich. »Nein, dafür bist du viel zu reizend und zu liebenswert. Es ist unglaublich, dich zu küssen«, flüsterte er an ihren Lippen, von denen er nicht mehr genug zu bekommen schien. »Ich hatte mich immer so sehr danach gesehnt und es niemals gewagt, aus Furcht, es könnte dir schaden.«

»Ich wollte es doch auch immer«, gab Pat zurück. »Und war so gekränkt, weil du es nie getan hast.«

»Der Kuss eines Dämons kann das Leben bringen oder den Tod«, murmelte Maximilian nachdenklich.

»Ich habe nie eine Frau geküsst, die ich lebend haben wollte.« Pat erschauderte unwillkürlich bei seinen Worten, und er küsste sie schnell. »Denk nicht daran, mein Liebling. Das ist jetzt vorbei.«

»Du hast mich geküsst und mir das Leben gerettet«, hauchte Pat überwältigt, weil sie immer noch nicht vollständig begreifen konnte, was geschehen war.

»Erstaunt es dich nicht, was danach mit mir passiert ist?«, fragte er nachdenklich. »Als Schattenwesen hätte ich in der Sonne verbrennen müssen.«

Pat musterte ihn eingehend. In ihren Augen lag so viel Liebe, dass sie ihn förmlich damit wärmen konnte. »Nein«, sagte sie dann entschieden. »Ich war ja schließlich immer schon der Meinung, dass du es nicht verdienst, im Schatten zu leben.«

»Es ist immer noch wie ein Wunder für mich.« Er dachte an *sie*. Die Freundin aus vergangenen Tagen oder Äonen. Sie hatte recht gehabt. Pat war seine Chance gewesen. Ihre und seine Liebe hatte ihn aus diesem Schattendasein gerettet. Aber an noch etwas anderes dachte er, und sein zärtliches Lächeln erlosch plötzlich und sein Gesicht wurde sehr ernst. »Pat, es gibt da etwas, worüber wir sprechen müssen.«

Sie sah ihn forschend an, wartete jedoch ab.

Er lächelte wieder, diesmal jedoch sehr bemüht. »Vielleicht sollte ich dich dabei nicht in den Armen halten, aber es tut mir so wohl, dass ich dich einfach nicht loslassen kann.«

»Das verlangt ja auch keiner«, erwiderte Pat, sich schnell ein bisschen enger an ihn drückend.

»Nun, vielleicht nicht unmittelbar«, murmelte er, »aber der Tag kann schnell kommen.«

»Was soll das heißen?«, fragte Pat entsetzt.

Maximilian zog mit dem Finger die Linie ihrer Lippen nach. »Das soll heißen, dass wir keine gemeinsame Zukunft haben können, Pat, mein Liebling.«

»Du willst, dass ich gehe?« Pats Augen waren riesengroß vor Schrecken.

Maximilian lachte kurz und schmerzlich auf. »Von *wollen* kann gar keine Rede sein. Aber es wäre das Vernünftigste. Sieh doch, Pat«, sagte er zärtlich, »wir leben in verschiedenen Welten. Selbst wenn ich jetzt in der Lage bin, mich in der Sonne aufzuhalten, ohne sofort in Flammen aufzugehen, so heißt das noch lange nicht, dass ich ein Mensch bin oder ein normales Leben führen kann …«

»Wer will schon ein normales Leben führen!«, unterbrach ihn Pat. »Mir gefällt das sehr gut, so wie es ist.«

»Jetzt vielleicht«, sagte er ruhig. »Aber was ist in einigen Jahren?« Er strich liebevoll über ihre Wange, und sie bemerkte, dass seine Hand zitterte. »Irgendwann wirst du eine Familie wollen. Kinder. Das ist etwas, das dir zusteht, Pat. Etwas, das *du* haben kannst, *ich* jedoch nicht. Du solltest einen Mann haben, mit dem du dein Leben teilen, mit dem du alt werden und zusehen kannst, wie eure Kinder groß werden. Und das bin nicht ich. Wie du sehr wohl weißt, ist ein Wesen, das sich nirgendwo spiegelt und Bilder malen lassen muss, damit es überhaupt weiß, wie es aussieht, nicht der geeignete Lebensgefährte.« Er musste den Verstand verloren haben, so zu reden. Noch vor kurzem wäre es ihm nicht im Traum eingefallen, Pat gehen zu lassen. Haga hatte wohl nicht ganz unrecht damit, dass er sich durch die Ereignisse verändert hatte.

Auch wenn es ihm nicht gerade Vorteile brachte und er sich fühlte wie der reinste Narr.

Pat machte den Mund auf, aber er ließ sie erst gar nicht zu Wort kommen. »Wir müssen uns nicht heute trennen und auch nicht morgen. Aber mach dich mit dem Gedanken vertraut, dass es einmal sein wird, und denke immer daran, dass ich es auch für dich will.« Er lächelte krampfhaft. »Glaube nicht, dass es mir leichtfällt, so zu sprechen.« Das war es tatsächlich nicht, alleine schon der Gedanke, Pat könnte ihn verlassen, um einen dieser Sterblichen zu heiraten, in dessen Armen zu liegen statt in seinen und von ihm Kinder empfangen, brachte ihn halb um den Verstand. Aber er wusste, dass der Tag kommen würde, an dem sie Kinder wollte, etwas, das er ihr nicht schenken konnte. Zu diesem Zeitpunkt würde sie ihn verlassen, und es war besser, wenn *er* es zuerst aussprach und nicht sie.

Pat sah ihn aufmerksam an. Das blaue Licht in seinen Augen war erloschen. Sie waren ruhig, dunkel und blickten sehr zärtlich. Die Augen eines Mannes, der sie liebte und nur das Beste für sie wollte, auch wenn es ihm Schmerz bereitete. Sie würde ihn wohl nie heiraten können, nie eine Familie mit ihm gründen können, aber war ihr das wirklich so wichtig? Sie hatte nur eine verschwommene Vorstellung davon, was diese Lichtwesen waren, wo und wie sie lebten, aber solange er hier bei ihr war und nicht auf die Idee kam, auf einer Wolke zu sitzen und dabei an einer Harfe zu zupfen, war ja alles in Ordnung. Sie kicherte bei der Vorstellung.

»Du hast ja nur Angst, dass ich alt und hässlich

werde und du dann nicht weißt, wie du mich auf elegante Art loswerden sollst«, erwiderte sie dann leichthin. »Und du hast in gewisser Weise recht, mir würde es wohl kaum gefallen, wenn du dir dann eine Jüngere ins Haus holst und mich als deine ältliche Haushälterin ausgibst. Vermutlich würde ich sogar wohl ziemlich verärgert reagieren.«

Um Maximilians Lippen zuckte es. »Allein schon dieser Gedanke lässt meine Haare zu Berge stehen. Ich weiß schließlich nur zu gut, wie geschickt du einen Schürhaken zu handhaben verstehst.«

Es klopfte, und Simmons' Stimme klang durch das Holz der Tür gedämpft zu ihnen herein. »Verzeihung, Mylord, aber Mrs Simmons lässt ausrichten, dass das Dinner in wenigen Minuten fertig ist.«

»Richten Sie Mrs Simmons bitte aus«, rief Maximilian zurück, während er aus dem Bett sprang, froh, dieses schmerzliche Thema vorerst beenden zu können, »dass wir in einigen Minuten unten sind.«

»Sehr wohl, Mylord.« Die Schritte entfernten sich. Maximilian küsste Pat noch schnell einmal, bevor er nach seinem Schlafrock griff und das Zimmer verließ. Sie sprang ebenfalls aus dem Bett. Es war keine Zeit mehr, sich vor dem Dinner frisch zu machen, aber schließlich waren sie ja alleine und da war es gleichgültig, ob ihre Haut mehr nach Maximilian roch als nach ihr selbst. Sie lächelte, während sie sich ankleidete, und vermeinte noch seine Lippen zu spüren, die jedes kleinste Fleckchen ihres Körpers mit Küssen bedeckt hatten. Sie stand gerade vor dem Spiegel und steckte ihr Haar hoch, als Maximilian wieder ins Zimmer trat und sie in die Arme nahm. Sie verbarg ihr Gesicht an seiner Brust, um nicht sein Fehlen im Spiegel bemerken zu müssen, das ihr nach wie vor ein wenig unheimlich war.

»Gibt es eigentlich viele, die so sind wie du?«

»Dämonen? Ja, natürlich. Unzählige. Vermutlich so viele wie es Bosheiten und Grausamkeiten auf der Welt gibt. Es ist alles recht einfach, sobald man den ersten Schritt getan hat.«

»Wenn du dir etwas wünschen könntest«, fragte Pat nachdenklich, »was wäre das?«

Maximilian zögerte keine Sekunde. »Mit dir zu leben und alt werden zu können.«

»Du wärst dann aber sterblich«, führte Pat diesen Gedanken fort.

Maximilian zuckte nur gleichgültig mit den Schultern und zog sie fester in seine Arme. *›Ohne dich würde ich gar nicht leben wollen‹*, dachte er. *›Und ohne deine Liebe wäre ich schon längst tot. Verbrannt.‹*

Pat warf nun doch einen Blick über seine Schulter und stieß im nächsten Moment einen durchdringenden Schrei aus. Maximilian, der sich gerade der Vorstellung eines ungetrübten Liebesglücks mit Pat hingegeben hatte, zuckte zusammen und schloss gequält die Augen. »Was ist denn jetzt wieder?«

»Der Spiegel!«

»Was ist denn damit?« Er wandte sich mit Pat im Arm um und blickte hinüber zum Spiegel. Wie immer sah er nur sie, aber je länger er schaute, desto mehr schien sich etwas zu verändern. Ein Schatten? Ein Reflex? Nein. Eine Kontur, die sich abzeichnete, sich immer deutlicher manifestierte, bis …

Pat sah andächtig auf Maximilians Spiegelbild, das so deutlich erschien wie ihr eigenes. Und auf seinem Gesicht lag eine törichte Fassungslosigkeit, die sie lächeln ließ.

Ende

Karen Marie Moning

Im Bann des Vampirs

Roman

Deutsche Erstausgabe

ISBN 978-3-548-26601-5
www.ullstein-buchverlage.de

Die junge Amerikanerin MacKayla Lane interessiert sich vor allem für Mode und Popsongs – bis eines Tages ihre Schwester Alina in Dublin brutal ermordet wird. MacKayla beschließt, selbst nach dem Mörder ihrer Schwester zu suchen. In Irland stellt sie erschrocken fest, dass sie Vampire sehen kann, die eine fatale erotische Anziehungskraft auf sie ausüben. Glücklicherweise trifft sie den Buchhändler Jericho Barrons, der sich mit Dämonen und Vampiren bestens auskennt. Während sie gemeinsam gegen das Böse kämpfen, funkt es gewaltig zwischen Mac und Jericho.

»Noch dunkler, erotischer und tiefgründiger als Monings Highlander-Erfolge« *Publishers Weekly*

»Karen Marie Monings fesselnder Roman verknüpft aufregende, gefährliche und magische Momente mit einer unglaublich lustvollen Romantik.« *Romance Reviews Today*

UB434

ullstein